力道山の真実

大下英治

祥伝社文庫

目次

第一章　張り手の関脇

第二章　空手チョップに黒タイツ

第一章　張り手の関脇

空手チョップはこうして編《あ》み出された！

アイ・キャン・ゴー
　アイ・キャン・ゴー

力道山は、決まってそう口ずさんでいた。I can go——おれは行くのだ。おれは行く。おれにできないことがあるものか。

つくり歌である。彼はそのフレーズに、いろんなメロディをつけて口ずさんだ。自然に口をついて出るのか。それとも、それを口ずさむことによって、おのれを鼓舞《こぶ》しているのか。


いつも、口癖のようにいっていた。

「頼る者がなくたって、やる気さえあれば、やれないことなどあるものか」

「人間、裸で生まれてきたんだから、わしは一生、裸で勝負する」

「威張るやつと意気地なしが、大嫌いだ。死ぬまで人間、生存競争なんだからな。男と生まれたら、とにかく勝たなくちゃ」

一発入魂、全身全霊をかけた空手チョップ一閃《いっせん》、力道山は戦後を拓《ひら》き、新しい時代の幕を切って落としたのであった。

昭和二十六年、前年に大相撲関脇を正式に廃業していた力道山は、プロレスリングに転向すると発表した。時まさに「講和」の年であった。

日米のあいだに講和条約、安全保障条約が締結されたのが九月八日、日本は戦後六年でようやく〝独立〟を果たしたのである。

そうして翌二十七年二月三日、力道山はプロレス修業のため、トレーナー沖識名《おきしきな》の待つハワイへ、単身渡って行った。

必殺空手チョップは、そのハワイで生まれた。

沖識名は、両親が沖縄出身の日系二世であった。かれはハワイ相撲からプロレスに転身し、一九三〇年代後半の世界チャンピオン、ジム・ロンドスとたびかさなる死闘をくりひろげた人物だった。

ホノルルに着いた力道山を待っていたのは、沖識名の猛特訓であった。

相撲の体を、レスラーへと改造していかねばならなかった。

体重は三十二貫、百二十キロあった。身長は百八十センチ。相撲の体型から、少しも変わっておらず、腹がぽっこりと飛び出し、それにくらべて胸板は厚くなかった。

相撲は瞬発力だ。が、レスリングはそれに持久力が要求される。相撲は、土俵に体の一部がつけばそれで負けだ。が、プロレスはたとえ投げられても、負けではない。ふたたび立ち上がって、闘わなければならない。

そのためには、まず腹をひっこめなければならなかった。そうして持久力をつける。

沖は、力道山をつれて、ワイキキ・ビーチを走った。砂が、足を嚙《か》む。四十度近い熱波が押しよせる。汗が吹き出す。

ジムでは、バーベル、鉄アレイを使って、腕と胸の筋肉をつけた。

急所である首の筋肉を鍛えるために、四つん這《ば》いとなって後頭部を思い切り押さえつけられ、それに対して首をうしろにそらせて押し返すトレーニング。

膝を屈伸させて、足腰を鍛えるスクワットは、一度に三千回をこなした。

プロレスの技も、関節技や投げ技を教わった。それでも、すぐに身につくというものではない。

沖が、訊《き》いてきた。

「相撲のときの得意技は、なんだった」

「突っ張りに張り手、それに外掛けです」

「それだったら、カラテチョップをやったらいい」

「カラテチョップ？」

沖に紹介されたハワイのプロモーター、アル・カラシックも、さかんにカラテチョップをすすめてきた。

じつは、すでにアメリカの日系レスラーたちは、それをだれもが売りものにしていたのである。

大相撲時代から力道山最期のときまで、ともに過ごした芳の里《よしさと》淳三《じゅんぞう》が、当時をふり返る。

「あのころは、終戦まもないころで、ハワイやアメリカ本土の人たちは、真珠湾攻撃のことを忘れていなかったんです。日系レスラーが出るというと、その怨みを晴らそうとでもいうかのように、客が集まって野次《やじ》を飛ばした。日系レスラーは、それだけで客を集めたんですよ。日本というと、空手、柔道となる。日系レスラーたちは、こぞって空手チョップを使いたがったんです」

日系人だけでなく、フィリピンあたりから来ているレスラーまでも、みずから日本人になりきることを求めたほどだった。プロモーターも、もちろんすすめた。

アメリカ名を持っている日系レスラーでも、リングネームを日本名にした。それも、東郷平八郎《とうごうへいはちろう》元帥にちなんで、「グレート・トーゴウ」。あるいは、東条英機《とうじょうひでき》と山本五十六《やまもといそろく》をミックスして、「トージョウ・ヤマモト」。それらのリングネームは、アメリカ人たちをいたく刺激したのだった。

「アメリカの客たちは、日本人が叩《たた》きのめされるのを見たい。ところが、日本人がアメリカのレスラーを空手チョップでやっつける。そうすると、つぎこそやっつけてくれるだろうと、客がまた観にくる。しかし、またアメリカのレスラーが日系レスラーにやられる。そうして、最後にアメリカ人レスラーがついに、勝って、溜飲《りゆういん》を下げる。日系レスラーたちは、徹底的にヒール（悪役）で稼いだんです」

そのなかでくり出すカラテチョップに、相手のアメリカンレスラーはたじろぎ、客は東洋の神秘的な技に狂喜した。

おなじ客でも、日系人たちは、試合のたびに暗澹《あんたん》たる思いにとらわれた。

そのころのカラテチョップは、けっして見映えのいいものではなかった。たんに掌《てのひら》をまっすぐに突き出して、相手の喉元に打ちこむというものだった。

力道山は、得意であった突っ張りを応用して、見よう見真似《まね》でカラテチョップの練習に励んだ。

初試合は、ハワイにやってきて二週間後の二月十七日、ホノルルのシビック・オーデトリアムでおこなわれた。相手は、「狼酋長」を名乗るチーフ・リトル・ウルフというインディアンであった。無法のかぎりをつくすレスラーという評判であった。

ものの八分ほどで、力道山が勝利をおさめた。反則パンチで殴りつけてくるウルフに対して、力道山は上半身を紅潮させ、怒りを爆発させたのだった。

沖識名に教えられたカラテチョップを、連発した。激昂していくうちに、相撲の張り手のようになった。リングから転がり落ちたウルフを追い、蹴りをくらわせた。

ようやく上がってきたところを、またも機関銃のようにチョップをくり出し、ウルフをマットに沈めたのであった。

日系人たちは、どっという歓声を送った。戦争中は収容所に入れられ、戦後は屈辱を舐《な》めさせられてきた彼らは、力道山のみごとなほどの一方的な勝ちっぷりに、ヒーロー到来と喝采《かっさい》を送ったのであった。

ウルフは、なかば失神状態であった。それほどに力道山のチョップは強烈無比だった。

突っ張りと張り手にかけては、大相撲時代、力道山の右に出るものはなかった。

昭和二十二年六月場所のことである。東前頭《ひがしまえがしら》八枚目であった力道山は、全勝街道を驀《ばく》進《しん》していた。優勝戦線の筆頭を突き進んでいるとき、西前頭六枚目の若瀬川《わかせがわ》とあたった。

若瀬川は前さばきがうまく、二本差しを得意としていた。

これは一発突っ張ってやろうと考えた力道山は、立ち上がりざま一撃をくらわした。若瀬川は、その一撃で吹き飛んだ。そのまま、うしろにそり返るように倒れた。

なかなか起き上がってこない。心配になった力道山が、体を抱き起こしにかかると、冷たくなっている。力道山は、蒼《あお》ざめた。

死んだか、と思った。

抱きかかえるようにして支度部屋で寝かせた。こんこんと眠りつづけてようやく気がついたのは、三十分も経ってからだった。

生前、力道山は、述懐《じゆつかい》している。

「よるべない孤独の世界から生まれたのが、空手チョップですよ」

ハワイには、日系二世レスラーがたくさんいた。のちに渡ったアメリカ本土にも。そこで力道山が見たのは、悪役というよりも、そろいもそろって太鼓持ちを演じている情けない日系レスラーの姿であった。

羽織袴《はかま》の上下や、束帯姿《そくたい》、それに下駄履きでリングに上がり、柏手《かしわで》を打っては、線香をあげたりする。塩をまく。相手の白人レスラーに攻めこまれると、土下座して許しを乞い、客を沸《わ》かせる。そうしておいて、相手に卑劣のかぎりをつくし、ほどほどのところでフォールをとらせ負けてやる。

力道山は、特訓を終えると、人影のないココヘイ海岸に出た。ヤシの実を、何度も何度も殴りつけた。岩にすわれば、それめがけて思い切り右の拳を振りおろした。

〈実力がないから、あいつらは媚《こ》びるようなことをするんだ。実力さえつければ〉

力道山は、そのときのことを「週刊朝日」昭和三十年七月三十一日号で、こう語っている。

「張り手を自分なりに工夫して、空手チョップを完成しようと思った。だれも頼る者のない寂しい状態を、いったいどうしたらこの現実を切り抜けられるか、という一心だった。沖縄で空手がさかんだということも、ぼくにはわかるような気がする。武器も、後ろ楯《だて》も持たぬ人間にとって、唯一の力は、いつ、だれがかかってきても、のばしてやるという心のなかの張りだけだ。そのためには、蹴りと殴ることと、頭突き以外のなにがあるだろうか、ぼくには……」

ところかまわず、右の拳をぶつけるという癖は、じつは大相撲時代からだった。コンクリートにすわっているときでさえも、ひっきりなしにそこに拳をぶつけていた。

拳だけでなく、小指がわの側面も叩《たた》きつけた。

そのために、彼の右手は、おそろしいほどタコで盛り上がった。左手と右手では、まるで大きさがちがった。

そのくりかえしのなかで、おのれの闘争心をかき立てたのであった。

プロモーターのいうことは、いかに力道山といえども駆け出し、守らないわけにはいかない。

おまけに売り文句は「スモウ・レスラー」である。紋付袴のコスチュームを着せられ、リングに上がらなければならなかった。その屈辱を晴らすためには、実力というものを見せつけてやらねばならない。

敵を叩きのめすのは、空手チョップしかない。怒りを爆発させるのは、華麗な投げ技などでなく、一撃入魂の手刀しかない。

プロであれば、見せることも考えねばならなかった。そこで編み出したのが、逆水平チョップだった。

これまでは、まっすぐに打っていくチョップしかなかった。それを逆に、右手の先を左肩のあたりまでぐっと引いていって力を溜め、弓のように右腕をしならせて敵の喉元に右手の側面を叩きつけるのだ。遠心力が加わるので、力が倍加された。

力道山は、この逆水平チョップを、早くも第二戦目から爆発させたのだった。

はじめて見るその一撃に、観客は度肝《どぎも》を抜かれた。

沖識名は、唸《うな》った。

〈へえ、この技はおもしろい。リキも、いろいろと考えてるんだ〉

むろん、殺し合いではないので、急所ははずした。それでも、大相撲時代から鍛えた右手は、相手に悲鳴をあげさせた。

加減するために、やや手を「く」の字に曲げて、当たった一瞬のちに掌を相手の胸に叩きつけるので、パシーンとはじける音が場内にひびいた。

観客は、衝撃の凄《すさ》まじさを耳で受け止めた。いままでに、そんな音など聞いたことがなかった。

「ジャップ!」

そうののしりながらも、いっぽうではショーだと割りきっていたハワイの楽天的な白人たちは、空手チョップひとつで疾風《はやて》のごとく暴れまわる弾丸のような男に釘づけになった。

どうにもならぬ口惜《くや》しさを全身にたたえた、怒濤《どとう》のような男の暴れぶりに、不思議なリアリティを感じていた。

日系人たちは、誇りを回復していった。彼らは日の丸の小旗を振りたてながら、大合唱した。

「いいぞォ、リッキー・ドザン!」

ハワイに来たときに、百二十センチもあった力道山の太鼓腹も、百センチに満たなくなった。胸には筋肉が隆々とし、首が太くなった。首のうしろで、八十キロから百キロぐらいは軽くささえ上げられるまでになった。

膝から下をぶらぶらさせておいて、足の先にとりつけた四十五、六キロの鉄アレイを、軽々と上げ下げすることもできるようになった。

六月には単身、サンフランシスコに乗りこんだ。以後ロサンゼルス、シカゴ、デトロイト、ニューヨーク、カナダ、メキシコを転戦してまわり、三百戦して負けは五という、とてつもない戦績をおさめて帰国した。

世界最大の格闘技雑誌「ボクシング・マガジン」は、力道山を世界のプロレス最強ベストテンに入れた。

若ノ花《わかのはな》らとの猛稽古

力道山の初土俵は、昭和十五年五月であった。誕生日は日本の年号でいえば、大正十三年十一月十四日である。満十五歳の初土俵ということだが、これはあくまでも力道山自身の証言でしかない。

初土俵の記録はゆるぎもない事実だが、誕生日に関してはわからない。プロレス関係者のあいだでは、さまざまな説がある。

「力道山は、十歳ばかりサバを読んでいた。本当の年齢は、彼の年齢に十たした年齢だ」

すると、二十五歳の初土俵なのであろうか。

あるいは、こういう関係者もいる。

「力道山が生まれたのは、大正十一年だ」

本当の年齢は、いまも定かでない。力道山自身、おのれの出生については、ひたすら口を固く閉ざしつづけた。死ぬまで、それは変わらなかった。

「長崎県大村《おおむら》市出身」と本人もいい、まわりも信じていた。が、いまでは相撲博物館の記録により、謎であった出生はあきらかにされている。

出身地は、現在の朝鮮民主主義人民共和国である咸鏡南道浜京郡龍源面新豊里三十七番地。父親は金錫泰《キムソクタイ》、母親は巳。

が、力道山自身は、「長崎県大村市で生まれ、父は百田巳之吉《ももたみのきち》、母はたつの長男で、本名は百田光浩《みつひろ》」と死ぬまでいいつづけた。

力道山の本名は、金信洛《キムシルラク》。三人兄弟の末っ子であった。

少年時代、力道山は日本の相撲にあたる「シルム」という格闘技の力士として、強腕を唸らせていた。兄たちとともに、家計を助けるためでもあった。

家が貧しく、漢学者だったという父親はあまり働かず、母親が米をつくるかたわら、雑貨屋などを営んでいた。

「シルム」では、力士とはいわず「壮士」と呼ぶ。

五月五日の端午の節句や、中秋の名月の翌日の陰暦八月十六日は、とくに盛んにシルムが開催された。優勝者には黄牛《あまうし》一頭が与えられ、準優勝には米一俵というのが賞品の相場であった。

優勝すれば、出身の村では英雄となる。もらい受けた牛一頭は、きれいに潰《つぶ》されて、すべて近隣の人に分けあたえられた。力道山は、長兄の恒洛とともに、シルム大会を荒らしまわった。

シルムは、激しい相撲であった。がっぷりと組み合うというより、たがいに距離をはかりながら、突っ張り、張り手を連発させる。まともに顔面にくらえば、そのまま血反吐《ちへど》を吐いて土俵に叩きつけられた。妥協を許さぬ、デスマッチであった。

そこで鍛えた強腕が、のちに力道山に一撃必殺の空手チョップをもたらすことになる。

力道山は、朝鮮にやって来てシルムを見物した百田巳之吉に見出される。百田は長崎県大村で興行師をやり、置屋の経営もしていた。また、大の相撲ファンで、大村出身の二所《にしょ》ノ関《せき》親方の後援会幹事もつとめていた。力道山の雄姿を見て、すっかり惚れこんだ百田は、力道山をスカウトし日本につれ帰ったのであった。そうして、二所ノ関部屋に入門させたのである。昭和十四年のことであった。

玉の海は、力道山を秘蔵っ子としてかわいがった。あまりに力道山を大事にするので、力道山は、同門の力士仲間からは、妬《ねた》まれた。彼らは、力道山のことを、本名で、「金、金！」と呼んだ。

戦前は、いかに力道山がおのれの出生を隠そうとしても、隠しようがなかった。相撲の番付には、はっきりと出身地が書かれていたからである。

理由なき民族差別のまっただなかで、力道山が胸を張って生きぬいていくためには、出世するというほかに道はなかった。

生前、力道山は、雑誌「知性」昭和二十九年十一月号の「鍛練一路」と題する自伝で、大相撲の駆け出しのころを回想している。

『いま改めて、過去を振り返ってみると、鍛練、鍛練、鍛練、それ以外には何もなかったようだ。寝ても、さめても、「強くなろう！　強くなろう！」そればかりしか考えていなかったように思われる。強くなりさえすれば、それに附いて、自然に出世するし、生活も楽になるし、ファンも出来れば、人気も出てくる。弱くては駄目だ』

新弟子の生活は、辛く苦しい。買い出し、薪割り、チャンコづくり、給仕、洗濯。関取衆が風呂に入れば、背中を流す。巡業では大きな荷物をかつがされる。使い走りをする。そんな生活から脱するためには、強くなるほかなかった。

関取衆が起きてからでは、新弟子は土俵に上がれない。それゆえ、力道山はどんなに寒い朝であろうとも、毎日暗いうちから起きて、土俵に上がり稽古《けいこ》に励んだ。同期の力士を誘い、むやみやたらとぶつかっていく。組み打ち、押し合いを何度もこなし、関取衆が起きてくるころには、汗が滝のようにながれていた。

太鼓腹になるために、たらふく食べた。飯は丼で一度に十五、六杯はたいらげ、ビールも五十本飲んでびくともしなかった。

小松敏雄《こまつとしお》が、はじめて力道山と出会ったのは、昭和十六年のことであった。小松は高知から出てきて、二所ノ関部屋に入門した。以後、戦争中しばらくのブランクをおいて、戦後は力道山と運命をともにしていくことになる。

二所ノ関部屋は、両国にあった。

小松が入門してまもなく、二所ノ関部屋の力士たちは地方巡業に出ていた。残っている力士たちで稽古場に出ていると、どういうわけか巡業に出ていないひとりの筋肉の塊《かたまり》のような力士が、二階から降りてきた。

「あれが、力道山だ」

と他の力士がいうので、壁にかかっている札を見た。力道山のところに、「序ノ口」とあった。

肩と胸のあたりの筋肉が発達していた。腹は力士らしく、ぽっこりと出っ張っている。

「稽古をつけてやる」

力道山はそういうなり、土俵に上がった。

小松は、うながされて、力道山と向かい合った。小松は、力には自信があった。身長も小松のほうが大きい。負けるものか、と勇んで土俵に上がった。

ふたりの駆け出しの力士は、ぶつかり合った。そのとたん、小松には信じられないことが起こった。

まわしの結び目を、むんずと摑《つか》まれた。と思った一瞬、ぐいと引きつけられた。脚が地面から、ふっと浮き上がったのである。

ふつうの投げであれば、腰を入れたりする。が、力道山は、腕一本で小松を宙に引っぱり上げたのであった。

小松の体は宙に浮いたまま、ふりまわされた。そのあげく、土俵にしたたかに叩きつけられた。

簡単にいってしまえば、小松は力道山の腕一本で軽々と持ち上げられ、そのまま放り投げられたのである。「摑み投げ」といった。この技をやられたほうは、きわめて屈辱的な気分におちいる。

〈こりゃ、おれには、相撲は無理だ〉

小松は、力道山の強さに打ちのめされてしまった。

力道山は、おどろくべきスピードで出世していった。昭和十七年一月場所では、三段目で八戦全勝優勝。五月場所から幕下となり、翌十八年五月場所まで三場所連続勝ち越しを決め、昭和十九年五月場所では五戦全勝で幕下優勝をかっさらった。つぎの十一月場所から十両となり、関取となった。

この間、負け越しは一度だけ、序ノ口からわずか九場所で、十両となっている。しかも、全勝優勝が二回。

昭和二十一年十一月場所から前頭十七枚目となり、新入幕を果たした。ここまでは、わずか四場所しかかかっていない。二年後の二十三年五月場所では、前頭三枚目で殊勲賞を獲得、新入幕からこれも四場所で東の小結に昇進した。翌二十四年五月場所からは、西関脇となった。

その後、二十五年九月場所をボイコットし、相撲界を飛び出るまで、肺ジストマに苦しめられようとも、一日も休まず出場した。不撓不屈《ふとうふくつ》の男であった。

昭和十七年に二所ノ関部屋に入門した芳の里は、後輩にあたる若ノ花（のちの二子山日本相撲協会理事長）とともに、よく力道山に稽古をつけてもらった。

「リキさんは負けず嫌いで、何番稽古をやっても自分からやめようとはいわないんだ。こっちは若ノ花とふたりで交代でやってるからいいんだが、われわれをひとりで相手にしているリキさんのほうは、さすがに疲れてくる。それでも、やめないんだよ。でも、リキさんやめたいと思ってるな、ということは、われわれにはわかるんだよ。リキさんは、あるサインを送ってくるんだ」

なみのサインではない。例の強腕で、思いきり鳩尾《みぞおち》や肝臓、腎臓のあたりを、いやというほど打ってくるのだ。

相手は、息ができなくなる。脂汗《あぶらあせ》がにじむ。力道山は自分からやめるということがいえないので、ツボを乱打し、相手からやめようという言葉を引き出すのである。

あまりに激しく打ってくるので、こちらもまた負けず嫌いの若ノ花は、逆上して力道山の脚に嚙《か》みついた。その傷は、しばらく癒《い》えなかったほど深かった。

力道山の性格をわきまえている芳の里は、悲鳴をあげた。

「いてててて!」

すると力道山は、勝ち誇ったように笑いながらいうのである。

「ああ、そうか。そんなに痛いんなら、やめてやらあ」

すたすたと土俵を降りていくのだった。

負けず嫌いは、力道山に事故を招くこともあった。

太平洋戦争が激化し、力士たちもつぎつぎと戦場に応召していった。昭和十九年、二所ノ関親方の配慮によって、力道山や芳の里は、召集を避けるため、関西に勤労奉仕に出かけた。尼崎《あまがさき》の久保田《くぼた》鉄工所と、宝塚《たからづか》の東洋ベアリングの二カ所がその場所であった。

東洋ベアリングでは、できあがったベアリングをつめた袋を、トラックの荷台に積みこむ仕事だった。

本当なら起重機で積むのだが、もはや物資は底をつき、起重機などない。彼らはその体力を見込まれ、起重機の代わりとなったのである。

ベアリングがつまった袋は、五十貫、つまり百八十キロもある。それを、人の手を借りることの嫌いな力道山は、たったひとりで担ぎあげようとした。

左の手首が、音をたてて鳴った。骨が折れた。それでもかまわず、力道山は袋をトラックに積みあげた。

「こんな袋ふぜいに負けてなるか、とリキさんは思ったんでしょう」とは、芳の里の回想である。

それにしても、骨を折りながら、百八十キロもの荷を持ちあげたという事実は、力道山の筋肉が、いかに鍛えられていたかを雄弁に物語っている。

筋肉はその重量に耐えることができたが、それを支える肝心の骨のほうが耐えきれずにぽきりと折れてしまったということになる。骨は、さすがに鍛えようがなかった。

おのれの闘争心をかき立てることにおいても、力道山のやり方は独特だった。

芳の里や付け人の田中米太郎をつれて、料理屋にくり出す。大一番の前日になると、力道山は異常なほど興奮していた。

大鉢のなかの料理を全部放り出すや、芳の里に向かって吼《ほ》えた。

「淳、ここに、その酒を入れろ！」

芳の里の本名は長谷川淳三なので、いつもそう呼んだ。

大鉢といっても、盥《たらい》ほどもある。そこになみなみと酒を注ぎ終えると、力道山がいった。

「よし、それをひと息で飲みほせ！　いいか、ひと息だぞ。途中で息なんかするんじゃないぞ！」

息を吸えば、かたわらのビール瓶で、力まかせに頭をぶん殴られた。

付け人の田中米太郎など、何度やられたかわからない。口の端にまともに鉄拳をくらい、血がしたたった。歯が二本折れていた。

力道山は、叫ぶ。

「おれが、飲んでやる！」

みごとなほど、ひと息で飲みほした。

そんなことが、ひとつの席で、一回や二回ではなかった。まだまだ、その程度は序の口であった。

「これを、食ってみろ！」

骨太の手で差し出してきたのは、なんとガラスのコップであった。

芳の里は、肝《きも》を潰した。が、食わなければ、いやというほど打ちのめされる。ええい、ままよと齧《かじ》りはじめた。だが、うまく齧れるものではない。ガラスの破片が口腔に突き刺さり、口のなかは血だらけになった。

見ていた力道山が、苛立《いらだ》って叫んだ。

「淳、こうやって、食うんだ！」

コップを手にした力道山は、円に沿いながらぐるぐるとまわし、見るまに齧っていく。ガラスが細かく砕け鈍い音がする。すべて口のなかに入れてしまうと、まるでいくつもの飴《あめ》をいっぺんに嚙み砕くようにして飲みこんでしまった。

芳の里も、なんでこんなことをしなければならぬのかと思いながら、こんちくしょうと呑みこんだ。それから十日ほど、ガラスの粉が砂のように口のなかに残った。

常識では考えられぬことを人に強《し》い、この野郎と思わせて相手の闘争心をかきたてる。返す刀で、おのれに対しては、血走った相手に挑戦状を叩きつけられたときのようなどん詰まりに追いこんで、火と燃えあがらせた。

そうやって、張りつめに張りつめさせた闘争心を、翌日の大一番で爆発させたのである。

力道山は、まさに修羅の男であった。

東富士《あずまふじ》の顔面に張り手乱れ打ち

力道山の戦後は、地方巡業からはじまった。

両国《りょうごく》の二所ノ関部屋は、昭和二十年三月十日の東京大空襲で焼けてしまった。大相撲の殿堂である両国国技館は、進駐軍に接収されてしまい、メモリアルホールと名をかえていた。

本場所は、仕方なく神宮外苑《じんぐうがいえん》の粗末な相撲場でおこなわれた。焼け出された二所ノ関一門は、杉並区《すぎなみく》高円寺《こうえんじ》の青梅街道《おうめかいどう》沿いにある真盛寺に身を寄せた。

ちにしていた。

そこから、地方巡業に出発した。焦土と化した日本各地の人々は、大相撲の巡業を心待ちにしていた。

当時の巡業は、現在のように各相撲部屋がいっしょに各地をまわるのとはちがい、組合単位であった。つまりそれぞれの系列の部屋ごとにまとまって、思い思いの地方へ出向いてゆく。それゆえ、いっぽうが東北なら、こちらは関西、あちらは九州という具合に、同時に全国に散らばっていったのである。

一年に二場所しかない時代であった。しかも、一場所だいたい十日間。が、そのときどきによって変化し、たとえば終戦まぎわの昭和二十年六月場所は、わずか七日間。終戦直後の十一月場所は、ふたたび十日にもどった。しかし、本場所はそのまま一年間ひらかれず、翌二十一年十一月にようやくひらかれるといったあんばいだった。その間、力士たちは全国を巡業して歩いたのである。

十両となっていた力道山は、先輩格の力士たちが嫉妬《しっと》をおぼえるほど、多くの後輩たちに慕われていた。

とにもかくにも、よく稽古をする。後輩たちにも、稽古をつけてやる。若ノ花、芳の里といった若手たちは、力道山にしたがって巡業のあいだも早朝から稽古に励んだ。

やるだけやって、体から湯気が出るほどまでなると、稽古もようやく終わる。そうすると、待ちに待った力道山からの格別の褒美《ほうび》が待っているのだった。

それは、ビールであった。

終戦直後である。物資は底をついていた。日本国中、ビールなどほとんど口にできぬ時代に、力道山がふらりと土地の酒屋に寄り、一枚の名刺を差しだすと、二十四本入りのケースが無条件に二ケースも出されてきた。

このビールが、後輩たちを魅了していた。力道山は付け人にビールケースをかかえさせ、悠々と宿舎にもどってきてふるまった。

若ノ花や芳の里たちは、そのビールを丼になみなみと注ぎ、喉を鳴らして飲んだ。めいっぱい稽古したあとのビールは、格別の味であった。

横綱ですら、めったに口にできない代物《しろもの》だった。

だれのものなのかわからないが、一枚の名刺を酒屋に見せただけで、そんな贅沢《ぜいたく》にありつけるのである。どこへ行っても、かならず決まって二ケースであった。たかだか十両にすぎない力道山の異能ぶりは、きわだっていた。

愛媛県松山市の巡業では、ちょうど陸上の県大会がひらかれていた。稽古を終え、まわしを締めたままの力道山は、百メートル競走に「おれも走らせろ」と飛び入りで出場した。

まわしに裸足のままで走った。ところが、みごとに一位になってしまった。

これには、見ていた芳の里たちもおどろいてしまった。小学校六年のときには、千葉県下の陸上競技大会で敵なしだった芳の里も、舌を巻いた。

それにしても、県の大会に、こんな形で飛び入りするような者がいるだろうか。それほど力道山の底ぬけの明るさと、終戦直後の混乱のなかでも、ゆっくりと時間がまわっていた地方の生活があったということであろう。

それにもまして、激しい稽古を終えたばかりの力道山が、なお走りたいと思い、強引に出場して一位をかっさらったことには、ありあまるエネルギーをもてあまし、それをあらゆることにぶつけずにはおかないひとりの荒ぶる男の姿がある。

喧嘩《けんか》も、日常茶飯事だった。ひと晩に二回は当たりまえだった。

夜遊びには、かならず芳の里をつれて行った。芳の里の脚力を見込んでのことだった。巡業で地方をまわっていると、かならず土地のヤクザや有力者から座敷を設けられる。力道山は、酒を飲むと人が変わった。酒乱であった。しかし、みずから喧嘩を売るようなことはしない。力自慢の相手が因縁をふっかけてきても、三度までは我慢した。

が、四度も五度もとなると、もう黙ってはいない。見るまに怒りで顔面を朱に染めるや、相手がたとえ十人であろうと、鍛えあげた強腕で全員を殴りつけ、血の泡を吹かせた。かたわらの芳の里が、割って入るまもない早業《はやわざ》であった。

〈ああ、またリキさんやっちゃった……〉

茫然《ぼうぜん》とその光景を見やっている芳の里に、ことごとく相手をのばしてしまった力道山が叫んだ。

「淳、逃げろ！」

ふたりは、一目散に走りだした。

かたがつけば、かならずそうやって逃げた。逃げ足は速い。それゆえ、きまって脚の速い芳の里を随行させたのである。

姫路の駅では、動きだした汽車のなかで、五、六人の猛者《もさ》どもをつぎつぎと殴りつけた。窓から体を突き出している男を、さらに殴って、外に放り出したこともあった。

戦争中には、防空壕のなかに、焼夷弾《しょういだん》による火事を消すための砂のつまったリンゴ箱が置かれてあった。それを持ちだし、群がる猛者どもに投げつけたこともあった。おそらく百キロは優にあるそのようなものを投げつけるとは、なみの怪力ではなかった。

逃げるのは、警察沙汰《ざた》になるのを恐れたからだった。それに、これ以上やっては、相手を殺してしまうかもしれなかった。

警察に踏みこまれたことも、一度あった。兵庫県西宮であった。宿舎に警察が踏みこんでくるより一歩早く、力道山はすばやく窓から逃げだした。そのとき、いっしょに現場にいた芳の里に、「淳、いうなよ」と睨《にら》みをきかせていい残していった。

警官が、矢継ぎばやに訊問してきた。

兄弟子がやってきて、芳の里に詰め寄った。

「本当のことをいえ！」

が、芳の里は、最後まで一言も口をひらかなかった。

力道山は、兄弟子たちからうさん臭がられていたのである。それゆえ、なんとか力道山の足を引っぱろうと、芳の里に迫ったのだった。

嫉妬、羨望、怨恨《えんこん》が、兄弟子たちのあいだに渦巻いていた。

芳の里が、語る。

「力道山という人は、ものすごいスピードで出世していったからね。同期入門はもちろん、兄弟子たちまでつぎつぎと追いこしていったから、ずいぶん怨まれたのです」

当時二所ノ関部屋の力士であった小松敏雄も、当時をふりかえる。

「ふつう新弟子時代は、先輩力士の付け人となるんですが、力道山は親方付きだった。親方付きといっても、親方には奥さんがいるわけだから、身のまわりの世話をする必要がない。つまり、自由にしていいということになるんです。親方の秘蔵っ子だった。そのこともまた、兄弟子たちから力道山が怨みを買う原因のひとつでした」

それゆえ、稽古が終わると、力道山はすぐに街に出ていった。部屋にはいたがらなかった。街に出て行くと、また喧嘩三昧《ざんまい》である。

異能ぶりは、街に出ていくときにも存分に発揮された。

バリバリバリッと天地を引き裂く轟音もろとも、真盛寺の境内を飛びだしてくるのは、黒光りするアメリカ製の大型バイク、インディアンであった。

頭に髷《まげ》を結っているので力士であることはわかる。が、首から下を見たら、だれもが自分の眼は確かかどうか、もう一度頭のほうに眼をやったことだろう。なんとスーツでぴったりきめているのである。

まぎれもなく力士、力道山であった。

大型バイクを疾駆させる力士も前代未聞なら、スーツ姿の力士も前代未聞どころか、目撃した者さえ信じがたい光景であった。

ときには、ズボンにジャンパー姿。またあるときには、ニッカーボッカーをはき、英国紳士然としていた。

そうして、なお十年もその出現を待たねばならぬカミナリ族の先駆者のごとく、けたたましい爆音をとどろかせ、猛スピードで焼跡の東京を疾走した。スピード狂であった。

東京の本場所でも、インディアンで乗りつけた。

神宮外苑の相撲場へは、横綱であろうと、国電千駄ヶ谷駅からとぼとぼと歩いてゆく時代。そこをさも得意気にオートバイで疾駆してゆく入幕まもない力道山が、先輩格の力士たちから反感を買うのも当然であった。

ことは、しかし、もっと根深かった。オートバイで走り去る力道山の背中をうらめしそうに睨んで、先輩格の力士のひとりは吐き捨てた。

「あんちくしょう、調子に乗りやがって。戦争に勝った気でいやがるんだ。あの馬鹿が」

日本との戦争に勝ったのは、なにもアメリカだけではなかった。台湾や朝鮮の人々も、日本の敗戦によって祖国が植民地から解放され、わが世の春とばかりに幅をきかせていたのである。力道山が朝鮮の出身であることは、兄弟子クラスならだれもが知っていた。じつに、吐き捨てられた言葉は、そのような背景から押し出されたものであった。

力道山の洒脱者ぶりは、戦前の駆け出しのころからだった。

まだ三段目で、紋付袴の許されぬ時代に、部屋近くの力士専用の大型衣料品を扱うライオン堂に出かけては、そこで紋付袴に着替え、贔屓《ひいき》のところへ出かけていくほどだった。よく通っていたのは、柳橋のふぐ料理屋「とら亭」であった。座敷に上がると、かならず特別に注文した。

「ふぐは、厚く切ってくれ」

出されてきたのは、マグロのように切ったふぐの刺身であった。それを強靭《きようじん》な歯で嚙《か》み、一升瓶をラッパ呑みにひと息で干してみせる。

あげくのはては、例によって血をしたたらせながら、ガラスのコップを嚙み砕いて食べた。

それを弟子たちにも強制する。決まって大一番の前夜だった。

なにものかに向かう怒り、苛立ちのようなものが、そう仕向けているようであった。

　あるいは、怯《おび》えのようなものがそうさせていたのかもしれない。

　おのれを傷つけ、他人を挑発し、それによってふたたびおのれを奮い立たせる所作は、まるで勝負の世界に棲《す》む魔にとりつかれ、自分の顔を思わず掻《か》きむしってしまう自家中毒患者のようでさえあった。

　力道山は、勝ちつづけなければならなかった。勝負への執着は、人なみはずれていた。

　昭和二十三年五月場所、東前頭二枚目の力道山は、大関東富士《あずまふじ》と対戦することになった。

　このときは一場所十一日、対戦は二日目であった。

　その前日、東富士が、力道山をつかまえていってきた。

「おいリキ、おめえ明日、顔を張ってくんのか。張ってくるなら張ってくると、はっきりいえ」

　百七十九センチ、百八十キロの巨体。その寄りは「怒濤の寄り」と謳《うた》われる東富士も、力道山の張り手は恐怖の的であった。

　力道山がよく東富士になつき、東富士もかわいがっていた関係で、気軽にそう訊《き》いてみたのだった。

　力道山は、かしこまって答えた。

「冗談じゃないですよ。いやあ、大関に、そんな手はもったいないですよ」

翌日、東富士は立ち合いで、無防備に胸を突き出すようにして、力道山にぶつかっていった。がらあきになった正面を突いて、力道山の張り手が、もののみごとに東富士の顔面を乱打した。

体勢を立てなおす余裕はなかった。張り手で朦朧《もうろう》となった東富士は、あっけなくはたき込まれ、巨体は土を舐めた。

その一番が終わったあと、東富士は力道山をつかまえて食ってかかった。

「リキ、てめえこの野郎、張り手は使わねえなんていいながら、張ってきやがって！」

力道山は恐縮するどころか、少しも悪びれずにいった。

「あ、どうも、ごっつぁんでした！」

東富士は、あっけにとられた。返す言葉もなく、口をあんぐりあけているだけだった。

不思議と憎めない男であった。力道山のまわりには、なにかしら無色透明の明るさがとり巻いているようなところがあった。勝負は勝負、と割りきっていた。

力道山は、この場所に小結昇進がかかっていた。勝ち越せば、小結。しかも、次期横綱の呼び声高い東富士を倒したとなれば、文句なしである。負けるわけにはいかなかった。

横綱照国《てるくに》も破り、あわせて横綱前田山《まえだやま》にも不戦勝をおさめ、殊勲賞を獲得。八勝三敗の成績で、小結昇進を決めたのであった。

プロレス王力道山生みの親、一代の侠客新田新作《にったしんさく》

力道山の相撲は、とびっきり活《い》きのいい相撲であった。

妥協なき激しい張り手と、相手の体に吸いつかんばかりに組み伏す外掛け、それに頭を押さえこみながら打つ迫真の投げは、見る者に一心不乱の形相《ぎょうそう》をまざまざと見せつけ、勝負の世界のすさまじさを否応なく喚起《かんき》させた。

全国各地には、熱心なファン層が広がった。高知のある網元《あみもと》は、自分の持ち船に「力道丸」と名付けるほどであった。

のちに横綱となる千代《ちよ》の山《やま》との一戦は、百九十二センチの大男に百八十センチの男が挑む注目の一戦であった。

わずかばかり先輩の力道山は、大男で豪力の千代の山を相手に、攻めさせる隙《すき》を与えず、張り手、突っ張りを乱発した。千代の山の巨体は、土俵の外に吹っ飛んだ。

ところが、土俵から降りると、ふたりは仲がよかった。贔屓《ひいき》も同じだった。

大阪の高級料亭花月《かげつ》がそうだった。花月では、集まった後援会の人々が、力道山と千代の山の一番のときには、頭を抱えこまなければならなかった。それぞれの好みを応援して、いがみ合うこともたびたびだったのである。それゆえ、どちらが勝った負けたという

ことは、いっさい口にしないという約束がとり決められたほどだった。

力道山の贔屓筋は、すでに多かった。新弟子時代から、両国のライオン堂がそうであり、鈴木という千葉の落花生王で大地主、山王《さんのう》病院の長谷院長、それに花月。また、のちに日本精工会長となる今里広記も、力道山をかわいがっていた。

終戦直後の前頭時代には、力道山は当時、日本航空機械工業の専務で、千葉の松戸《まつど》工場長をしていた今里の家に、ズダ袋を持ってあらわれた。

「こんにちは。専務さんいらっしゃいますか」

と家に上がりこんでは、今里に無心した米をズダ袋にかついで帰っていった。

プロレス王としての力道山の生みの親となる一代の侠客、新田新作と出会ったのは、昭和二十三年五月場所後に小結に昇進してまもなくのことであった。

新田新作は、戦前から博徒として鳴らした人物であった。戦争中には、日本橋蠣殻町《にほんばしかきがら》一帯の賭場を仕切った。

戦後は実業家として、巨大な富をなした。GHQ（連合軍総司令部）とのつながりが、新田を一介の博徒から大転身させたのである。

戦争中、アメリカ軍の捕虜を集めた収容所に勤めた新田は、アメリカの捕虜たちの待遇があまりにひどいので、所長の眼を盗んでは、煙草や菓子などを差し入れたりした。

戦争が終わり、解放された彼らは、進駐してきたアメリカ軍に復帰した。そのなかにG

ＨＱの高級将校となった人物がいたのである。彼は戦争中の新田の恩をわすれず、日本の復興のため焼跡の整備を新田にまかせたのであった。

東京下町一帯の焼跡の復興は、新田が一手に引き受けた。さらに、アメリカ軍のキャンプも建設した。「新田建設」を興し、ＧＨＱから入ってくる豊富な資材と潤沢《じゅんたく》な資金で、たちまち実業家として財をなした。

背中から手首のあたりまで全身入れ墨をほどこした博徒は、戦災で焼けた明治座《めいじざ》の復興も松竹《しょうちく》に頼まれてみごとに果たし、明治座の興行も一手に引き受けることになった。

それだけではない。復興と興行に乗じて、由緒ある明治座の社長まで手中に入れたのであった。

新田新作の名は、日本橋一帯で知らぬ者はなかった。路地裏の老婆でさえ、「蠣殻《かきがら》町の会長さん」と呼んだ。

その一代の人物と力道山が出会ったのは、横綱東富士の紹介であった。

力道山は、東富士の太刀持ちであった。

「横綱、横綱」といってはぴったりと寄り添ってくる力道山を、江戸っ子で人のいい東富士はかわいがった。新田は、東富士の最大の贔屓だった。

財をなし、成功者としての顔を新田が獲得するためには、国技である大相撲の後援者となることが手近な道であった。

かねて親しくしていた九州山《きゅうしゅうざん》に、「相撲取りのひとりばかり、世話したい」ともちかけ、紹介されたのが、大関時代の東富士だった。

東富士はまもなく横綱になり、新田の相撲界への発言力は増した。

二十四年春には、人形町近くの浜町《はまちょう》河岸に、三千万円をかけて仮設国技館を建設し、日本相撲協会に寄付した。

これによって新田は、押しも押されもせぬ相撲界の大立者として君臨することになった。

力道山が新田と親しくなったのは、このときからだった。

二所ノ関部屋が再建されたのも、このころである。力道山は小結とはいえ、二所ノ関親方とともに、八方手分けして贔屓筋に援助を頼んでまわった。両国の以前あったおなじ場所に、新築の部屋を完成させた。部屋のため、相撲界のため、力道山は精いっぱい尽力したつもりだった。それもこれも、大関、横綱になりたい一心からであった。

昭和二十四年五月場所では、関脇として登場した。

ところが、場所前にアクシデントが起こった。

全身が熱っぽく、咳《せき》や痰《たん》がとめどなく出た。吐き気がおさまらない。体重がみるまに落ちた。十八キロも痩《や》せてしまった。力がまったく湧《わ》いてこなかった。

入院したが、まるで原因がわからない。新聞は、さかんに力道山の休場を書きたてた。

黙ってベッドの上で寝ているわけにはいかなかった。力道山は、これまでなにがあっても、一日たりとも休場したことがなかった。

医者は止めた。しかし、力道山は、おどろくべき執念で出場したのであった。

結果は、三勝十二敗の惨敗に終わった。関脇の座は、わずか一場所で吹き飛んだ。すぐに病院で調べてもらうと、肺ジストマと診断された。場所前に川ガニを食べたのが原因だということだった。

医者からは、「元気になるまで八年はかかる」といわれ、入院を余儀なくされた。だが、ジストマなど日本ではほとんどはじめてといっていい病気であった。薬にいたっては、日本になかった。ジストマにきく特効薬は、アメリカからとりよせなければならなかった。

エメチン、クロロキンといった薬をなんとかとりよせ、注射で打ってもらった。

二カ月近くの入院で、少しずつ体力は回復していった。

ところが、いざ退院となったとき、その費用は莫大なものとなっていた。入院費用、薬代、注射代など、とても個人で払える金額ではなかった。

親方に相談してみても、協会に相談しても、知らぬ顔を決めこまれた。

仕方なく、自慢のオートバイを売り払い、さらに家まで売り払った。それでも、足りなかった。

泣きついたのは、出羽海《でわのうみ》部屋の有力後援者であった、小沢《おざわ》という人物だった。針金の製造工場を経営し、戦後の復興事業で財を得ていた小沢は、すべての費用の面倒をみてくれた。なにゆえに力道山が、錚々《そうそう》たる贔屓衆のところに行かなかったのかは不明だが、いずれにせよ援助を受けたのは、別の部屋の後援者だったのである。

二所ノ関部屋の人間たちは、ひとりとして見舞いにこなかった。かわいがっている若ノ花や芳の里など、まっさきに駆けつけてもよいはずだったが、力道山入院については部屋の上層部から一言も聞かされていなかったのである。

「やっぱり、部屋の兄弟子たちは、力道山のことをうさん臭がっていたんですね。だから、見舞いにも行かなかったし、部屋の看板力士だったけど援助もなかった。ぼくらにも教えてくれなかった」

芳の里の述懐である。

力道山は、部屋だけでなく相撲界全体に対して、怨みを呑んだ。

全快しないまま病院を飛び出ると、猛稽古に励んだ。翌十月場所は、前頭二枚目に落とされた。それを八勝七敗と勝ち越し、昭和二十五年一月場所では小結となって十勝五敗。翌五月場所では、みごと西関脇に返り咲いた。

だが、力道山の相撲界に対する不信感は、消えるどころか、ますますふくらんでいった。

二所ノ関親方との関係も、完全に冷えきっていた。

関脇に返り咲いたその場所でも、八勝七敗と勝ち越した。ところが、翌場所の番付を見て、力道山は激怒した。

「西関脇」であった。

これまでも、西関脇だったが、勝ち越したのである。東の正関脇の座が来ても、不思議ではなかった。

それまでにも、屈辱的なことがあった。小結をはじめて名乗った昭和二十三年十月場所は「東」であった。六勝五敗で勝ち越した。ところが、翌場所では「西」に格下げさせられた。

そのときは、よりによって前頭筆頭として八勝三敗をあげた同門二所ノ関部屋の神風《かみかぜ》が、自分を飛びこえて東の小結となっていたから、力道山の怒りはおさまらなかった。相撲協会の実力者である武蔵川《むさしがわ》をつかまえるや、「勝ち越して落ちるとはなにごとか」とくってかかった。

それいらい、二度目の仕打ちである。

入院問題といい、番付の問題といい、特別に自分だけが集中攻撃されているように思われてくる。

もともと相撲界のはみ出し者であった。因襲の色濃い相撲界への反逆の意味もあった。強ければ強いほど自由にふるまってかまわぬはずだ。が、いかに精根つくして出世していっても、封建的な体質は力道山にそれを許さなかった。民族問題が、力道山の出世を阻《はば》んでいたのである。

だが、力道山は迷いつづけた。相撲は生き甲斐《がい》であった。少年のころ、朝鮮相撲のシルムは、彼にとって偉大なる道標だったはずだ。

シルムで育ち、相撲取りになって大成するために日本にやって来た力道山が、もはや兄弟、家族たちと会えなくなったいま、ただひとつ通じ合える地点は相撲をとりつづけることしかなかったはずであった。

歯ぎしりするような思いであったろう。力道山は、今里広記に訴えている。今里は、日本精工社長であり、昭和二十年代から小林中、梅田武、水野重雄、中山素平らとともに財界活動を展開していた。例の高知の網元の「力道丸」が、闇漁で警察に調べられた。名前を貸したというので、力道山も取調べにあった。

「どうして力士の自分が、闇漁のことで、根掘り葉掘り調べられなければいけないんですか。相撲をとる意欲も、なくなってきましたよ」

相撲界の因襲についても、嫌気がさしたと愚痴をこぼすようになった。

なにやら闇漁の一件も、喧嘩がたえなかった力道山に対する、警察のいやがらせにも思えてくる。

そんな力道山の気持ちを、さらに絶望の淵に追いやるように、肺ジストマの後遺症が吹き出てきた。

　できものが、体のあちこちにできた。それが血の塊となって、それをつい掻きむしってしまう。掻きむしらなくとも、血が皮膚を食い破るように流れ出た。

　当時、立浪《たつなみ》部屋の十両力士であった豊登《とよのぼり》が回想する。

「力関は、あの病気のあとは、満身創痍《そうい》だった。体は、ボロボロでしたね。血が出るんだ、といっていました。よく左の肘《ひじ》を右手で撫《な》でていた。そこによく瘤《こぶ》とり爺さんみたいに、血の塊ができたんです。力関は、瘤がでないように、おまじないでもするように、いつも右手で撫でていた」

　気持ちの鬱屈《うっくつ》、それに加えて吹き出る血の瘤。

　そのできものができると、力道山はまるで自家中毒を起こしたように、その吐け口を付け人の田中米太郎に求めた。

　田中を殴りつける。それだけなら、まだいい。テーブルを引っくり返す。ビール瓶で、頭をまともに殴る。

　昭和二十五年は、大相撲も世間から遠ざけられた格好になっていた。観客も、七割方入ればいいほうだった。試練の時代であった。

　力道山と同門の神風が引退、二所ノ関部屋からは、花籠《はなかご》部屋が独立した。それも、相撲界の低迷が原因だった。

巡業に出れば、決まって赤字であった。

力道山の手元には、金がほとんどなくなっていた。

その年の夏、神奈川県小机《こづくえ》に、巡業することになった。

ところが、いざ土俵入りが近くなっても、力道山はあらわれなかった。

二所ノ関親方は、じっと待った。

なにしろ、「大関佐賀ノ花《さがのはな》、関脇力道山来る」というふれ込みである。

なんとか土俵入りの時間をのばしていると、ようやく力道山がやってきた。土俵入りをすませ、自分の取組みを終えると、力道山はまっすぐに二所ノ関親方のもとへやってきた。

相撲の世界で、「葉紙」と呼ばれる借用書を差し出すや、切り出した。

「金を貸してくれ」

見れば、法外な金額であった。

二所ノ関は、怒った。

「なにをいいだすんだ。巡業に出たばっかりのときに、いきなりべらぼうな金を貸せだなんて。おまけに遅れて来といて、いったいどういうことだ！」

怒声をあびせられるや、力道山はムッとした表情で、なにもいわず飛び出していった。

みずから包丁で髷《まげ》を切って、大相撲と訣別

人気力士、関脇力道山は、二所ノ関親方の前から、忽然《こつぜん》と姿を消した。昭和二十五年八月の、盆を過ぎたころであった。

借金の申し込みを断わられただけのことだったが、これまでの親方に対する不信感、相撲界への不満が、一気に爆発したかたちになった。

巡業初日に、いかにも二所ノ関親方が出せないような法外な借金を申し出る。しかも、その前に遅れてくる。そうして、断わられたら、巡業に一日も参加せず、飛び出していく……すでに力道山のなかでは、力士廃業について考えに考えたはての行動のようにも思えるものである。

弟弟子であった芳の里が、述懐する。

「終戦後のどさくさのなかで、焼けてしまった二所ノ関部屋を再建するために、リキさんは走りまわった。二所ノ関部屋を再建したのは、親方の力もあったが、リキさんも大きく貢献したのは事実なんです。それが肺ジストマという大病を患ったときも、まったく面倒を見てくれなかった。給料は安い。借金を申し込んだら断わられた。リキさんにしてみれば、当然すぎるほどの申し出だったんでしょう。あの人は、すぐにカッとなる人だから、

あと先かまわず飛び出していったんです」

　神奈川県小机の巡業先に残された二所ノ関親方に、力道山と兄弟弟子の大関佐賀ノ花が訊いてきた。

「リキは、いったいどうしたんですか」

「あいつは、こっちに銭がないことをわかっていながら、金を借りにきた。ないので断わったら、帰っちまった……」

　親方は、それだけしか語らない。

　佐賀ノ花は、畳みかけた。

「親方、リキがいなくなったら、当座どうなりますか。うちの看板にはちがいないんだから、帰ってもらいましょう。金なら、わしがつくります。つくらなきゃいけません」

「おまえが、そういうなら……」

　佐賀ノ花は駆けまわって、金をつくった。すぐに力道山に電報を打った。

〈カネデキタスグカエレ　サガノハナ〉

　電報は、もどってこなかった。力道山のもとには、確実に届いたはずであった。しかし、彼は帰らなかった。

　大阪での秋場所は、目前だった。成績によっては、大関に昇進できるかもしれなかった。

力道山は、巡業先を飛び出したあと、贔屓である新田新作にあてがわれた日本橋浜町の自宅に帰った。その夜ひと晩、泣きに泣いた。

「知性」昭和二十九年十一月号の自叙伝「鍛錬一路」で、力道山は書いている。

『そのとき、親方（先代玉の海）との間に、ちょっとした感情のもつれが出来、その感情のみぞが段々と深まって、どうにもこうにも仕様のないところまで来てしまった。

相撲社会では、部屋の親方は親と同じことで、

「この親方は気に食わぬから、あっちの親方の部屋に移りたい」

などと言っても、それは許されない。

親方と喧嘩したら、――それは親子喧嘩のようなものだが――相撲取りをやめるより仕方がない。

私は相撲社会に愛想をつかしたわけではない。相撲に未練は充分にあった。しかし私は、相撲取りをやめる決心をした』

ひと晩泣き明かした翌日、力道山の両目は赤く腫《は》れあがり、瞼《まぶた》がふさがったようになった。

そのままの姿で、明治座に新田新作を訪ねた。

はじめて見る力道山の異様な形相に、新田はおどろいた。

「いったい、その顔、どうしたんだい」

ありのままを新田に話した。

「わしはもう、土俵に上がらん決意をしました。髷を切る前に、一応、お世話になった方々にご挨拶《あいさつ》して、と思ったもんですから……」

「なにをいってるんだい。髷を切ってどうなる。相撲取りをやめたら、世間では相手にしてくれないぞ。関脇力道山だからこそ、世間で相手にしてくれるんだ。やめて、なにができるっていうんだ」

新田は、力道山の軽挙妄動《けいきよもうどう》を叱りとばした。

力道山はなにもいわず、明治座を出た。

決意を固めたときの力道山は、いかに相手からいわれようとも、黙っている男だった。一言も口をひらかない。このときも、そうであった。

八月二十五日の夜更け、床に入った力道山は、なかなか寝つけなかった。

「鍛錬一路」に、書いている。

『十三年間といった長い間、ただ強くなろう、強くなろうと、角力《すもう》ばかり見つめて生きてきた者が、それを捨てるということは、堪えられないことだった』

しかし、もはや決意したのだ。

ムクッと起き上がると、家人にさとられないように、足音を忍ばせて台所に行った。

引っぱり出したものは、薄闇のなかにギラリと光った。

刺身包丁であった。

あまり切れそうではなかった。

音をたてないように、砥石《といし》をとり出した。

静かに、思いをこめて、包丁を研《と》いだ。

髷を結わえてある元結《もとゆい》をほどいた。

髪がばさりと、両肩になだれ落ちた。

左手に束ねて持った。

右手には刺身包丁を、逆手に握った。

髪に当てた。

うっと声を詰まらせるや、気合一閃《いっせん》、思い切って包丁を引いた。

関脇まで進み、大関を目前にしていた人気力士の断髪式が、まさか真夜中の自分の家で、みずからの手によってひっそりと、もがき苦しみながらおこなわれるとは当時の人々はだれも思わなかった。

力道山は、その場に立ちすくみ、声をころしてひとしきり泣いた。

そうして昭和二十五年九月十一日、正式に関脇のままで廃業を発表した。秋場所の直前であった。

表向きの理由は、肺ジストマのため、というものだった。事実を語ってことを荒だてないため、新田新作や日本精工社長の今里広記ら贔屓衆の考えを入れたのだった。

「力道山は、金のために相撲をやめたのだ」

「親方や協会に対して、不満が爆発したということだ」

「肺ジストマなんて、体《てい》のいい理由だよ」

さまざまな噂《うわさ》が、力道山をとり巻いた。それを恐れて、一歩も外に出なかった。

さて、突如としてみずから髷を切り、力士を廃業した力道山にとって、これからなにをやればいいのか、まったく見当がつかなかった。

身のふり方について、ふたたび新田新作を訪ねた。あれほど懇々《こんこん》と我慢せよと説得された相手である。力道山はその新田に頭を下げた。新田しか、すがる相手はいなかった。

一代の博徒として鳴らした新田は、いうことを聞かず勝手に髷を切った力道山に対して、繰《く》り言《ごと》はいわなかった。

「わかった。そういうことなら、おれのところで働いてみろ。相撲への気持ちを断って、出直してみろ」

「はい、精いっぱい、やります。ありがとうございます」

新田は、力道山にとって最大の恩人となった。すでに浜町に、二階建ての家まであてがわれていた。「新田建設資材部長」というのが、力道山の肩書きであった。

このことについては、新田もしたたかにソロバンを弾いていた。

当時、建設資材は、官庁の判がないと手に入らなかった。そういうときに、相撲をやめたばかりの元関脇、人気力士であった力道山が頼みにいけば、ふたつ返事で判を押してくれる。それも、たとえば五つ判を押すところを、十判を押してくれるという具合である。そこは一代の博徒、ぬけ目がなかった。

事実、それ以外でも、力道山の入社は新田建設にとって付加価値を生んだ。

戦前、二所ノ関部屋で力道山の後輩だった小松敏雄は、戦後はかつての贔屓の医者の紹介で、新田建設に勤めていた。奇しくも、ふたたび力道山とめぐり会うことになった。その小松が語る。

「新田建設は、府中《ふちゆう》、立川《たちかわ》、横浜の本牧《ほんもく》、根岸《ねぎし》などの米軍キャンプの仕事を一手に引き受けていた。工事中には、かならず米軍立ち会いの検査があるんです。そこで力道山を紹介して、元大相撲の関脇だというと、簡単に通ってしまうんです。力道山は、その渉外も担当していました」

資材を現場に運ぶこともした。足場用の丸太を、トレーラーの荷台に積めるだけ積みこみ、まだ狭かった第一京浜国道を唸《うな》りをあげて疾駆した。

アメリカ人相手なので、英語をしゃべらなくてはならない。

すでに終戦直後から、アメリカ人との付き合いはあったが、相手はなんとか日本語がしゃべれた。今度はそうもいかないので、自分で英語を勉強しなければならなかった。

小松は、力道山がつねに旺文社《おうぶんしゃ》のポケットサイズの英和辞典、いわゆる「赤尾《あかお》の豆単《まめたん》」を持ち歩き、おりおりにそれをひらいて勉強している姿を見ている。

のちに芳の里は、力道山に訊ねたことがある。

「力関、どこで、英語をおぼえたんですか」

すると、こう答えた。

「駅のホームに駅名を書いた看板が出てるだろう。日本語の下に、横文字でおなじ駅の名前が書いてある。それを見ながら、おぼえたんだ」

研究熱心であった。

生活は、質素になった。力士時代とはちがい、給料とはべつに贔屓衆から「ご祝儀」をもらえる立場ではない。

小結時代から付き合いのある吉村義雄《よしむらよしお》は、そのころ港区《みなとく》飯倉《いいぐら》にあったアトランティック商事という中古車販売会社の専務であった。アメリカの中古車を扱う関係上、アメリカの軍属たちと付き合い、力道山にも紹介した。

ボハネギーという軍属と特に親しくなった力道山は、力士時代には芳の里、琴ケ浜《ことがはま》といった後輩力士をひきつれて、新橋にあった米軍専用の野村ホテルにくり出し、ボハネギーらとともにステーキにかぶりついたころもあった。

吉村は、力道山が新田建設に入社してからも、よく付き合っていた。ある日、「ヨッちゃん、ちょっとうちに寄っていかないか」といわれて、浜町の家に寄った。ふたりはそれを食べ、お茶を飲んだ。

卓袱台《ちゃぶ》の上に出されてきたのは、ジャガイモのふかしたものだった。

その後、吉村は力道山に乞われて、プロレスラー力道山の秘書となり、最期のときまで力道山を陰で支えていくことになるのだが、そのとき食べたジャガイモのことが、いまでも奇妙に印象に残っているという。

それほど力道山の生活は、貧しく質素なものとなっていたのだった。

肺ジストマの後遺症をかかえていたとはいえ、少年時代から格闘技に生きてきた男であった。日々の仕事におのれを落ち着かせようとしても、そう易々《やすやす》とはいかなかった。体力をもてあました。格闘家としてのエネルギーが、底の底から突きあげてきた。鍛えあげた筋肉にそれが伝えられても、もはや捌《は》け口は消えていた。

相撲への未練が、どうしようもなく襲ってきた。

両国の二所ノ関部屋にも、あのようなやめ方をしたとはいえ、大型バイクに酒を積みこみ、たびたび顔を出した。

歯ぎしりする思いだったのは、廃業したあと、二所ノ関親方がさっさと部屋を放り出し、兵庫県の尼崎へ引っこんでしまったときだった。

雇われで、海光山《かいこうざん》という親方があとに入ってきた。

二所ノ関部屋の再建につくした力道山としては、二所ノ関の先代親方玉の海の行動は許しがたかったであろう。落下傘のように降りてきた新親方の海光山に対しても、怒りが湧いた。

けたたましい爆音をたてて、二所ノ関部屋に乗りつけた。なかにいた海光山は力道山だと察知し、裏口からあわてて逃げ出した。

力道山は、稽古場に踏みこんだ。目標がいない。

稽古中の力士たちに、吠《ほ》えた。

「おい、酒だ！　酒を買ってこい！」

なけなしの金をはたいて、酒を買ってこさせた。

稽古場で車座になって、酒盛りがはじまった。力士たちは、力道山の来訪がうれしかった。毎度毎度、酒がたらふく飲めるからである。

ひとしきり酔いがまわった力士たちのなかで、隣にいた玉ノ川《たまのがわ》がすっかりうちとけた表情で力道山に声をかけた。

「関取！」

肩に気安く手をかけた。これがいけなかった。

「なんだ、てめぇ、この野郎！」

叫ぶやいなや一升瓶を振りかざすと、玉ノ川の頭をまともに殴りつけた。一升瓶が砕け散った。鮮血が噴き出した。

それでもおさまらず、ビール瓶を振りおろした。

芳の里が、叫んだ。

「おい、玉ノ川、逃げろ!」

号令一下、玉ノ川は二度三度、畳の上でころがり、土俵につまずいては転倒し、必死の形相で外に逃げだした。

あわれにも玉ノ川は、やり場のない力道山の怒りを、ひとりで引き受けてしまったのである。

芳の里が、苦笑まじりに回想する。

「玉ノ川が逃げたあと、みんなで両国中探しまわったんです。だけど、全然見つからない。どこにいたと思う? 警察署ですよ。玉ノ川はひと晩、両国警察署に泊まったんだ。翌日、どうして警察に行ったんだときいたら、殺されると思ったからだというんだ。膝のところには、ころがったときの砂利がいっぱいついてましたよ」

稀代《きたい》の興行師、永田貞雄《ながたさだお》と出会う

力道山の相撲への未練は、つのるいっぽうであった。力道山は、やはり引退していた増《ま》位山《いやま》と語らい、力士復帰に向けて画策しはじめた。

自分のつとめている新田建設の社長であり明治座社長でもある新田新作に泣きつき、相撲協会は審議するまでになった。新田は、相撲界に絶大な力を誇っていた。

だが、復帰の夢は、あえなく断たれた。力士会が、猛反発したのである。

一度出た者をもどすわけにはいかないというのが表向きの理由であったが、本音は力道山と増位山に復帰されたら、自分たちの出世が阻まれてしまう、というものだった。

力道山は、荒れた。酒を飲んでは、いたるところで暴れまわった。心は、すさみきっていた。

昭和二十六年となり、相撲界を去って一年も経とうかというころになると、「関脇力道山」の名も、人々の記憶からしだいに薄れてきた。

資材部長としてあずかっている新田建設としても、それにつれて力道山を使う効果を、期待できなくなっていた。

引退して新田建設に入ったばかりのときは、役所へ行ってもどこへ行っても、よろこんで判を押してもらえた。

「辞めたそうだね。もう少しやったらよかったのに、惜しいことをしたな」

そういいながら、上役が下役に、

「ちょっと、ここへ判を押しておけ」

と命じた。

ところが、一年も経ったら、人も「あれは力道山だ」といわなくなった。すると、だれが営業に行っても同じことになる。

資材部長という肩書はあっても、仕事といえば顔をきかせるだけのことで、それはそれで大きな仕事なのだが、半分は食客のような待遇なのであった。その顔すら忘れ去られたとなれば、暇をもてあますばかりである。

金にも、困っていた。

仕事の関係で知り合ったアメリカ人をはじめとする外国人に接近していくうちに、めずらしい品物が手に入るようになった。物をさばいて金に換えるという、ブローカーのような内職をするようになった。

アメリカで出版された分厚い辞書のようなものを仕入れてきては、力士時代の贔屓筋に紹介してもらって、あちこちに売りつけた。

稀代の興行師、永田貞雄の懐《ふところ》に飛びこんだのも、このころであった。

明治三十七年一月二十六日生まれの永田は、この昭和二十六年のとき、四十七歳であった。

佐賀県杵島《きしま》郡北方町という炭鉱の町で生まれた永田は、尋常小学校五年を終えたとき、浪曲家をめざし、初代天中軒雲月《てんちゆうけんうんげつ》の門下に入った。のちに浪曲の興行師に転身、二代目雲月、のちの伊丹秀子《いたみひでこ》と結婚し、昭和十五年には、日本浪曲協会の初代理事長に推された。

伊丹秀子の語る愛国浪曲「杉野兵曹長の妻」をヒットさせ、その後も「九段の母」「祖国の花嫁」「鈴蘭の妻」など新作を世に出し、つぎつぎとヒットを飛ばした。

全国から浪曲家を一堂に集めた一大イベントを成功させた。

戦後は歌謡曲の興行にも進出し、美空ひばりらの興行を手がけた。力道山と出会った一年後の昭和二十七年七月には、美空ひばりの名を不動のものとした歌舞伎座公演を実現させた。

ひばりの後見人であった山口組三代目組長田岡一雄《たおかかずお》とも、親交を結んでいた。

新田新作とも親しかった。

相撲界にも顔がきいた。横綱千代の山の最大の贔屓でもあった。

築地小挽町《つきじこびきちょう》に「蘆花《ろか》」という高級料亭を持ち、赤坂には大邸宅をかまえていた。「日新プロ」というのが、永田の牙城《がじょう》であった。

その永田を力道山が訪ねたのは、昭和二十六年八月のことであった。

永田は、「蘆花」でごちそうした。

ちょうど一カ月前の七月、新田建設が手がけている隅田川の川びらきで、力道山と会ったばかりだった。

「永田さん、花火を見ませんか」

という新田新作の招待で、新橋の芸者をつれて永田が出かけてみると、そこに力道山がいた。

「おお、しばらくだね、どうしてる」

髷《まげ》を切ってオールバックにしている力道山に、永田がそう声をかけると、力道山は、

「はい、新田さんのところで、お世話になってます」

と答えた。

永田は、

「いやあ、今度うちに遊びにおいでよ」

といって、五千円の入った祝儀袋を渡そうとした。

ところが、力道山は丁重に断わったのである。

「社長、もうわたしは相撲取りをやめたんですよ……」

相撲取りをやめたのだから、祝儀をもらう理屈は立たない、というのである。普通であれば、昔の癖でつい平気で受け取ってしまうところを、力道山がそういったので、永田は感心した。

〈なかなか、立派な男じゃないか〉

力道山に、親しみを感じた。

ざっくばらんで親分肌の永田に、力道山はこのとき深く印象づけられたのであろう。新田建設で暇をもてあましているときに、永田という新しい頼れる人物に出会ったことが、力道山の気持ちを新田から永田へと向けさせたのであった。

そうして永田邸を訪れてからというもの、力道山は三日とあけず、永田詣《もう》でを猛烈にくりひろげることになった。

ひとつには、「蘆花」で高級な日本料理をごちそうになれる。当時ではめずらしい大型冷蔵庫が二台も三台もあり、材料にはこと欠かなかった。

もうひとつには、永田のお供で華やかな花柳《かりゆう》界にも遊びに行ける。

力道山の永田詣では、徹底していた。

翌朝、永田が八時半に出かけるというと、力道山は淡い紺のシボレーを運転して、三十分前の八時にはぴたりとやってきた。

このシボレーは、立川の米軍基地で働いている親しい韓国人から、ただ同然で買った中古車であった。それを進駐軍の費用で傷んでいる部分を修理してもらい、自分の金で車体を安く塗りなおしたものだった。

日本では、車はめずらしい時代であった。日本車は、まだ登場していない。アメリカ車が大半の時代である。

その外車も、日本人はまだ持つことが許されなかった。在日の外国人しか持てない。それゆえ、日本人の社長が外車を持つときは、知り合いの中国人や韓国人の名前を借りて、手に入れなければならなかった。

永田はそういう手続きが面倒で、車は持っていなかった。

相撲取りあがりなら、八時半といえば八時四十分ぐらいにゆっくり来るものだろう、と思っていた永田は、三十分前にやって来る力道山のことが、おどろきであった。その実行力に、眼を見張った。それも、ほとんど毎日なのである。

辞書のブローカーの内職にも永田は力を貸した。力道山が頼みこんできたので、十人ばかりの人間を紹介してやった。

さすがに見かねた新田新作が、永田に頼んできた。

「永田さん、あんたからリキにいってくださいよ。あんなブローカーのようなことはしないように」

このようなことは、力道山の実際の後見人である新田がいえばよいことなのである。それを永田に頼んでくるほど、力道山は永田に食いこんでいたのであった。

永田も、力道山をかわいがった。かわいくて仕方なかった。

永田と力道山がはじめて会ったのは、千代の山の横綱昇進のパーティーがひらかれたときのことだった。上野の精養軒で一次会が終わり、二次会に行くとき、贔屓である永田は千代の山に声をかけた。

「おい、千代の山、だれか何人か集めてこい。おれは、時津風《ときつかぜ》親方と羽黒山《はぐろやま》と安芸ノ海《あきのうみ》を呼ぶから」

二次会に千代の山がつれてきたのが、力道山であった。

すでに力道山は、永田の名前は知っていた。二代目天中軒雲月こと伊丹秀子の夫であり、稀代の興行師である。千代の山ら贔屓にしている相撲とりには、惜しみなく金を使い、面倒をみる男だ。

千代の山をかこんで、記念写真を撮るときだった。永田は、はっと一瞬息を止めたのである。

うしろにいた力道山が、初対面にもかかわらず、永田の両肩に手をかけて抱きついてきたのだった。

そのまま写真におさまった。

が、これは相撲界の常識からいえば、あきらかにやってはならないことなのであった。

なぜならその場は、千代の山の横綱昇進の宴である。

しかも、このような所作は、千代の山の贔屓である初対面の永田に対して、遠慮すべきところである。

それを力道山は、やってしまった。

だが、永田はそのときにこう思ったのである。

〈おれに、秋波《しゅうは》を送ってきたな……〉

ささいな動作のなかにも、人の気持ちはこめられる。それを永田は、見逃さなかった。

永田は、引退後の力道山の質素な生活ぶりを見ている。

日本橋浜町にある、新田新作からあてがわれた二階建ての力道山の家に、永田がたまたま訪ねて行ったときであった。

ちょうどお昼どきだったので、なにか食べさせてくれ、と事前に伝えておいた。

出されたのは、ホウレン草のおひたしと、味噌汁にご飯だけであった。

夕食もまた、質素だった。

力士時代の付け人であった田中米太郎もよく訪ねてきた。それに、弟弟子で、いまは新田建設ではたらいている小松敏雄もやってくると、力道山は七輪をかこんだ。

七輪の上に金網をのせた。その上で焼くのは、豚と鳥のレバーであった。

臓物は、正肉よりも安い。量もたくさん買いこめる。力士時代の習慣で、安くて栄養のあるレバーを食べるのである。

ふたりの弟弟子は、力士時代からチャンコ番をやらされているので、味付けはうまかった。

ブローカーの内職などで金が入ると、外に贅沢をしに出かけた。行くところは、だいたい決まっていた。明治座の裏の「セカンド明治」という洋食屋であった。新田新作の経営である。

力道山は、「セカンド明治」に行くと、板場に顔を出した。コックに、千円を握らせていった。

「これで、ステーキを食わせてくれ。なるべく厚くて大きいのを頼むよ」

鍛えあげた肉体は、なお力道山に小市民の暮らしを許さないのだ。

コックは千円を受けとると、一般客に出すより何倍も分厚い肉を焼いて、力道山に出した。力道山は、それにかぶりついた。

年中レバーばかりでは、さすがに飽きる。かつて力士時代では、マグロの刺身のように厚く切らせたフグを、むしゃむしゃと嚙み切っていた強靭《きょうじん》な歯である。その歯が、待ちに待っていたといわんばかりの食べっぷりであった。

それにしても、コックにすっぱりと千円を渡すのは、力道山という人物の性格であったろう。オーナーの新田と親しいからといって、ただで食べるわけではない。金があるわけではなかったが、躊躇《ちゅうちょ》なく千円を出して、コックに道をつけてしまう。

千円といえば、大金であった。コックとしても厚く切ったステーキを出しても、損にはまったくならなかった。

暮らしぶりは落ちたといえども、品性まで落としてはいなかった。

〈いつかかならず、こういう生活から脱け出してやる〉

そんな野心がたぎっていた。

その野心を結ぶべきものが、なんであるかはわからなかった。

品性は落とさないが、酒を飲めばまたも荒れた。

荒ぶる魂は、野に放たれたまま、救済のときを待っていた。

ハロルド坂田《さかた》に子供扱いされ、プロレスに目覚める

昭和二十六年晩夏、自分の住むべき世界からはぐれ、一介の無名の粗暴な男でしかなくなった力道山を尻目に、戦後日本は新しい段階を迎えていた。

九月八日には、サンフランシスコで、吉田茂《よしだしげる》首相によって日本と四十八のかつての連合国のあいだに講和条約が結ばれ、同日つづけざまに日米安全保障条約が調印された。これによって日本は、アメリカの極東戦略体制の一環として組み入れられることになった。

日本はアメリカ軍の駐留を認め、再軍備を推進することになった。

数々の批判、問題を残しながらも、日本はようやく一応の〝独立〟を果たしたのであった。

二日後の九月十日には、黒澤明《くろさわあきら》監督の映画「羅生門《らしょうもん》」が、ベネチア国際映画コンクールでグランプリを受賞し、日本に希望の灯をともした。

だが、敗戦後の鬱屈を、いっぺんに晴らしてくれるだけのヒーローは、まだあらわれてはいなかった。そうなるべき男は、喧嘩相手を求めては酒場をうろつき、酒をあびてはおのれのウサを力まかせに相手に叩きつけていたのである。

アメリカ軍属のボハネギーという男が、いつも力道山の連れであった。終戦まもないころ、新橋の米軍専用の野村ホテルで知り合って以来の〝悪友〟である。

喧嘩がめっぽう強かった。「ボー」と略して、呼んでいた。

力士時代の正月に若ノ花、琴ヶ浜、芳の里の三人を引きつれて野村ホテルに年始の挨拶に立ち寄ったとき、読売巨人軍の名投手、藤本英雄《ふじもとひでお》からサインボールをもらったといってよろこぶボハネギーに、力道山は三人の弟弟子たちを指して、こういったものだ。

「ボー、相撲取りは頭が強いから、そのボールを思い切りこいつらのおデコに投げてみろ」

悪趣味な遊びであった。

ボハネギーはすっかりその気になり、おもしろがってまともに三人の力士たちに投げつけた。彼らは、兄弟子の命令とあれば仕方がない。眼だけには当たらぬようにと、両手で顔を隠して受けた。

若ノ花とは、むろん、のちに横綱栃錦《とちにしき》と「栃若時代」を築くあの名横綱若乃花、元日本相撲協会理事長の二子山である。琴ヶ浜は、大関となる。

深川のそば屋の前では、力道山がボハネギーをけしかけた。

「おい、ボー。あのそば屋に行って、ここのは美味しくないといって、台をひっくり返してこい」

いわれると、またおもしろがってやるのである。喧嘩になった。警察が来た。が、ボハネギーは英語だけをわざとしゃべった。警察はいっこうに要領をえない。いずれにせよ、軍属のボハネギーに対しては、日本の警察は結果的に手は出せないのである。

そんなボハネギーとつるんでは、力道山は酒場を荒らしまわっていた。

秋になった。九月もおわりになろうかというころ、力道山はあいもかわらずボハネギーと、新橋のナイトクラブ「銀馬車」にくりだした。

この日こそ、力道山にとって、運命の日となるのであった。

ふたりは、二階で酒を飲んだ。いや、あびるように流しこんだ。

酔ったあげくに、荒れきった心をむき出しにして、喧嘩相手を探した。ボーイを突き飛ばし、店内を物色していると、肩がぶつかった。

「てめえ、この野郎！」

見れば、筋肉隆々たる褐色の男であった。なんらかの格闘技を身につけていることはわかる。見るからに、日系二世であった。

その男が、妙に落ち着きはらった声でいった。たどたどしい日本語であった。

「ユーは、レスラーか。でっかい体をしてるじゃないか。強そうだな」

「なにをいうか！」

力道山は叫ぶやいなや、必殺の張り手をくり出した。いまは横綱として君臨している百九十一センチの豪力、千代の山でさえ、土俵の外まで吹き飛ばされたあの張り手である。

張り手といっても、力道山のものは、掌の土手で思い切り相手の顎《あご》のあたりを強打する〝突き〟のようなものであったが、その得意の張り手が空を切った。するりとかわされたのである。

それだけではなかった。相手は力道山の張り手をかわすと同時に、なんとその右腕の関節を、がっちりときめてきたのであった。

力道山は、まったく動けなかった。激痛が右腕に走った。

ボハネギーが、あわてて割って入った。ようやくふたりが離れると、英語で話した。

その日系二世は、ハロルド坂田《さかた》というプロレスラーであった。

元重量挙げのオリンピックのメダリストで、ハワイのボディビルのチャンピオンにもなった。いまはプロレスラーとして、元世界ヘビー級チャンピオンのボビー・ブランズ、カナダの選手権保持者オビラ・アセリン、レン・ホールらとともに、慰問のために日本に来ているということだった。二十五回という前人未到の防衛記録を持つ、元プロボクシング世界ヘビー級王者ジョー・ルイスもいっしょだった。

ボハネギーが、ハロルド坂田に「元大相撲関脇の力道山だ」と紹介すると、坂田がいってきた。

「プロレスをやってみないか」

そういわれても、プロレスがどういうものであるか、力道山には説明されてもわからない。そもそもプロレスなど、日本にない。

「シュライナース・クラブで練習しているから、一度見に来てみろよ」

力道山は、どんなものか見てみる気になった。

自信を持って放った必殺の張り手を、もののみごとにかわされただけでなく、逆にねじ伏せられた。こんなことは、はじめての経験であった。

いったいプロレスとはどういう格闘技だろう。そう思ったことは事実だったが、まだこのときは練習を見に行くといっても、そんなにいうならいっぺん見てやろうか、という程度のものにすぎなかった。

しかし、この日を境に、力道山の人生は大きく変わっていくのである。

伝説として語られるプロレスとの出会いのシーンは、いかにもできすぎた話のようであるが、すでにこの時期、力道山と親しく、のちにプロレス王力道山の秘書となる吉村義雄は、ボハネギーからはっきりと聞いている。

「力道山は、あのときハロルド坂田に殴りかかっていったんだ」

力道山は、のちに吉村にこういったという。

「ヨッちゃん、おれ、あんとき、あいつに殺されちゃうんじゃないかと思ったよ」

すでにこのときまでに、プロレスに触れている日本人格闘家はいた。「プロ柔道」の人々である。

十八歳で全日本柔道選手権に優勝し、以後、戦前、戦中、戦後を通じて十年連続優勝を果たして、無敵を誇った木村政彦《きむらまさひこ》七段は、その筆頭であろう。

「木村の前に木村なく、木村の後に木村なし」と称《たた》えられた木村は、昭和二十四年、プロ柔道団体を設立した。異種格闘技戦をおこない、二十六年一月には、山口利夫六段と渡米し、プロレスのコーチを受けた。彼らはアメリカ各地で柔道のデモンストレーションをおこなうと同時に、プロレスにも接したのであった。

サンフランシスコでは、のちに力道山が日本に呼び、日本のプロレスブームに一気に火をつけることになるベンとマイクのシャープ兄弟と対戦した。木村政彦は、実力日本一を賭けて、力道山とのあいだで〝昭和の巌流島《がんりゅうじま》〟と呼ばれた壮絶な一戦をくりひろげることになる。

いっぽう相撲界でも、力道山より早くプロレスと交わった者たちがいた。

やはり二十六年の六月に、高砂《たかさご》親方（元横綱前田山）にともなわれてハワイへ渡った大《おお》ノ海《のうみ》、八方山《やかたやま》、藤田山《ふじたやま》らが大相撲を披露した。そのとき、帰国を断わって現地に残った大ノ海と藤田山のふたりの力士が、プロレスに出場したのであった。

戦後日本には、アメリカ文化の流入によって、新たな格闘技を求めて流れていく格闘家たちの一群があったのである。

「シュライナース・クラブ」は、港《みなと》区芝《しば》にあった。元日本海軍の社交場であった「水交社」の建物に入っていた。

正式には「在日トリイ・オアシス・シュライナース・クラブ」といって、アメリカの宗教慈善事業団体であった。この団体が進駐軍の慰問と、身体障害者のチャリティー基金募集のために、アメリカからレスラーたちを呼んだのだった。彼らは、シュライナース・クラブに宿泊していた。

九月三十日には、彼らは米軍が接収してメモリアルホールと呼び名を変えている旧両国技館で、日本ではじめてのプロレス興行をおこなった。

力道山がシュライナース・クラブを訪ねたのは、十月はじめのことであった。アメリカ人レスラーたちは、中庭の芝生の上で、練習していた。

力道山の姿を見つけた親分格のボビー・ブランズが、声をかけてきた。

「ハロー、ユーのことはサカタから聞いた。いい体じゃないか。プロレスをやってみないか」

余裕の表情で、力道山を見つめている。

ハロルド坂田らの練習を見ていると、相手の首をきめて投げを打ってみたり、押し合ったりしている。

このくらいなら、おれだってやれる。力道山はそう思った。なにせ関脇までいった人気力士だったのだ。

ボビー・ブランズが、芝生に上がった。

「カモン！」

掌を上に向けて差し出し、人差し指を動かして力道山を誘った。

なんとも軽くあしらわれているようで、カッと血がのぼった。

相撲を甘くみるんじゃない。

力道山は上半身、裸になると、ブランズに向かって突進した。

力道山は、組みついて、投げを打った。ところが、ブランズは自らくるりと力道山の腰の上で一回転し、二本足で着地したのであった。

何度組みついていっても、するりと逃げられた。あげくのはて、なにがなんだかわからぬまま、ころりと投げられた。倒され、押さえこまれた。

まるで赤子のように翻弄《ほんろう》され、二、三分も経つと息があがった。汗が吹き出した。その場に、へたりこんでしまった。

力道山は、「力道山花の生涯」で、このときのことを述懐している。

『あのときほど、自分がみじめな気持になったことはなかったな。だが、汗を拭《ぬぐ》いながら、わしは考えたよ。力では、彼らには負けない。よし、わしだって技術さえおぼえれば、やれないことはない。どうせやるからには、世界一をめざして頑張ってみよう……とね』

吉村義雄も、勤めているアトランティック商事からシュライナース・クラブは歩いてもの一分なので、何度か練習を見にいった。

「本当に芝生の上で練習していましたよ。ボビー・ブランズ、ハロルド坂田と力道山は組み合って、押し合いをしたり、投げの練習をしたりしていました」

以後、力道山は、元世界王者ボビー・ブランズの指導を受けることになった。だが、相撲の投げとレスリングの投げは、根本的にちがう。相撲は投げればそれで勝負がつくが、レスリングは投げただけでは終わらない。それから、つぎの技へと展開していかなければならない。

どうしても力道山は、相撲の癖がぬけきれず、投げたあとひと呼吸おいてしまう。

あるいは、首投げで投げたのはいいが、レスリングの場合、相手を投げると同時に、自分も相手におおいかぶさるように倒れこむ。倒れこんで、相手の首を絞めあげなければならない。あるいは、つぎの展開にうつる。

ところが、投げるだけの相撲の癖がぬけないので、相手を芝生の上に投げ捨てるだけに終わってしまう。思い出して、相手にかぶさるように投げを打ったのはよかったが、体のあずけ方がわからず、まともに相手の胸に体重を落としてしまった。

そんなことが何度もつづくと、相手は、さすがにいやがった。

「こいつとは、練習したくない」

そういわれることも、たびたびだった。

それでも、力道山は、毎日シュライナース・クラブに通った。プロレスにおのれを賭けてみよう、と決めたのであった。

もてあましていた体力が、ようやくプロレスという格闘技と出会って、救われたような思いであった。

後見人である新田建設の社長新田新作に、頼んだ。

「プロレスをやらせてください。アメリカでは、ものすごく流行《はや》ってるそうです」

しかし、新田の答えは、けんもほろろだった。

「なんだ、そのプロレスってのは。そんな舌を嚙んじまいそうなものなんて、駄目だ駄目だ！」

が、力道山は、あきらめなかった。

昼間は新田建設の仕事がある。練習は、いきおい早朝か夜となったが、それでも毎日通いつづけた。

ランニングも、毎日欠かさなかった。

みるみるうちに、力道山の顔は引きしまってきた。

真紅の海老《えび》染め浴衣《ゆかた》をまとってのデビュー戦

力道山は、そのあいだにも、知り合ってまもない稀代の興行師、日新プロ社長の永田貞雄のところに通いつめていた。

力道山の淡い紺のシボレーに、永田は乗りこもうとして、ふと座席の足元を見た。妙なものが置いてあった。バーベルのミニチュアのようなものが、ふたつ転がっていた。鉄アレイだった。

「それ、なんだい？」

「これで、運動するんですよ」

「ああ、そうか」

会話はそれで終わった。永田は、とくに気にとめなかった。

のちに気づくのだが、力道山は「シュライナース・クラブ」からの帰りだったのである。

永田には、この時点で、まだプロレスのことは打ちあけてはいなかった。この永田こそ、まもなくプロレス王力道山の生みの親、育ての親となる人物なのである。

力道山は、そのうちボビー・ブランズから、突然いわれた。

「そろそろ、試合に出てみるか。わたしが相手になってやる。エキジビションでやってみろ。エキジビションでも、思いきりやってみればいい」

デビュー戦である。日程は十月二十八日。練習を開始して、ほんの二週間しか経っていない。

「大丈夫、きみならやれるさ。ずいぶん、トレーニングも積んだ」

十月二十五日には、力道山のプロレス練習が公開された。

いよいよそうなると、力道山がプロレスをやることに反対していた後見人である新田新作も、半ばあきらめざるをえなくなった。

「勝手にせい」

と投げやりに力道山を見ていた。

新田建設の社員である小松敏雄は、十月二十七日、力道山から打ち明けられた。

「おい、小松。おれ、いまハロルド坂田という日系のプロレスラーと知り合って、水交社でプロレスの練習やってんだ」

「え、関取、そのプロレスっていうのは、どんなもんなんですか?」

はじめて耳にする言葉である。

水交社とは、「シュライナース・クラブ」のことである。旧日本海軍のサロンということは小松は知っていたが、そんな場所でどんな練習をするというのだろうか。

力道山は、しばらく考えていた。どういうふうにいえばわかってもらえるか、思案しているようだった。

プロレスといっても、日本人に馴染《なじ》みはない。当の力道山でさえ、練習をはじめたばかりである。

えいとばかり吐き出されたのは、こんな言葉だった。

「プロレスっていうのはな、相撲と柔道を混ぜ合わせたようなもんだよ」

「へえ……」

なんとなくわかったようでわからないが、小松はそれ以上訊かなかった。格闘技であることは、まちがいなかった。

「明日、両国で試合をやるんだ。はじめての試合だ。おまえ、ついてこい」

「はい、わかりました」

かつては二所ノ関部屋で、小松は力道山の弟弟子であった。付け人として、兄弟子の大事なデビュー戦についていくことは、小松にとってごく当然の行動だった。

その後東京を離れ、故郷の高知に暮らす小松は、当時の力道山の表情をいまもよくおぼえている。

「プロレスに出会った力道山は、水を得た魚のようでした。相撲から離れ、それでも格闘技への未練が断ちがたい。ようやく、これだと思ったのが、プロレスだったんですよね。まったく水を得た魚でしたよ。天性の格闘家だったんですね」

小松には、新田建設時代の力道山のことで、忘れられない思い出がある。

なにかのことで、小松ともうひとりの男が、力道山から猛烈に怒鳴られた。

「会社をやめて、出ていけ！」

小松は精いっぱい謝った。力道山は、飲みかけの茶を、小松にひっかけた。

「出ていけといったら、出ていけ！」

ここまで力道山が怒ったら最後だ、と小松は観念した。二階へ上がると、荷物をまとめはじめた。

すると階下から聞こえてくるのである。ひとり残った男に、怒鳴っている力道山の声であった。

「おまえ、なんでここにすわってる！　おまえはまだここにすわっているが、小松は上に行って荷づくりしているぞ！」

小松が二階に上がったのは事実だが、荷づくりしているかどうかは、力道山に見えるはずもない。

小松の性格を知ってそういったにちがいないのだが、小松にとっては、自分のことを力道山が理解してくれているということがわかって、ホッとするものがあった。

力道山という人間は、人の長所と短所を鋭く見抜く才能があった、と小松が語る。

「ぼくにひっかけたお茶も、ちゃんと考えているんです。熱くないかどうか、ひと口つけてみて、冷めているなと確認してから、パッとかけてきたんですよ」

結局、力道山は小松をやめさせなかった。

さて、十月二十八日、朝からどんより曇り、午後になって、雨が降りはじめた。底冷えのする日だった。力道山はプロレスのデビュー戦を迎えた。

会場は、両国のメモリアルホール。力士時代の思い出がつまった旧両国国技館であった。

力道山は、シボレーに乗りこみ、エンジンをふかした。小松はトランクスやリングシューズなどの入ったバッグを抱えて、助手席にすわった。

運転席の力道山を盗み見ると、その表情は恐ろしく強張《こわば》っていた。

メモリアルホールの控室でも、力道山の表情は硬かった。小松が述懐する。

「もうガチガチに緊張していましたね。控室は昔の支度部屋ですからね。いろんな思いがあったんじゃないですか」

力道山は、トランクスをはいた。黒の短いトランクスである。あの力道山のトレードマークとなる黒いタイツは、まだ後年のことだ。

力士時代、徹底したしごきに逆上した若ノ花に嚙みつかれた疵《きず》が、右の膝にくっきりと残っていた。

小松は、黒のリングシューズをはかせた。リングに上がるときに羽織っていくガウンを、力道山に着せた。

ガウン——いや、本当はお世辞にも、そう呼べる代物ではなかった。浴衣《ゆかた》、なのである。

かつては洒落者を気どり、髷《まげ》を結った頭でスーツを着るほどであった異能の人気力士も、ガウンすら身につけることができぬほど、困窮にあえいでいた。

しかし、笑うなかれ。浴衣といえども、力道山はそこに、おのれの思いをこめていたのである。

その背中に染めぬかれているのは、真紅の大きな海老《えび》であった。そうして、その大海老は、尾を思い切りそらせて、勢いよく跳ねているのだった。

激しく躍動していた。

力道山の心のありようは、ガウンまがいの浴衣にその境遇を見るより、背中に染めぬかれた躍動する大海老にこそ、あらわれていたであろう。

力道山は、そのようないで立ちで、はじめてのプロレスのリングに立った。

小松はリングのそばまでは行かず、花道の奥でタオルを持って、リングの上を見つめた。

アトランティック商事の専務で、のちに力道山の秘書になる吉村義雄も、メモリアルホールにやってきていた。力道山の友人であるアメリカ軍属のボハネギーも、いっしょだった。

新田新作も、最前列にすわっていた。

それにしても、観客はまばらであった。ほとんどが進駐軍の兵士たちで、日本人は数えるほどである。

力道山の相手は、師匠である元世界王者ボビー・ブランズ。十分一本勝負であった。試合とはいってもあくまでもエキジビション・マッチで、真剣勝負ではない。

ライトをあびて、一年半ぶりに国技館のど真ん中に立った力道山には、どれほどの感慨があったであろうか。背中に躍る真紅の大海老が、ライトに照らされて一段と輝いた。

いよいよ、試合開始のゴングが鳴った。

吉村義雄は、著書「君は力道山を見たか」のなかで、試合の模様をつぎのように回想している。

『十分一本勝負――ゴングが鳴ると、力道山はブランズに突進しました。首投げやら抱え投げやら、力道山は覚えたてのプロレスの技を懸命にくり出しますが、ブランズにはまったく通じない。そのうち寝技に引っぱりこまれ、腕をきめられて動けなくなってしまいました。

「力道山、どうした！」

というような声が、あっちこっちで飛びかいました。おそらくブランズがわざと技をはずしたからなんでしょう、力道山はやっと立ち上がりました。そしてやにわに、ブランズに張り手をかましました。思えば、これが後の空手チョップの原型だったわけです。

不意をくらった元ワールド・チャンピオンは、ロープまで吹き飛ばされました。だからといって、それでブランズが本気でレスリングをしたとはいえないでしょうが、ともかくわたしたちがはらはらして見ているうちに、十分が過ぎて両者ドローということになりました』

小松敏雄もまた、花道の奥ではらはらしていた。

「ちゃんと見ていられるようなものではありませんでした。力道山は試合がはじまって二、三分もすると、フーフーと肩で息をするようになったんです。それほどに、あっというまに疲れてしまった」

ともかくも、関係者の証言をまとめると、つぎのようなことになる。

力道山は、はじめから全力投球でブランズに向かっていった。まったく技が出せなかったのではない。習いたてのハンマー投げや、ボディースラム（抱え投げ）をブランズに対しておこなった。あるいは、足をきめるトーホールドを、まるで真似《まね》ごとのように掛けてみせた。

エキジビションである。師匠ブランズは、それらの技を自分から受けた。

その技のぎこちない連なりは、手習いの成果を、はじめて発表している新弟子のそれだった。

首投げ、小手投げといった相撲の技も出した。

そうして、やたらとくり出すのが、「張り手」であった。

やはり張り手こそが、力道山の情念にぴたりとはまるのであろう。渾身《こんしん》の思いをこめることができるのが、張り手なのである。

吉村の指摘するように、「空手チョップ」の原型は、デビュー第一戦ですでに披露されていたのだった。

がむしゃらといったほうが当たっている、なりふりかまわぬ必死の形相には、かつての関脇力道山の面影はなかった。

いうなれば、十分にわたって、ブランズに翻弄されたのだ。それでも、引き分けに持ちこんだのである。

ボビー・ブランズは、十分を闘い終えても、汗ひとつかいていなかった。余裕の表情で力道山と握手をかわした。

あきらかに、ブランズは力道山に花をもたせたのであった。

力道山は、ブランズから握手を求められるまで、膝に両手をつき、上体をかがめ、いかにも苦しそうに全身で呼吸をくり返していた。

リングを降り、控室に向かう姿には、まったく精彩が失せていた。

小松はその力道山の姿を見て控室に飛んでいった。付け人として、あれこれとやってあげなければと思ったのである。

控室に入ってみると、力道山は大の字にのびていた。こんな力道山は、力士時代には見たことがなかった。

十分ほど、そうやってのびていた。ようやく起き上がって椅子にすわりこんだが、なおも苦しそうにうつむいていた。

リングシューズを脱がせようと、小松が力道山の足元にかがみこみ、靴紐に手をかけたとき、頭の上から声が降ってきた。

「いいよ」

「………」

「いいから、そんなことするな！」

荒い息をつくあいまに、ようやく吐き出された声であった。

小松は立ち上がった。

「きっと自分のみじめな姿を見られるのが、いやだったんでしょうね。あんな試合をして、控室には外人選手もいましたから、一人前に付け人に靴を脱がせてもらうような真似もできなかったんでしょう」

力道山の腹を見ると、ぽっこりと出て、まだまだプロレスラーとしてやっていけるような肉体には、ほど遠かった。

こうして、力道山のプロレス・デビューは終わった。

今里広記ら、財界の錚々《そうそう》たるメンバーの後押しを得る

昭和二十六年十月二十八日、プロレスのデビュー戦を終えた力道山に、ボビー・ブランズがいってきた。

「試合をしてみて、きみはプロレスラーとして成功する素質が充分あるよ。わたしが面倒を見るから、プロレスをつづけてみないか」

「イエス」

力道山は、はっきりとそう答えた。

おのれを生かす道は、これしかないのだ。ブランズの言葉にも、大きな自信を得た。

ブランズは、力道山の素質を見抜いていたのである。

日本にやって来たのも、単に米軍基地慰問のためだけではなかった。

「日本の柔道や相撲から有望な男を見つけ出し、プロレスラーとしてデビューさせたい」

それがブランズの目的であった。

事実、ブランズこそは、戦前戦後を通じて日本人レスラーの育成を夢見てきた人物だった。力道山がデビューする半年以上前にアメリカへ渡った柔道の木村政彦七段、山口利夫六段、大相撲の大ノ海、藤田山らのレスラーとしての活躍を見つめ、手ほどきしたこともあった。

とくに大ノ海、藤田山は、レスラーとして人気を集めた。大ノ海は、のちの花籠親方である。

戦前にも、タロー三宅《みやけ》、ラバーメン樋上《ひかみ》、キモン工藤《くどう》といった柔道家らが、アメリカでプロレスのリングに上がっていた。

日本人でプロレスをはじめた人々は、力道山以前にかなりの数いたのである。だが、日本にプロレスを根づかせることは、だれもできなかった。

ブランズはそんなふうに、プロレスのリングに上がった日本人格闘家の群れを、つぶさに見てきた。そうして、念願の日本にやってきたのである。プロレスラーとして日本人格闘家をアメリカにつれていこうという気持ちが確実にあった。

力道山は十一月十八日にも、十分一本勝負でカナダ選手権保持者のオビラ・アセリンと闘い、引き分けた。このときは、もうデビュー戦のときのように息切れはしなかった。

のちに力道山と行動をともにすることになるプロ柔道家・遠藤幸吉《えんどうこうきち》も、力道山とともにシュライナース・クラブでプロレスの指導を受けていた。デビュー戦は力道山より一カ月遅く、十一月二十二日、仙台の宮城野球場で、ハロルド坂田と十分一本勝負を戦って引き分けた。

力道山は遠藤とともに、ボビー・ブランズ一行と各地の進駐軍キャンプを渡り歩いては、プロレスに磨きをかけていった。

力道山と遠藤に出会ったブランズは、こう予言した。

「柔道、相撲の国技を持つ日本人から、プロレスリングの世界チャンピオンは、かならず生まれる」

そのブランズ一行は、日本での慰問興行を終えると、韓国へ国連軍慰問のために出かけていった。離日するとき力道山は、ブランズに頼みこんだ。

「プロレスを、ずっとやっていきたい。アメリカに行って本格的に修業したいので、帰国したら、ぜひわたしを呼んでください」

ブランズも、引き受けた。

「オーケー、帰国したら、さっそくアメリカに呼ぶ手続きをとってやろう。トレーニングを怠るなよ」

当時、日本人の海外への自由渡航は、認められていなかった。正式な機関による招請がなければ、出て行けなかったのである。

力道山は、すっかりプロレスに魅了されていた。同時に呑み込みの早い彼は、おどろくほど短時間でプロレスのイロハを習得していた。

昭和二十六年十二月に入ってまもなく、築地小挽町の「蘆花」を、力道山は訪ねた。「蘆花」は、後見人である新田建設社長の新田新作とともに世話になりはじめた稀代の興行師、日新プロ社長永田貞雄の経営する高級料亭で、自宅も兼ねていた。

力道山は、いつもの雰囲気とちがっていた。

「社長、今日は、おりいって相談があります」

「なんだ」

妙にかしこまった様子で切り出してきたので、永田は、おや、と思った。

「じつは、レスリングというものが……アメリカじゃプロレスというんですが、たいへん流行《はや》っています。これは日本でも流行るんじゃないかと思うんです。わたしも、日本でブラブラしておってもしようがありません。まだ力も衰えていません。夜も力があまって、唸って眠れないぐらいなんです。プロレスラーになって、もう一度花を咲かせたい。そのために、アメリカに修業に行きたいんです。それで、じつは新田さんに相談してみました。そしたら、新田さんは『馬鹿野郎、アメリカで流行ってるからといったって、そんなレスリングなんていう舌を嚙みそうな名前のもんが、日本で商売になるもんか。そんなもん、やるな』といって認めてくれません。わたしは、おもしろいと思うんですが、どんなもんでしょうか」

永田は、じつは力道山から、元世界チャンピオンのボビー・ブランズ一行が進駐軍の慰問に来ているという話を聞いて、メモリアルホールに試合を観に行ったことがあった。それも「客が来ないので、だれかに配ってほしい」と力道山にいわれ、切符を三百枚あずかった。半分ほどさばき、自分も出かけていったのである。

興行師としての興味もあった。

そのときは力道山は試合には出ていなかったが、聞いてみると、前に二回ほど出場したということだった。

実際にプロレスを観てみると、これがとてもおもしろかった。レスラーたちは、コーナーポストの最上段から相手に向かって飛んでみせたり、リングの外で観客の椅子を奪って相手にぶつけたりしていた。反則などやりたいほうだい。目茶苦茶な茶番劇のような試合が展開され、永田は思わず腹をかかえて笑ってしまった。

格闘技であることはまちがいないのだが、それにサーカスのごとき要素が加わって、立体的なおもしろさがあった。しかし、このプロレスなるものが、日本で定着するかどうかという考えまでにはいたらなかった。

「それは、おもしろいじゃないか」

永田がそういうと、力道山は急に力を得たように、

「わたしは、力があまってしようがないんです。社長、わたしはこれでひとつ一生懸命がんばって、やってみたいんです」

「おれが、新田さんに話してみるよ」

「そうですか。お願いできますか!」

「ああ、おれにまかしとけ。なんとか、話をつけてやるよ」

力道山は、頭を下げた。

永田は、力道山のことが、かわいくて仕方がなかった。毎日のように「蘆花」へやってくる。永田が出かけるという日は、かならず三十分前には車を乗りつけてくる。永田を頼みにしている。花柳界に出かけていくときも、力道山のたくましい姿は、お付きとして映える。

新田新作を陥落《かんらく》しなければならない。永田は、策をめぐらせた。

格好の場が、まぢかに迫っていた。大相撲一月場所の千秋楽《せんしゅうらく》である。

その日は、かならず新橋や赤坂、柳橋の料亭で、永田が贔屓にしている横綱千代の山の慰労会をひらくことになっている。十人から十五人の友人、知人もそこに招待する。

顔ぶれは、だいたい決まっている。日本精工社長で経済同友会幹事の今里広記、今里の舎弟分で日本金属社長の矢野範二、日本ドリーム観光社長の松尾国三、吉本《よしもと》株式会社社長

の林弘高……といった錚々《そうそう》たるメンバーだ。いずれも三十年近くにわたる交友を得ている。

そこに、永田の引き合わせで新田新作も仲間に加わっているのだった。

慰労会の席で、新田を落としてやろう。永田は、そう考えたのであった。

力道山にも、むろん計算があった。自分は、いわば裸馬《はだかうま》のようなものである。金はないが、プロレスなら元手はいらない。自分の体ひとつあればいい。損することもない。儲《もう》かれば、そのまま自分のものになり、名前も売れる。ただし、アメリカに行くには金がいる。後ろ楯《だて》も必要だった。力道山はすがるような思いで、永田という異能の人物に賭けたのである。

ボビー・ブランズからの招聘状《しょうへいじょう》は、まもなく力道山の手元に届いた。

あとは、新田の了解を得るばかりである。

千秋楽は、昭和二十七年一月二十六日であった。慰労会の場所を、永田は柳橋の「竹《ちく》仙《せん》」とした。この店は、東映の看板スターである片岡千恵蔵《かたおかちえぞう》の愛人が経営していた。

永田は「竹仙」に集まるようメンバーに連絡をとり、その日の筋書きをつくった。

力道山には、こういっておいた。

「きみは、千代の山を、八時ごろまでに竹仙に到着するように車で送ってきなさい。千代の山には、おれのほうからちゃんといいふくめておく。竹仙に着いたら、千代の山を降ろして、きみは車のなかで待機していなさい」

さて、一月二十六日の夕刻、「竹仙」には恒例のメンバーが集まった。

新田新作は、横綱東富士をつれてやってきた。東富士の最大の贔屓である。

東富士が登場すると、座はいちだんと華やいだ。

「おお、横綱が来たか」

とだれからともなく、声が漏れた。

そこに千代の山が入ってきた。入ってくるなり、永田がいいふくめておいたとおりにいった。

「リキさんが、いま車でわしを送ってきてくれたんです。いま下にいるんですが……」

「おお、そうか。じゃあ力道山も、ここへ呼べばいいじゃないか」

そういったのは、永田である。

廃業したとはいえ、力道山は関脇までいった立派な力士である。集まったメンバーも口々に、

「おお、そうだ、そのほうがいい。呼んでやんなさい」

そうして、力道山は晴れてこの宴席に加わったのである。筋書きどおりに、事は運んでいる。

三十分ほど、飲み食いしながら、四方山《よもやま》話《ばなし》に興じた。客の面々がほろ酔いかげんにな

ったのを見はからって、永田が立ち上がった。

「みなさん、ちょっと今夜は、みなさんに御披露して御相談したいことがある」

よく通る、野太い声であった。

みなは、なんだろうと永田を注目した。

永田は、ここぞという重要な話をするとき、決まって立ち上がった。人を威圧し、こちらに集中させることができるからだ。酒など飲んでいるときは、なおさらそのほうがいい。ざわついていて、すわってしゃべったのでは注目を集められない。このへんの呼吸は、かつてみずからも浪曲を語り、女流浪曲師二代目天中軒雲月を妻にもち、その妻に浪曲の立ち姿を仕込んだ永田ならではのものだった。

静まりかえった座のなかで、ひとり永田は立つと、ちらりと力道山を見た。

「じつは、ここにいる力道山のことです。相撲をやめて、新田さんのところでごやっかいになり、たいへんかわいがってもらっておる。しかし、相撲をやめてもう二年近くが経ち、ファンも力道山、力道山といわなくなった。ただ、しかし、力つきて相撲をやめたわけではありません。夜寝ていても、力があまって眠れんくらい血沸《ちわ》き肉躍《にくおど》っているのが実情だ。座して食らえば大山も空し、というがごとくです。力道山も、いくら金があったか知りませんが、いまはたいした金もないでしょう。新田さんのところで、何不自由なくしてもらっていたことだろうけども、ここはひとつ男になりたい、というのである。いま、プロレスというのが、アメリカで流行していて、日本にも慰問にきた。それをわたしも、力道山から切符をもらって観にいった。これを観たら、なかなかおもしろいんだ。プロレスラーは、飛んだり跳ねたり、椅子を相手にぶつけたりする。わたしは、こんなことをやるのかと、びっくりしてしまった。わたしが観にいったときは、力道山は試合には出なかったが、どうも聞いてみると、二回ほど飛び入りのような形で、外人レスラーで元世界チャンピオンのボビー・ブランズらと試合をして、引き分けたというんです。力道山は、力があまって夜も眠れないという。こうしてブラブラしておってもしようがないから、プロレスラーになって、もうひと花咲かせたいと。それで、アメリカに修業に行きたいといっておる。新田さんに相談したところ、新田さんは力道山がかわいいもんだから、見ず知らずのアメリカに行って苦労するのはかわいそうだと。そんなとこへ行って苦労するのはやめとけといったそうです。プロレスは力だけではありません。いろいろな技を身につけないと大成しない。そこで、力道山は、本場のアメリカで修業して、ぜひ成功したいと強く望んでいる。わたしは、力道山なら、変わり身が早いからやれるんじゃないかと思うんです。このさい、力道山を望みどおりにアメリカに行かせてやったらどうかと思うんですが、みなさん、いかがでしょうか」

永田の迫力が、座を圧倒していた。力道山は、殊勝に視線を落としている。新田新作は、黙って聞いていた。

と、そのとき第一声があがった。

政界、財界、文化人の大物を迎えた盛大な歓送会

「そりゃあ、いいじゃないか！」

日本ドリーム観光社長の松尾国三であった。

「おれもアメリカに行ったとき、プロレスというものを観たような気がする。プロレスかなんか名前は忘れたけれども、相撲や柔道というんじゃなかった。投げ飛ばしたり、飛びまわったりして、なかなかおもしろかった」

永田も、松尾の言葉に勢いを得た。

「そうですよ。メモリアルホールでわたしも観たけど、こうして椅子をぶつけたりね、ロープの高いところから飛び降りたりしてね」

今度は、日本精工社長の今里広記から、賛同の声があげられた。

「それは、おもしろいじゃないか」

長崎出身の今里は、力道山の後見人で力道山のアメリカ行きに反対している新田建設社長の新田新作に顔を向けると、長崎弁で説得にかかった。

「新田さん、力道山をアメリカにやったらどうですか。永田さんがいうとるような具合

で、かわいくて放したくなかろうけど、力道山もその気になっとるらしいし、そんなにおもしろいというんだったら、力も衰えとらんということだし、アメリカに修業にやったらよかじゃなかかね」

新田にとっては、思わぬ展開であったろう。だが、松尾や今里にまでそういわれて、はっきりと答えた。

「みなさんが、そんなにいってくれるのなら、わたしに異存はありません」

永田は心のなかで、思わず快哉《かいさい》を叫んだ。

力道山は、あいかわらず神妙な顔つきである。

今里が、間髪おかずに提案した。

「松尾さん、あんたの雅叙園《がじょえん》で、歓送会ばやってやったらよかろう」

「うちだったら、いつでも使ってもらっていいよ」

松尾国三が経営している目黒の雅叙園は、相撲の世界などでよく使っていた。当時はまだホテルなど少なく、雅叙園を使うことが多かったのである。

トップ同士の話である。話は早い。

「歓送会は、いつごろやる。リキさん、いつごろアメリカに行くの？」

とメンバーのひとりが力道山に訊いた。

「いつでも、早いほうがいいと思います」

ぼそりと答えたそばから、永田も、

「善は急げだからなぁ」

と追い討ちをかけて、

「歓送会の案内状を七、八百枚ばかりつくって出しましょう。ひとり百枚ずつ持って、配ることにしませんか」

その手配は永田にまかせるということになって、永田は電話に飛びついた。銀座の自分の事務所のダイヤルをまわした。

「おい。中川、すぐ来てくれ」

秘書の中川明徳は、あらかじめ永田が待機させていたのだった。

「かならず電話をかけるから、呼んだらすぐこい」

といってあった。

中川は、文章を書ける人物で、のちには浪曲の台本まで書くようになる。永田は、案内状の文章を中川に書かせるために、「竹仙」に呼んだのである。

話は、急展開で進んでいった。中川が来るあいだに話はつめられ、歓送会は二月一日ということに決まった。

音ひとつたてぬ足どりで、中川がスウッと「竹仙」の座敷にやってくると、永田が指示を出した。

「いいか、力道山の歓送会は二月一日、目黒の雅叙園だ。そういうことで、案内状の葉書を書いて、千枚ばかりつくってくれ。大急ぎでやってくれ」

「わかりました」

中川は帰りに印刷屋に寄り、原稿を書いて渡した。二月一日というと、「竹仙」の宴席が一月二十六日だから、あと五日しかない。そうして中川は、校正を要領よく簡単に見て、案内状をつくり、「竹仙」のメンバーに百枚ずつ送付した。

永田貞雄によって、力道山のアメリカ武者修行は、新田新作のみならず、財界の大物たちの後押しまで得て、電光石火の決定をみたのであった。

二月一日、目黒の雅叙園での歓送会には、政財界や芸能界はもちろん、相撲界からも二所ノ関部屋を中心にめぼしい力士たちがやってきた。三百余人の名士が集まった。

「竹仙」に集まった永田、新田、今里、松尾、それに吉本株式会社社長の林弘高、日本金属社長の矢野範二ら発起人たちは、もちろん全員が出席した。

永田は五、六十人に声をかけ、さし絵画家の岩田専太郎《いわたせんたろう》、小説「佐々木小次郎」を出したばかりの作家村上元三《むらかみげんぞう》らも、永田の友人としてやってきた。

さらに政界からは、元民政党幹事長で、鳩山一郎《はとやまいちろう》を押したて吉田内閣打倒に燃える大麻《おおあさ》唯男《ただお》、その政治力で〝怪物〟の異名をとる楢橋渡《ならはしわたる》、元伯爵で戦前は農相、貴族院副議長もつとめた、横綱審議会委員長の酒井《さかい》忠正《ただまさ》がやってきた。三人は、相撲ファンで、力士時代から力道山のことを知っていた。

相撲界からは、日本相撲協会の出羽海理事長、横綱東富士、千代の山のほか、力道山の弟弟子である大関琴ヶ浜、若ノ花、芳の里らが駆けつけた。

新聞各社も取材に招かれた。

司会は、相撲界を去って本名の大坪義雄《おおつぼよしお》を名乗っている、元小結の九州山がつとめた。

力道山は、紺に白のストライプの入ったダブルのスーツを着て、左の胸には菊をふちどったリボンをつけていた。

いつもの明るさはなかった。いやに緊張して、表情はこわばりっぱなしであった。

二日後の二月三日、日本を発つことになっている。はじめてのアメリカである。

裸一貫ではじめることは、相撲に入門するときと変わっていない。海峡を越えて日本へやってきたのは、十代のなかばである。貧困のどん底で、力士としてひと花咲かせようと渡ってきたのだ。

いまもまた、おなじようなものではないか。

「頼る者がなくたって、やる気さえあれば、やれないことなどあるものか」

「人間、裸で生まれてきたんだから、わしは一生、裸で勝負する」

ことあるたびに力道山が口にするそんな口癖が、いまこの場面ににじみ出るようである。

故郷朝鮮半島は、昭和二十五年六月からはじまった朝鮮戦争で、まっぷたつになって同胞たちが血を流しあっていた。

すでに北緯三十八度線を国境として、大韓民国と朝鮮民主主義人民共和国に分かれていたが、故郷の咸鏡南道浜京郡龍源面新豊里三十七番地は「共和国」に組みこまれ、日本との国交は絶たれた。

朝鮮相撲シルムの横綱であった長兄の金恒洛とも会えない。父母もすでに、太平洋戦争終結前にこの世を去っていた。

なおも戦争はつづいており、日本は戦後はじめての特需景気に沸いていた。天涯孤独となった力道山にとっては皮肉にも、日本経済は、この戦争によって復興の足掛かりをつかんだ。

華やかな歓送会の会場で、緊張した面持ちで人々と記念写真におさまる力道山の胸の内には、さまざまに複雑なものが去来していたにちがいない。

そうしたおびただしいカメラのフラッシュをあびるたびに、おのれの過去をまるで衣を脱ぐように、一枚一枚とり去っていきたかった。が、そう願えば願うほど、過去が重くのしかかってきたのではあるまいか。

祖国は、もはやなくなった。両親はこの世にない。まして韓国を支援して「共和国」と激しく戦闘をくりひろげているアメリカに乗りこんでいくというのに、やはり「北」の出身というのは好ましくなかっただろう。

ちょうどこの一年ほど前の昭和二十五年十一月二十一日に、力道山は就籍届を出し、許可を得ている。そこには、「本籍・長崎県大村市から東京都中央区日本橋浜町に転籍。父百田巳之助、母たつ（ともに死亡）の長男として出生」ということがはっきりと記載されてある。名は「百田光浩」としている。

だが、昭和十九年七月四日、日本統治期に発行された朝鮮の戸籍抄本は、あきらかに戸主も本籍も朝鮮のもので、まったくちがうのである。

《戸主　金村恒洛　出生　明治参拾九年九月　父　亡金錫泰　母　巳　金村光浩（参男）出生大正一三年一一月　本籍　咸鏡南道浜京郡龍源面新豊里参拾七番地　右抄本戸籍ノ原本ト相違ナキコトヲ認証ス　昭和一九年七月四日　浜京郡龍源面長　金谷昌茂》

「金村光浩」が、力道山である。本名は「金信洛」だが、この時代、日本の占領政策によって、日本風に創氏改名することが強制されたのだった。

つまり、就籍届を出して許可された昭和二十五年十一月二十一日までは、力道山の戸籍はあきらかに朝鮮のものなのであった。

この日に朝鮮籍を抜き、本籍を「長崎県大村市」として、同時にそこから日本橋浜町に転籍しているのである。百田巳之助（後に巳之吉と改名）という人物は、朝鮮で力道山をみそめ、二所ノ関親方に紹介した人物であった。百田は、長崎県大村市在住の人である。

戸籍上はその時点で、力道山は、まぎれもなく日本人になっていた。ちょうどその時期は、力士を廃業して新田建設に資材部長として入社し、日本橋浜町の新田からあてがわれた家に住みはじめたときであった。

日本人としての戸籍をとり、祖国の血脈を絶った力道山が、その一年後アメリカに旅立とうとしている。祖国と戦争をくりひろげているあのアメリカに単身乗りこんでいこうという直前の、この晴れやかな宴席で、彼は錐《きり》もみするような思いで、身心ともに日本人として生きていこうと誓いを立てていったのではなかったか。

大物政治家の大麻唯男らが、つぎつぎと挨拶に立ち、

「男一匹、やると決めたら石にかじりついても、初志を貫いてほしい」

と激励を受けるにつれて、力道山のその思い、また緊張の度合は、いやがうえにも高まっていったであろう。

二月三日、後見人の新田新作、永田貞雄、林弘高らのほか、力士時代からの親友である横綱千代の山ら多くの人々に見送られて、力道山は羽田から、まずハワイへ向かって飛び立った。

渡航費用をふくめて、資金は充分にあった。

なんといっても、雅叙園での祝儀が大きかった。最高ひとり一万円を包んでくれた人物が、何人もいた。

永田貞雄は、興行界の首領といわれるだけあって、常識をこえた祝儀を力道山に渡していた。なんと、五十万円である。

国家公務員の初任給が、七千六百五十円の時代、内閣総理大臣の給料でも、十一万円の時代である。五十万円は、とてつもない金額だった。

ホノルルに降り立った力道山を出迎えたのは、プロレスの師であるボビー・ブランズであった。ブランズに紹介されて、力道山は日系人で元プロレスラーの沖識名にあずけられ、そこで猛特訓に励みはじめた。

昭和二十七年二月十六日付けで、力道山は恩人の永田に手紙を書いている。

『拝啓
其の後、御変わり御座いませんか。小生は御陰様にて元気で毎日猛練習を致して居ります。もっと早くお便り出さねばならぬところ当地は日本の六月頃より暑く地理が分んのでとても不便でいい御無沙汰致しました。お許し下さいませ。（中略）ハワイは暑くてシャツとズボンが有れば何にも衣類の不用な所ですね。バーへ行ってもカフェーへ行っても女と話す事も出来ない様なつまらん所です、米国のスタイルはバーで女給が客の席へ座ってはならんそうですね。（中略）

私は十七日にインデアン人と初試合をやる事に成りました。

すべての事を聞たり見たりしてちょいちょいお手紙を差上げます。又松尾様と今里様と林様には手紙は出して居りませんが試合が終ればすぐ出します。又他の方も書きますが永田様からも元気でやって居る事だけはどうぞお伝言下さいませ。お願ひ致します。それから会社の中川さんを始め皆々様方に宜敷《よろし》くお伝へ下さい。

又写真が出来ましたら送って下さいませんか。ホノルルには　三ヶ月間程居るつもりです。永田様の御陰様であの様な盛大な会は私の一生、忘れる事が出来ません（後略・原文のまま）』

力道山は、ホノルルに着いて二週間後、のちに「ゴッドハンド」と呼ばれ、世界的に有名となる空手家の大山倍達《おおやまますたつ》と出会った。

大山によると、柔道家の遠藤幸吉といっしょにロサンゼルスに向かう途中であったという。日系のプロレスラーであるグレート東郷の招きであった。グレート東郷は、「空手の達人」の大山と、「柔道の達人」である遠藤のふたりを招き、プロレス戦に参加させようと思っていたのである。

大山と遠藤は、入国手続きをすませ、空港のロビーに出た。

大山は、迎えがきていると聞いていたが、どんな人間が来るのか、まったく知らない。言葉もロクにしゃべれない異国である。不安でならなかった。

大荷物を手に、キョロキョロとまわりを見回していた。

その眼の端に、浴衣を着た日本人の男の姿が飛びこんできた。外国人に引けを取らないほどに立派な体格をしている。その体格に似合わない、せっかちそうな歩き方でこちらに向かってくる。

遠藤がいった。

「力道山だ」

が、大山は、力道山のことをくわしくは知らなかった。

力道山が、大山らの前にやってきていった。

「力道山だ」

知っていて当たり前といったように、ぶっきらぼうな態度であった。

「遠藤というのは、どっちだ」

「わたしです」

遠藤が答えた。

「ふうん……」

遠藤の肩から腕にかけて、軽く叩くようにして筋肉のつき具合や柔らかさを確かめている。

「いい体しているな」

体格のいい相棒を探していたのか、遠藤とはひとまわりもふたまわりも体格がちがう八〇キロにすぎない大山には、見向きもしない。

力道山は、ふたたびいった。

「よし、じゃあ、おまえは、ちょっと来い」

遠藤だけをどこかに連れて行ってしまった。遠藤は、のちに力道山と組んで、日本プロレス協会を発足させることになる。

大山は、ひとり取り残された。

大山と遠藤は、その三日後にロサンゼルスに飛ぶ。ふたりは、シカゴなどでプロレス巡業をしてまわる。

アイデアマンのグレート東郷は、自分が長男、大山は次男で「マック東郷」、遠藤は三男で「コー東郷」と名乗らせ、「東郷三兄弟」として売り出した。

東郷は、巡業先のローカル紙に、挑戦者募集の広告を出した。

「グレート東郷の次男で、ジャパン空手のチャンピオン・マック東郷に挑戦者募集。どなたでも、リングに上がって三分後、無事にリングから降りることができた挑戦者に千ドル差し上げます」

この広告は、各地で反響を呼んだ。カネ目当ての力自慢が、続々と名乗りをあげたのである。

第二章　空手チョップに黒タイツ

ハワイでの力道山人気沸騰

昭和二十七年二月三日、東京を飛び立った力道山は、ハワイのホノルルで沖識名《おきしきな》のもと、プロレスリングの本格的なトレーニングに入った。

「だるまホテル」というアパート式のホテルに寝泊まりし、そこから毎日ＹＭＣＡジムに通った。沖識名のトレーニング方法は、走ることを主体としたハード・トレーニングであった。力道山は力士時代、走ることなどまったくしなかった。力士に走ることは無用とされていたからだった。ハワイにきて慣れないロードワークをさんざんやらされて、さすがに力道山も苦しくてならなかった。

生前、力道山は「力道山 花の生涯」で、そのときのことを述懐している。

『沖さんのトレーニングは相当なもので、走ることを主眼としたハード・トレーニングには、さすがに参った。相撲時代のけいこもきつかったが、体づくりにたいする考え方が、相撲とプロレスでは根本的にちがい、猛練習しなければならなかった』

力道山はハワイに渡ってから二週間で、「狼酋長」の異名をとるチーフ・リトル・ウルフとのハワイ・デビュー戦をおこない、勝利をおさめる。以後、連戦をかさねていく。

それでも、だるまホテルの部屋に帰ると、どうしようもなくホームシックに患《かか》ってしまう。

四月二日に日新《にっしん》プロ社長の永田貞雄に届いた手紙に、力道山はいろいろと書きつけている。

『永田様へ
本日なつかしきお便り有難う御座いました。

お便りを讀み乍《なが》ら色々と東京の事を思ひ出して歸《かえ》りたい様な氣も致します。なにしろ今の私の楽しみはお手紙と海で泳ぐのと日本新聞、ラヂヲだけの楽しみです。本当にお忙しい所有難う御座いました。

明日から練習にもう一層励みます。まず私の今日迄の試合の成績をちょっとお報せ致します。七試合で五勝二引分です。

負は有りません。私はホノルルへ来て以来練習は一日も休んだ事は有りません。

そしてホノルルの興行主が私をどうしてもホノルルのチャンピオンを取る迄ホノルルで（ハワイ諸島）やってくれと言われまして目下考えて居る所です。別に悪い話しではありませんが私が居るとハワイの日系がお客の半分ぐらいは来ますものですからちょっとよくを出して居るわけです。しかし私の事をとても良くしてくれます。永田さんも御存じと思ひますがハワイは本当につまらん所ですね。来て二ヶ月もなりますが女性の人と手もさわった事も有りません。

アメリカに居る間どうしようかと今から心配して居りますがこればかりは致し方ありません。ハワイでも十ドル出したら一時間ぐらい遊ぶ女はあるそうですが、もし警察に見つかったらブタバコへ入れられるそうです。こわくて手が出ません。

なにがあこがれのハワイですか。馬鹿馬鹿しくて毎日腹を立てて居ります。ちょっとひすも起きますよ。こまったものです。

私は今月一パイ　ハワイに居りまして来月五月始めにアメリカへ行きます。そして約一ヶ月半アメリカに居り又ハワイへ帰ってチャンピオンの試合をやって又アメリカへ行きます。まあ、日本へ帰へれるのは十月か十一月頃だと思ひますが会長さん（新田新作のこと＝著者注）がどう言ふかそれによって早くも帰れるし又来年でも私はいいです。永田さん、これは私のチャンスです。事によっては家ぐらい立てる氣持ちで居ります。（中略）

昨夜のレスリングの興行も五千人以上です。ホノルルは小都市ですからキップは四分一がリングサイド二ドル五十セント（税込）次が一ドル五十セント最後が一ドルが一般席ですね。アメリカでレスリングの人氣は絶對《ぜったい》ですね。わたくしも御陰様で白人まで私の應援をしてくれます。選手は八人です。一人が平均二百五十ドル、約二千ドルです。ホノルルみたいに小さい都市でも毎週日曜日やって居りますがいつも九分通り入って居ります。これで大たい分りますのでせうか……（中略）あ、それからアメリカは興行税は二十パーセント。そして小屋まあ國技館みたいなものですね、これは小屋主が十五パーセントを取ります。客が入っても入らんでも同じだそうです。永田さんも氣をつけて見て下さい。今、アメリカのプロモーターが日本へ行ってやりたいらしいです。（中略）

二伸

お手紙はスタンプを見ると三月二十八日のスタンプです。今日は三十一日です。早いものですね。飛行機の便が良いとこの様に早いものですね。そしてなにかアメリカでほしい物があったら今から考えてお手紙下さい。何かと役に立ちませう。

寫真を一枚入れて送りますが色を見て下さい。ニグロ級です。光って居ります。

ハワイは氣候だけは世界一ですね。

主所が変わりました。何時でも此の表記の主所で心配ありません』（原文のまま・以下同）

永田から届いた手紙が、どれほどうれしかったかが伝わってくる。異国のなかの孤独な力道山の姿が彷彿《ほうふつ》としてくる内容である。

成績は三月二十一日の時点で、五勝二分。ホノルルのプロモーターから、ずいぶんと買われている様子、高い人気を得ていること、アメリカ本土に渡ろうとしていること、女に触ることもできずに、イライラがつのっている様子がうかがえる。しかし、「永田さん、これは私のチャンスです」とプロレスに賭ける気持ちは、ゆるぎないものが感じられる。同時に、ハワイの興行形態を、料金や税金、小屋主のマージンまで細かく報告しているあたりは、事業家としての萌芽《ほうが》を見る思いがする。

だが、それから一カ月後の四月三十日の手紙は、かなり様子がちがってきている。

『永田様

其の後御変りございませんか。小生御陰様にて相変ず元氣で必勝を目指してはり切って居ります故御安心下さいませ。

お聞きの事と思ひますが新聞を切りぬいてはってあります。スクラップブックを永田様にとどけました。もしおひ間が御座いましたら相撲記者でも、又あるいは永田興行社すいせん社でもけっこうです。新聞社を通して全國の力道山ファン又は日本においての将来プロレスリング發てんの為何んかの役に立てばと思って送りましたからぜひお願ひ致します。私は毎日（新聞）の事業部長森口さんならとも思ひます。で永田様の自由に一つ宜敷《よろし》くお願い致します。本日迄の成績は十一勝三引分負無し、此の十四試合の内三役級と三、四人やりました。これで小生も先が少し見えて来る様な氣も致します。五月の十二日か十九日の飛行機でサンフランシスコに行く事に成りましたがホノルルのプロモーターが小生の為客が何時でも九十%以上入るものですからなかなか行かしてくれません。もしかしたらハワイの選手権を取って渡米するかも知りません。今はこの様な事情です。それから念の為に申上げますが会長さんが寫真でも新聞でも小生が送ったら誰れにも見せずどこかへもって行くそうです。その為今回は永田様にお願ひを致し新聞を通じてファンに見てもらうつもりでした。会長さんが怒るかも知りませんね。
乱筆乍ら失禮《しつれい》致します。お嬢様と若社長に宜敷く』

十一勝三分、負けはない。すばらしい戦績をかさねている力道山であった。いまだにホノルルでの力道山人気が高いことを伝えている。そうして、自分が出場した試合のスクラップを永田に送り、日本での宣伝を頼んでいる。おもしろいのは、手紙のなかで「会長」と書いている新田新作に、写真を送っているというくだりである。新田は、その写真をだれにも見せず、どこかへ持っていってしまうのだという。プロレス入りにもともと反対していた新田は、力道山をハワイに送り出したものの、いまだ釈然としていないのだ。

ここで注意しておかねばならないことは、力道山が「日本においての将来プロレスリング發てんの為」とはっきり書いていることである。あきらかに力道山は、ひとりのレスラーとしてでなく、日本にプロレス興行を植えつけ、事業としてやっていきたいという野心を秘めているのだった。

四月に入ってからは、シュライナース・クラブでいっしょにトレーニングを受けた柔道家の遠藤幸吉が、力道山に二カ月遅れてホノルルにやってきた。遠藤は、ハロルド坂田と、〝トーゴー・ブラザーズ〟を名乗り世界タッグチャンピオンにもなったグレート東郷に、プロレスのトレーニングを受ける。

　また、プロ柔道の山口利夫六段もホノルルに乗りこみ、柔道対プロレスの混合マッチに出場した。

　日本の格闘家たちは、こうしてハワイに結集していった。まさに、日本プロレスの黎明《れいめい》期であった。

　力道山は遠藤とのひさびさの再会に、おたがいに頑張ろうと誓い合い、毎週日曜日におこなわれるシビック・オーデトリアムのリングに上がった。

　ところが、五月二十二日の永田への手紙には、『永田様ハワイと言ふ所は淋しい所ですね。もう氣がくるいそうです』と書き、こうつづけている。

『小生もいよいよ六月九日の飛行機でアメリカへ行きます。先週迄の成績は十二勝四引分一負です。負が無ければハワイの選手権を取れました。残念です。永田様どうか皆々様に宜敷く宜敷くお傳《つた》への程お願い致します。又アメリカでお便り致します』

　結局、ハワイ王座は奪取できなかった。

　しかし、この間、ホノルルでは得意の張り手から空手チョップの原型を編み出し、また、力道山のトレードマークとなる黒のロングタイツを着用しはじめた。

アル・コステロとの一戦から身につけはじめた黒のロングタイツは、太く短い力道山の足をスマートに見せた。
だが、着用の理由はそればかりではない。
のちに力道山は理由を聞かれると、
「いやあ、昔、若ノ花に右の膝を嚙みつかれてね、疵《きず》があるもんだから」
と答えていた。
疵はそればかりでなく、太腿にも直径四、五センチほどもある丸い火傷《やけど》のあとのような
ものがあった。
それを隠したいというのも、理由としてはわかる。が、また別の証言をする人物がい
る。力道山にレスラーとして見込まれ、かわいがられた豊登《とよのぼり》である。
彼は、よく力道山に誘われて、いっしょに風呂に入った。そこで力道山から、こんなこ
とを聞かされた。
「おれは肺ジストマを患ってから、体はガタガタなんだ。太腿にも放っておいたら血の瘤《こぶ》
ができて、血が吹き出すんだ。リングの上でそんなことにならないように、タイツをはい
て押さえているんだ」
ロングタイツは、指を入れることもできないほど、ぴったりと下半身に密着したものだ
った。まさしくそれはリングコスチュームというより、腰から足首にかけて強力に貼りつ

き、保護しているものだったという。豊登が語る。

「力道山の内実をいえばそういうことで、プロレスをはじめたときには、もうあの人の体は満身創痍《まんしんそうい》だったんですよ」

力道山は尋常ならざる精神力で、おのれをプロレスに燃焼させていったのである。

五月三十一日の永田への手紙には、こう書いている。

『本日（五月三十一日）付のお便り有難う御座いました。小生も御陰様で元氣で居ります故御安心下さい。いよいよ六月十日午後六時の飛行機でサンフランシスコへ行く事に成りました。其の次はシカゴ、次ニューヨークです。サンフランシスコのプロモーターが太平洋方面を全部興行するのです。州と言いますとワシントン州、オル（レ）ガン州、カルフォルニア州、ネバダ州此の方面を約一ヶ月半以上廻る事です。シカゴのプロモーターは約二ヶ月程です。

後　又　報せます。一昨日（柔道）山口利夫君が歸りましたが、山口君の話では毎日（新聞）でプロレスリングの興行に手を出す様な事を言って居りました。兎に角、米國では大変な興行です。ホノルルみたいな小さい所でも一週間一回、毎回客が九十パーセント以上です。此れには色々とコツがありますね……。

今ホノルルのプロモーターは私に日本に歸ってプロモーターをやれと言って居ります。應援するとの事です。山口君とか木村君は体が小さいし遅いのでちょっとプロモーターが使ってくれないそうです。山口君は私より遅く来てもう歸りました。兎《と》に角《かく》永田さん角力《すもう》取《とり》で私より体が大きくて、ソップ形の誰か居らんかね……居れば絶對です。私は今から来年、又将来の事を考えてレスラーの友人を澤山《たくさん》つくります』

力道山は、はやくもプロモーターになることまで念頭に置いている。単なるレスラーであるばかりを考えているのではないことが、ここにおいて明確な形をとっている。

リッキー、カラテチョップ！　黒タイツの東洋人にアメリカ人熱狂

昭和二十七年六月九日、力道山はひとりぼっちで、アメリカ西海岸のサンフランシスコ空港に降り立った。いよいよ、アメリカ本土でのプロレス修業がはじまる。

いや、修業ではない。トレーニングを終えた、正真正銘のプロレスラーとしての歴戦の旅である。空手チョップと黒のロングタイツは、力道山のトレードマークとして、すでに売りものになっていた。

日本は一カ月あまり前の四月二十八日、講和条約が発効し、名実ともにアメリカの占領下から解き放たれたばかりだった。接収され、メモリアルホールと名前を変えていた大相撲の殿堂、両国国技館も接収が解除された。解体されていた財閥も、千代田銀行が三菱銀行、中央生命保険が三井生命保険、大阪銀行が、住友銀行といった具合に復活した。

だが、アメリカの占領体制は事実上継続され、それへの民衆の怒りが、五月一日の「血のメーデー事件」で爆発した。皇居前広場に集まった六千人のデモ隊に対して、五千人の警官隊がぶつかり、デモ隊ふたりが殺され、重軽傷あわせて二千余人となった。検挙者は、千二百三十人にものぼった。

共産党による火炎ビン騒擾《そうじょう》事件も、たてつづけに起こった。

そのなかにあって、アメリカの力道山をおおいに奮いたたせたニュースは、五月十九日のプロボクサー白井《しらい》義男《よしお》の快挙であった。

白井は、後楽園《こうらくえん》球場でダド・マリノを判定で破り、世界フライ級王座を奪取した。日本人としてはじめて、プロボクシング世界チャンピオンとなったのである。

「おれもプロレスの世界で、日本ではじめての世界チャンピオンになってやる」

そう奮起してはみたものの、しかし、さすがにたったひとりきりのアメリカ本土殴り込みは、さみしいものであった。

到着して一週間経った六月十六日、日新プロ社長の永田貞雄に宛てた手紙からは、環境になじめない力道山の、孤独な心境がうかがわれる。

『永田様

其の後御変り御座いませんか。小生は御陰様で相変わらず元氣です。故御安心下さい。ハワイへ四ヶ月以上も居っていろいろとアメリカの事情も知りましたので私にはマネージャーなしで、今のところやって居ります。ですから六月九日の飛行機でサンフランシスコ――迄たった一人旅です。飛行場へ着いて勝手がわからず巡査にたずねてホテルに行きました。

ところが白人のホテルで四日程で日本町に変わりました。明夜から試合です。当地は約一ヶ月半入ります。ハワイも当地も日本から色々なげい術げいのう人が見たくない程来て居るので、日本からと言ふと当地の人たちはぞうっとするそうです。小生は始めからその様に思ったもんですからどこへ行っても二世の人とはあんまり交際して居りません。お萬一行と言ってチンドンや迄来て居ります。サンフランシスコも小生が日本で思って夢見た様な所ではありません。日本の神戸級です。場所は廣いが人がらの良い所ではありません。私も今度で日本の良さが始めて分かりました。

永田様、皆々様にどうぞ宜敷くお傳下さいませ』

力道山の祖国・朝鮮半島では、なお戦争がつづいている。中国義勇軍が北支援で参戦し、それに対してアメリカが国連軍を率いて戦闘を拡大させていた。

力道山はアメリカ人に媚《こ》びては、「当地の人たち」を「ぞうっと」させている日本人、日系人に対して、激しい嫌悪感を抱いた。

アメリカ人は、真珠湾奇襲攻撃を忘れていなかった。不意打ちをくらわせた日本人は卑《ひ》怯《きょう》だというイメージが、強く残っていた。グレート東郷のリングネームは、元帥東郷平八郎にちなんだもので、アメリカ人の気持ちをいたく刺激したのである。

リングの上では、相手に攻められると手をこすり合わせてやめてくれと哀願する。ところが、相手が背中を向けたとたんに、コーナーに置いてある高下駄で殴りかかっていく。観衆からは、さかんにブーイングがあびせられた。

力道山は、グレート東郷に対して、

「あれはハワイ生まれのやつで、国辱ものです」

と怒りをぶちまけている。

日系レスラーは、グレート東郷を筆頭に、ミスター・モト、トージョー・ヤマモトとそろいもそろって、あくどく滑稽《こっけい》に稼ぎまくっていた。

力道山は、彼らを憎み、軽蔑した。

それゆえに、なおさらリングでの暴れっぷりは、がちがちのストレート・ファイトで固まった。

永田に手紙を書いた翌日の六月十七日が、力道山のアメリカ本土で記念すべき第一戦であった。

サンフランシスコのウィンターランドで迎えた第一戦の相手は、無法者として鳴らすアイク・アーキンスであった。

反則パンチをふるってくるアーキンスに対して、力道山は袈裟《けさ》掛《が》けに振り下ろす空手チョップを、頸動脈《けいどうみゃく》から胸板に叩きこんだ。

日系のショーマン・レスラーに馴れきっているアメリカ人レスラーには、およそ考えられぬことであっただろう。本当なら手加減するところを、なんの妥協もなく、まともに空手チョップを乱打する力道山の前に、アーキンスは何度もマットに叩き伏せられ、あっけなく敗退してしまった。

六千人の超満員の観衆は、力道山に釘づけにされた。こんな日系レスラーを見たことがなかったのである。

黒のロングタイツは、アメリカでは悪役の象徴だった。が、このレスラーは悪役ではない。一直線に前に出て、これまで見たこともない独特なチョップを放つ。一心不乱で、妥協がない。おそらく彼らの眼には、まるでちがったタイプの新しいレスラーとして映ったことだろう。

アメリカ人レスラーたちは、力道山のことを「セメント・レスラー」と呼んだ。セメントのように硬く、妥協がないという意味である。勝負に徹するその姿は、彼らにはやりづらくもあり、観衆には新鮮であった。

そうして、以後リングに上がるたびに、観客から熱望の声援が湧いてきたのである。

「リッキー、カラテチョップ！」

「カラテチョップを出せ、リッキー！」

すでにアメリカには、テレビがあった。サンフランシスコのテレビ局は、試合があるたびにプロレスを放送した。その小さな画面のなかを、黒いロングタイツの東洋の男が、日に焼けた上半身をさらして弾丸のように駆けぬけていく。その躍動美が、さらに力道山ファンを増大させていったのだった。

プロモーターのジョー・マルコビッチは、ハワイのプロモーター、アル・カラシックから力道山の情報を受けてはいたが、これほどまでに求心力を持った男であるとは思わなかった。

第三戦では、早くも元プロボクシング世界ヘビー級王者のプリモ・カルネラとのカードが組まれた。パンチ対空手チョップの対決で、いっそうファンを煽《あお》ったのである。カルネラは、身長二百二センチ、体重百二十八キロという巨漢で、その堂々たる体軀《たいく》は「動くアルプス」の異名をとった。

力道山は、身長差が二十センチもあるカルネラと引き分けた。観衆は元ヘビー級チャンピオンのパンチと、東洋の神秘な技の対決に酔った。空手チョップが叩きこまれると、カルネラのアルプスのような体が大きく前後に揺れ、マットに崩れ落ちる。そのたびに、どっという歓声が湧いた。

マルコビッチは、つぎのマッチメイクを考えた。それを聞いて、力道山はおどろいた。マルコビッチは、たしかにこういったのである。

「今度はカルネラとタッグチームを組んで、シャープ兄弟の世界タッグ選手権に挑戦するんだ」

日本を出発してから、まだ四カ月ほどしか経っていない。こんなに早く、世界選手権に挑戦できるとは、夢にも思わなかったであろう。

それに、もうひとつ不思議でならないことがあった。どうして闘志をむき出しにして闘ったばかりのカルネラと、タッグチームを組むのかということである。

王者組は、兄弟である。だが、こちらは敵同士ではないか。そこがプロレス興行の奥深いところだった。

敵同士であろうと、いまシャープ兄弟と互角に渡りあえ、しかも新鮮なマッチメイクで観客を動員できるのは、力道山とカルネラを置いてほかにないのである。

また、互角に闘っておたがいの力を認め合ったレスラー同士が、打倒シャープ兄弟のために手を組んで立ち上がったというドラマも生まれる。時期も、ふたりが闘った直後のいまが、絶妙のタイミングなのだ。

そんな興行面のことも、力道山には少しずつわかってきた。

ベンとマイクのシャープ兄弟は、世界ヘビー級チャンピオンのルー・テーズとともに、全米一のドル箱スターであった。マルコビッチの息のかかった大物たちだ。

試合は三本勝負で、一本目はカルネラが反則負けを喫し、二本目は力道山がベン・シャープに空手チョップを見舞って取り返しタイに持ちこんだが、結局そのまま時間切れ引き分けに終わった。

力道山には、カルネラの反則負けが悔やまれた。

それにしても、シャープ兄弟のタッチワークは巧妙だった。早いタッチで、けっしてどちらかが長くつかまらないように考えぬかれていた。そうして、相手に息をもつかせず攻めつづけるのである。

町を歩くだけでも、道行く人々がいっせいにふり返って見るほどの人気がある。身長も、兄のベンが百九十五センチ、弟のマイクが、百九十七センチで、筋肉質で鍛えあげられた肉体を持ち、表情もスターらしく輝いている。

このチームをぜひ日本に呼びたい。

力道山は、そう思った。

世界タッグ選手権試合で、力道山は完全にプロモーターのマルコビッチに認められた。世界最大の格闘技雑誌「ボクシング・マガジン」は、力道山を世界のプロレス最強ベストテンに入れ、三ページにわたって特集した。そのせいか、テレビでも力道山の試合は、かならずといっていいほど放送された。

サンフランシスコを皮切りに、ロサンゼルスなど太平洋岸を転戦、シカゴ、デトロイトの中部をサーキットし、東部のニューヨークに渡った。さらに南部から一転してカナダ、メキシコまで足を伸ばし、歴戦をかさねた。休日は一週間のうち一日という強行軍であった。どこへ行っても各地のプロモーターは、力道山の試合のスケジュールを組んだ。およそ三百試合をかぞえ、そのうち負けはわずか五という、おどろくべき戦績を残した。

プロレスとはなにか。歴戦をくり返していくなかで、力道山ははっきりとつかんだ。

ハワイ時代、はじめての試合で、チーフ・リトル・ウルフを張り手でめった打ちにした試合のあと、トレーナーの沖識名からいわれたことがあった。

「リキ、ユーの試合はよくない。プロレスには売り物がなければならない。お客はユーのスモウを期待しているのに、ユーはそれを見せないで、むきになって勝負に出た。今日のような試合をつづけたら、人気は出ない。プロレスというものは、お客さんに楽しく見せるプロスポーツなんだから」

そのときは、単に「手加減しろ」といっているのだと受け取っていたのだが、のちに空手チョップという「売り物」を完成してからは、それがよくわかるようになった。

つまり、「売り物」を出すタイミングを計り、相手の攻めも受けてやる。ときには相手の潜在能力を、自分から引き出してやるくらいでなければならない。そうして、ここぞというときに伝家の宝刀をくり出すのだ。プロレスの試合とは、そのようにレスラー同士のあうんの呼吸でしだいに盛りあげ、観客にドラマを見せるものなのである。

力道山、大山倍達に教わり、空手チョップを磨く

力道山は、トレーナーの沖識名から空手チョップのやり方を習った。が、どうも自分の技のような気がしない。ほかの日系レスラーがやっている空手チョップを見よう見真似でやってみても、これもしっくりこない。

力道山は、考えこんだ。

〈張り手を自分なりに工夫して空手チョップを完成しようと思ったが、どうもうまくいかない。いったいどうしたら、空手チョップに磨きをかけ「売り物」にできるか〉

力道山は、思った。

〈どうせやるなら、その道のプロに習って極めてみたい〉

聞けば、ちょうど日本の空手家の大山倍達が、友人の遠藤幸吉とともに、グレート東郷率いる東郷三兄弟として全米をデモンストレーション中だという。

大山は、空手六段の達人で、日本でも彼の右に出る者はいないらしい。

〈遠藤とはハワイの空港で会ったが、あのときいっしょだったむくつけき男が、大山倍達だったのか〉

力道山はさっそく遠藤に連絡をつけ、大山に空手の教授を頼んだ。

大山は、力道山のことはあまりよく知らない。が、遠藤の頼みである。拒む理由はなかった。

〈ハワイの空港ではずいぶんぶっきらぼうな男だったが、どうせやるなら、日本でやるより、こっちで教えたほうがいいだろう〉

大山は、承諾した。日本に帰る前に立ち寄るハワイで、力道山と会うことにした。

ハワイで大山と会った力道山は、去年空港で会ったときは大山に挨拶も交わさなかったが、今度は力道山のほうから深々と頭を下げてきた。

「いやあ、この度は、わざわざすみません」

大山があらためて力道山を見ると、力道山はなかなかの大男である。薄手のシャツからのぞく腕や胸の筋肉も、訓練されていた。

力道山は、大山にいった。

「お疲れでしょうから、今日はゆっくりしていただいて、稽古は明日からということでいかがでしょう」

大山は、力道山の言葉を遮《さえぎ》るようにいった。

「わたしは、ここに遊びにきたわけじゃありません。あなたの都合がいいのなら、さっそくいまからでもいかがですか」

力道山は、大山が手に下げてきた道着にちらりと視線を走らせ、「では、お願いします」

といい、また両の拳を握りしめて頭を下げた。

ふたりとも道着に着替え、大山は、裸足で海岸まで走り出した。

砂浜に入ると、四十度近い熱波に灼《や》かれた砂が足を嚙んだ。とたんに、額や腋《わき》の下から、汗が吹き出すのがわかる。

砂浜の中央で足を止め、大山は、後ろからついてきているはずの力道山を振り返った。

力道山は、額の前で強過ぎる光線を遮るように右手を添えながら、高い太陽を仰ぎ見ている。太陽になにかを誓っているかのように映った。

息が整うと、力道山のほうから大山に話しかけてきた。

「わたしは、空手チョップという必殺技を習得しようと、自分なりに研究してきました。それには、やはり空手の心得が要るものと、確信しましまして」

「空手チョップですか」

空手の、瓦《かわら》の試割りをするときの手刀の形を模してチョップをするのだろうが、『空手チョップ』とは、なんともおかしなネーミングである。

大山は、試すつもりでいった。

「その空手チョップとやら、見せてもらおうか」

力道山は、道着の衿《えり》を直し、ちょうど大山と正面から向かい合うように四歩、歩み寄った。

大きく息を吸いこむと、「ヤァーッ!」という気合いもろとも、大山目がけて、手刀を振り下ろした。

力道山にすれば、自分の胸元で止めたつもりだったのだろう。が、身長差から、手刀は、大山の鼻の先でぴたりと止まった。

大山は、少し嫌な顔になった。

相手を威嚇《いかく》するように、手刀を鼻先で止められたからではない。大山の眼には、手刀は、振り下ろすというより、押し出されるように映ったからだ。

〈これじゃまるで、相撲の張り手だな〉

大山は、なにもいわずに力道山の次の行動を見守っていた。

すると、力道山は、また大きく右手を高々と振り上げるではないか。

「イヤァーッ!」

さきほどのまっすぐに打っていくチョップとはちがい、右手の先を左肩のあたりまでぐっと引いていって力を溜め、弓のように右腕をしならせて、まるで敵の喉元に右手の側面を叩きつけんばかりに振り下ろした。

今度は、大山も、おやッと思った。

〈これなら、確かに遠心力も加わる。チョップの威力は、倍加される〉

大山が、大きくひとつうなずいたので、褒《ほ》められたと思ったのだろう。力道山は、声の調子を弾ませていった。

「いまのは、わたしが開発した逆水平チョップです」

大山は、フーと息をついていった。

「確かに、あなたの腕力をもってすれば、このチョップで相手は倒れるだろう。だが、これは技ではない。あなたのは、まったく空手じゃない」

力道山の顔に、ふッと暗い色が差した。

大山に指摘されて、自分の未熟さを悟《さと》ったのだろう。力道山は、あらためて頭を下げてきた。

「わたしに、空手を教えてください。ぜひ、稽古をつけてください」

大山は、頭を上げさせるように力道山の肩に手を置くと、提案した。

「教えるということじゃなしに、いっしょに稽古をした、ということにしようじゃないか」

それから大山は日本に帰国するまでのまる一週間、ワイキキビーチで、力道山とすさまじい稽古に励んだ。

とにかく、力道山は、大山から見ると、空手のいろはの「い」の字も知らない。型も知らなければ、手の持ち方も知らない。

大山は、初歩から、力道山に空手の手ほどきをした。

力道山は、ひどく覚えが早かった。それは覚えが早いというのではなく、運動神経のよさから、二、三度繰り返しているうちに、すぐに体得してしまうといったほうが正しかった。

大山がおどろかされたのは、力道山の体力である。

大山も、体力には自信があった。いっしょに稽古しようと提案したのだから、最初の一日、二日をのぞいては、いつもの自分のトレーニングと同じメニューをこなさせようと思っていた。

ところが砂浜を数キロ、ランニングしただけでひどく喉が渇く。それだけハワイは乾燥している。灼熱の太陽の下、汗はあとからあとから流れ出てくる。この気候下で日本とまったく同じメニューをこなそうとすると、疲労の度合がまったくちがうのである。

それでも、力道山は、平気な顔をして、大山の後をついてくる。並大抵な体力ではない。

が、大山とは圧倒的にちがう一点があった。腕力である。大山のほうが数段上であった。

四日目の午後、大山は、いよいよ力道山の空手チョップの改良に着手した。

大山がいった。

「いつもの空手チョップをやってみてください」

初日同様、力道山は、空手チョップを振り下ろそうと、右腕を大きく上げた。

そこで、大山は大声を張りあげた。

「待った！　そのまま！」

力道山は、大山のあまりの大声に本当に硬直していた。

「そのまま、形を動かさずに、腕を下ろして」

大山は、力道山の右腕を取った。

「あなたの右手の形だ。ほら、親指と人差し指が、ぴったり寄り添っている。横から見てみろ。真一文字だ」

力道山は、いわれたとおり、形を崩さないよう注意しながら右手を自分の目の高さまで上げた。大山のいうとおり、これから豆腐でも切ろうとする包丁のように、まっすぐな形をしていた。

大山がいった。

「あなたの体格から振り下ろされるチョップだ。これが効かないということはないだろう。だが、これでは、効果が薄い」

力道山は、右手を下ろした。懇願するような目で、大山に訴えてきた。

「では、わたしは、いったいどうすれば……」

大山は、アドバイスした。

「親指を内側に曲げ、残り四本の指はまっすぐに伸ばすよりも、やや指先を曲げる形にするほうが威力が増す」

そういうと、実際に力道山の右手を取り、形をつくってやった。

「わたしは、一発で牛を殺すよ。ウィスキーの瓶だって、切れる」

そのまま空手チョップの練習に移った。が、力道山は、大山の言葉が口惜《くや》しかったのか、その夜密《ひそ》かにウィスキーの瓶切りに挑戦した。

が、どんなに力をこめて手刀を叩きつけても、瓶ははね飛んでいくばかりだ。いっこうに切れやしない。

翌朝、朝食の卓をみんなで囲んでいると、力道山が唐突にいった。

「夕べ、瓶切りを試してみたんだが、おれにはどうにもできなかった。大山さん、あれはどういうふうにやるのかね。テクニックを、教えてくれないか」

大山は、眼を剝《む》いた。

「あんた、練習もなにもしないで、瓶切りに挑むなんて、そんな無茶なことをしたのか」

実際、後年、大山の弟子のひとりが、瓶切りに失敗して、指を一本失っている。瓶切りは、それほど危険を伴う技なのだ。

大山は、きっぱりといった。

「教えても、あなたにはできませんよ。瓶切りは、教わってできるようなものではない。

てた。
中身を半分自分のコップの中に注ぎこむと、隣のテーブルへその瓶を持って行って、立
そういうと、大山は、テーブルの上に置いてあったジュースの瓶を取りあげた。
「これは、見て覚えるもんだ」

部屋の中にいたものが、みんな静まり返った。瓶の中に半分入ったままのオレンジジュースが、妖《あや》しく揺れている。

だれかの、ごくりと唾《つば》を飲む音が、大山の耳に伝わってくる。

大山は、右の手刀をゆっくりと振り上げた。ジュース瓶目がけて、気を溜めた。

大きく息を吸いこみ、一瞬、息を止める。

次の刹那《せつな》、掛け声もろとも、手刀をジュース瓶に叩きこんだ。

「ハーッ！」

ジュース瓶は、みごとに切れた。ちょうど首がくびれはじめたところから上が、吹き飛ばされる格好でポロリと折れている。

部屋中から、歓声があがった。

「おおーッ！」

力道山も、すぐに大山のところに駆け寄ってきた。

「みごとだ、みごとだ、大山さん！」

大山は、怪我《けが》をしていないことを証明するため、力道山の鼻先に、自分の手を押しつけるように近づけた。

力道山は、食い入るように大山の右手を見つめた。瓶切りの技の成果よりも、大山の右手の厚みに圧倒されているように、「ホォーッ」と声をあげた。

大山が右手を引っこめてからも、神業を目のあたりにした力道山の興奮は冷めやらなかった。

まるで、童心に返ったように、無邪気に大山に訊いてきた。

「これは、どういうふうに角度をつければいいんですか」

力道山は、別のジュースの瓶に、手刀を叩きこむ真似をしている。

大山も、力道山の手をとって、「こういうふうに角度をつければいい」と教えた。

大山は、ひととおり教え終えたときいった。

「幸せは、人がくれるものではない。自分から、摑《つか》むものだ。特技も同じこと。人が教えを請えば、先生も商売だ。ある程度までやれば、技を伝授し、『おまえは強くなる』と引導は渡してくれるだろう。だが、本来、特技は人がくれるものではない。人がくれるというのは、嘘だ。それは物語だ。特技もまた、自分から摑むものなんだ」

力道山は、さきほどのはしゃいでいた顔つきから、ぐっと真面目な表情になり、大山を見つめてきた。

大山が訊いた。

「あなた、本当に強くなりたいのなら、わたしのいうとおりにやりますか?」

力道山は、恐縮しきっていった。

「やってみます」

大山は、さっそく砂浜へトレーニングに向かった。

「じゃあ、一番初めに、この形で、腕立て伏せしてごらんなさい」

大山は、そういうとパッと逆立ちしてみせた。

ところが、力道山は、逆立ちができなかった。それもそのはずで、力道山は、大山より四十キロも多い百二十キロの体重があった。

大山がいった。

「わたしは八十キロだが、こうして逆立ちをし、そのまま腕立て伏せもできる。あなたには、腕の練習が必要だよ。いまから、それができますか」

力道山は、「やる」と断言した。

実際、彼は口だけではなかった。それからの三日間というもの、一生懸命にトレーニングに励んだ。

力道山の努力家ぶりには、大山も感心した。

間もなく、大山は帰国することになった。

大山は、最後に力道山にこういい残した。
「あなたは、これまでも自分なりに創意工夫を凝《こ》らして訓練してきた。これからも、力道式でやってください」

燃える力道山の出鼻をくじいた、冷ややかな反応

昭和二十八年三月六日、アメリカから帰国した力道山を待ち受けていたものは、周囲の冷ややかな態度であった。

三百戦してわずか五敗という戦績を引っさげて凱旋《がいせん》し、これから日本にプロレスリングを展開していこうと野心をふくらませている力道山にとっては、皮肉なことであった。

それとはべつに、格別の土産《みやげ》も持ち帰ったのである。それは、これまで力道山以前に渡米した日本人格闘家が、まったく見向きもしなかったものだった。プロモーターとしてのライセンスである。

ＮＷＡ世界チャンピオンのルー・テーズ、それに世界タッグチャンピオンのシャープ兄弟というアメリカのドル箱スターをはじめ、多くの名レスラーを抱える一大勢力ＮＷＡ――全米レスリング同盟のジョー・マルコビッチから、「力道山が日本でプロレス興行をおこなう場合、ＮＷＡは外人レスラーの派遣等、全面的に支援する」というお墨付きを得てき

た。マルコビッチの署名と、ハワイのプロモーター、アル・カラシックの署名も添えてあった。

　力道山は、胸を張った。

「日本でのプロレス興行は、このおれが取り仕切る」

ところが、その気負いも空回りしてしまった。まず後見人である新田建設社長の新田新作が、プロレスを日本ではじめましょうという力道山に、まったくとりあわないのである。

　力道山の渡米に協力した日本精工社長の今里広記も、日本ドリーム観光社長の松尾国三、吉本株式会社社長の林弘高も、自分の仕事に追われ、一年以上も日本を離れていた力道山の存在など、もはや薄れてしまっていた。

　ただひとり、日本においてはじめてのプロレス興行を実現できる人物と頼んでいたかんじん要《かなめ》の日新プロ社長永田貞雄は、東京にいなかった。はるか九州で、興行師としての腕をふるっていた。

　その永田は、秘書の中川明徳からの電話で、力道山が帰国したことを聞いていた。が、わざわざ電話して、ねぎらいの言葉をかけてやるほど、力道山のことを重要視してはいなかったのである。

　三月の末、永田はようやく東京にもどってきた。力道山は待ちかねていたように、永田と会った。

土産の置き時計を手渡しながら、力道山は、熱をおびた声をあげた。

「社長さん、早くプロレスの興行ができるように力を貸してください。プロレスというのは、アメリカに行く前にもお話ししたように、とにかく大変流行ってるんです。わたしも、この眼で実際見てびっくりしました。アメリカでは、大変流行ってます。日本でも、きっと成功します」

だが、永田は簡単には首を縦にふらない。稀代の興行師として、飛ぶ鳥を落とす勢いの永田にしても、まだ、海のものとも山のものともわからぬプロレス興行に手を染めることに、多少の不安があった。

力道山は、食い下がった。

「社長さん、絶対に仕事になりますよ。かならず成功します。自分はプロレスをやって、事業家になりたいんです。アメリカの有名レスラーを呼ぶこともできます。ぜひ、お願いします」

「事業家」というところに、力道山その人の特長があった。単にレスラーとしてやっていこうというのではないのである。永田も内心、おどろいていた。

それでも、いっこうに色よい返事をしない永田を、力道山は朝に晩に訪ねた。永田は毎晩、新橋や赤坂、柳橋の花柳界へ出かけていく。力道山はそのときもぴったり寄り添い、かたときも永田から離れようとしなかった。

いくらNWAのお墨付きといっても、永田の力がなければ、日本での興行は一歩も動きださないのである。

プロレスがどんなものだったかということも、すぐには思い出せぬほど、永田は力道山の説くプロレスから遠く離れたところにいた。口説かれつづけていなければ、二年近く前に、両国のメモリアルホールで、力道山から入場券をもらってプロレスを観たことも、思い出せなかっただろう。

そういえば、なかなかおもしろかったな、と永田は思った。

前年の七月、何気なく眼にした新聞記事が、ふと思い出された。ヘルシンキ・オリンピックで、日本の石井《いしい》庄八《しょうはち》がレスリングで優勝したという記事である。

プロレスというかぎりは、プロということなのだから、アマチュアのものよりもずっとおもしろく、見世物的な要素もずいぶんあるのだろう。永田は、そう解釈した。

それに力道山の猛烈果敢な攻めが加わって、ついにプロレス興行に乗り出すことを決意したのである。

永田が稀代の興行師と謳《うた》われた理由には、この人物の潔《いさぎよ》さがあった。未知数であるプロレス興行に乗り出すための資金づくりとして、永田は築地小挽町の自慢の高級料亭「蘆花」を、あっさりと売り払ったのである。当時の金で、一千八百万円だった。

力道山は、ようやくひと安心した。

五月に入ると、目黒の雅叙園で、力道山の帰国パーティーがようやくひらかれた。政財界から三百人が集まった。永田はステージの上に、力道山、新田新作とならび、代表して挨拶をおこなった。これから日本にプロレスリング興行をはじめて展開していこうと熱弁をふるった。

ところが、その直後、日新プロの社員たちから反対の声があがったのである。秘書の中川明徳、結城康晴のふたりが、銀座の事務所に出社してきた永田を待ち受けていた。

永田が、強張《こわば》った表情の彼らに、

「どうした、なにかあったのか」

とうながすや、中川が切り出した。

「社長、プロレス興行の件、やはりやめたほうがいいと思います。危険すぎます。失敗したら、社長ひとりの損害だけではすみませんよ」

それを引きとって、結城が激しい口調でいった。

「プロレスがアメリカでどれだけ人気があるといっても、日本ではルールすら知られていないんですよ。リキは、もうプロレスしかやることがないんですよ。自分ひとりじゃ興行ができないんで、社長を利用しようとしているだけのことです。あんな若造に踊らされちゃいけませんよ」

永田は、しかし、

「もう矢は放たれたんだ」

と旗を降ろさなかった。

社内には、以後も、反対論が渦巻《うずま》いた。雅叙園で永田の演説にプロレスをやろうと、いったんは気持ちを固めた松尾国三や林弘高らも、日が経つにつれ、熱気が冷めていった。それとは知らぬ力道山は、日本人レスラーの発掘のために、走り回っていた。同時期にハワイ、アメリカでプロレス修業をした遠藤幸吉は、いざというときは参加してくれることは明らかだった。

まず眼をつけたのは、やはり相撲取りあがりだった。相撲界で先輩だった駿河海《するがうみ》は、身長も百八十五センチあり、外人レスラーとならんでも見劣りがしない。現役時代は、その長身と腕力を恐れられた。駿河海が幕内のとき、力道山は三段目でしかなかった。大先輩である。将来を嘱望《しょくぼう》されていたが、膝を怪我し、終戦とともに相撲の世界から去ったのである。

力道山が帰国した当時、駿河海は力道山とおなじ日本橋浜町で、とんかつ屋を営んでいた。そこへ力道山は連日、押しかけた。

「リキはアメリカから帰ってくるとすぐ、うちの店にやって来ました。それも、毎晩ですよ。それも、店が終わるころを見はからってやって来る。アメリカで儲けて帰って来たから、毎晩飲み歩いているんです。酔っぱらって、うちに来るわけですよ」

駿河海が語りはじめた力道山は、永田に対する情熱の払い方と変わらぬほど、駿河海に迫った。

「駿河関、自分はこれから日本で、プロレスをはじめます。枯れ木も山のにぎわいで、わしだけではとてもやれません。人がいなきゃ、駄目なんです。いっしょにレスリングをやりませんか」

力道山は、駿河海にそう切り出した。

いまさらそんなことなどできない、と駿河海は思った。

「なにをいってるんだ。おれは相撲をやめて六年が経ってるんだ。膝を怪我してやめたんだ。そんなおれに、できるわけがないだろう」

駿河海は断わりつづけた。それでも力道山は、毎晩押しかけてくる。駿河海は、迷惑だった。

そのうち、力道山は、

「新田建設の倉庫を道場にするんですよ。いよいよ、道場ができますよ」

と駿河海に声をかけた。新田新作が、道場に使っていいと許可を出したのである。材木などの資材は、豊富にある。自分たちの手で、つくろうということになった。駿河海も、手伝うことになって、いつの間にやら、レスラーになる道をつけられてしまった。

そのようにして、力道山は大相撲時代自分の付け人であった田中米太郎、のちに羅生《らしょう》門《もん》を名乗る巨漢の新高山《にいたかやま》、阿部修を名乗る大成山らを引き入れたのだった。

道場をつくるといっても、倉庫の壁を張り替える程度の作業であった。丸太の柱が四隅にどんと立っているだけの、いわゆるバラックである。プロレスラー力道山門下の一期生たちは、自分たちの手で道場としてつくり替えていった。プロレスのリングは、直径二十センチほどもある丸太を何本も底に通し、その上に三センチの厚さの板を五寸釘で打ちつけたものだった。丈夫《じょうぶ》一点張りのつくりであった。

そのリングは、いまでは考えられないことなのだが、直角に結び合うふたつの辺が、壁にぴったりとくっつけられ、道場の隅に設置されたのである。壁から離して置かなければ、ふたつのロープが壁に当たって使えなくなる。草創期ならではの逸話である。

入口には、「力道山道場」という看板が、掲げられた。永田の秘書の中川明徳が、達筆で書いた。

力道山と大山倍達は、昭和二十八年五月、文藝春秋で出している中間小説誌の『オール讀物』の企画で、対談することになった。

進行役の、記者が訊いた。

「力道山さんがアメリカにいらっしゃったのは、どういうことで」

「そりゃもう、ただ本格的にレスリングの修行を積んでこようと思って行ったんです。昨年の二月ですよ。向こうに行ってレスラールーム、相撲でいえば、支度部屋ですね。そこに入ったらびっくりしましたよ。体のものすごく大きな、胸毛のすごく生えた、キング・コングみたいのがいっぱいいる」

大山が、相槌《あいづち》を打った。

「キング・コングですね」

「キング・コングなど顔負けですよ。口は切れてる。鼻は曲がってる。見ただけで震えあがる」

「ホントですよ。ものすごいですよ、向こうのレスラーは」

力道山が、つづけた。

「それでも、ナニこんな野郎に負けるかという気持ちでやった。一番初めにやったのは、ウルフ・チーフという名の奴。つまり、狼のチーフというわけで、アメリカ・インディアンの酋長ですよ。勝負にとても汚い奴でね。ひどい目にあった。でも、八分くらいで勝ったんです」

記者が、訊いた。

「どこでしたか？」

「ホノルル。それが第一試合。それからずっと勝ちっ放しなので、『ボクシング・マガジン』という、世界的にも有名な雑誌に三ページにわたってぼくのことが出た。いまアメリカのレスラーの十指に入ると書いてくれた。おかげで、宣伝が行き届いて、テレビにもどんどん出るものだから、何処《どこ》に行ってもレスリングをやっていけるようなスケジュールをつくってくれる。アメリカ本土では、サンフランシスコ、ロサンゼルスからシカゴ、デトロイト、ニューヨーク。カナダ、メキシコまで行って試合しました。一週間のうち休日は一日という強行軍だったけど三百回戦って、敗れたのは五回だけだった。大山さんは、日本で契約して行ったから、縛られたわけだな」

大山が答えた。

「わたしは、日活ビルでドラッグ・ストアをやっている二世のオーヤマという人にね、あちらでレスリングさせるために、柔道をやる人と空手をやる人がほしいということで、オーヤマが中に入って契約して、プロ柔道の遠藤幸吉六段といっしょに行った。だから、自由がとれない。一例を挙げると、あっちに行ったら日本服の紋付羽織袴を着て、ロサンゼルスでもシカゴでも行くんです。洋服だっていいじゃないかっていったら、駄目だ。そういう契約になっているといって許さない。正直な話、着物は着たことないでしょう。変な話。サルマタはいて着物着たら、歩けないんですよ。足袋《たび》履いたでしょう。スリッパが滑《すべ》るんです。仕方がないから手で持って歩いた」

一座は、大笑いとなった。

大山が、つづけた。

「グレート東郷に紹介されて、グレート東郷がわたしをマック東郷、遠藤をコー東郷と名乗らせた。名前だけは本名を名乗らせてくれ、といったらひどく怒られてね。もう、広告に載《の》せてしまってた」

力道山が、口をはさんだ。

「あの東郷というのは、ひどい奴だ。あなたたちはダシになったようなものだよ。この間テレビを見てたら、前に空手チャンピオンとしてアメリカにやってきたのは、ぼくの弟で、今、日本で勉強させている。あれは、四段かな。ぼくはもっと強い、なんて白ばっくれてる。空手のカの字も知らん奴なんだ」

力道山がいった。

「向こうのショーマンは、ひどい奴が多いですからね。グレート東郷とか、ミスター・モトとか、どっちも知ってるんですが、とにかく悪いです。ほんとに八百長ばかりやって歩く奴なんです。羽織袴に高下駄でマットに上がって、お焼香をしたり、瞑目《めいもく》合掌したり、思わせぶりなことをする。それはそれなりに愛嬌がありますが、八百長でも真に迫った八百長をやらぬと観衆は怒りますよ。日本のスポーツでは、空手と柔道が昔からアメリカで名が通っている。日本人は体が小さくても、妙な技術を持っている。オリンピックでも小さいのが勝つし、水泳の古橋広之進とか、ボストンマラソンの山田敬蔵とか、とにかく日本人に好奇心を持っているので、それを利用して彼らはインチキをやって歩いて稼いでいるわけです」

　力道山が、つづけた。

「向こうの二世興行師というのは、金を儲けさえすればいいという泥棒みたいなもんですよ。だから、日本のレスリングなんてウソばかりだということになってしまったら、ぼくは、そうじゃないというところを見せて、名誉を挽回させて見せますよ。ぼくはその気持ちがあるんです。どんな強い者でも、命賭けても、こんな者に負けられるものかと思ってね。だから、ジョー・ルイスでも、世界一のボクサーかもしれんけれども、いつでもやってやるという気持ちを持っています」

　この対談の後に、ひとつの余興が催された。どちらが強いか、『オール讀物』の出版元の文藝春秋が、その場でふたりに腕相撲をしろというのだ。

　やるからには、大山は負けたくなかった。

　大山は考えた。

〈自分が勝てば、力道山の面目がなくなるだろう。ここは、引き分けでいこう〉

　だが、このときの大山は、体重が八十キロしかなかった。一方、力道山は百三十キロある。ひどく、不利だった。

　案の定、大山は負けてしまった。

「いやあ、すごかったですねえ」

記者のひとりが、真剣勝負の感想をもらしたが、大山は引き分けに持ちこめなかったことが、口惜しかった。その場で十円玉を取り出し、指で曲げて見せた。

今度は、力道山が眼を剝いた。

「強いことは知ってるけど、大山師範は、そこまで強いのか！」

その対談から数日後、力道山から大山に会食の誘いがあった。

酒の席で、力道山が切り出した。

「どんなことがあっても、人の足の裏を舐めてでも、金を儲けなくちゃいけないよ」

それまで楽しく飲んでいた大山は、とたんにムッとした。

〈それじゃ、対談であんたが批判したグレート東郷と、同じじゃないか〉

が、大山は、努めておだやかにいった。

「おれは、そんなことはできない。武道家だからね。きみ、やれよ。きみは、金持ちになればいい」

力道山は、繰り返した。

「金がすべてだよ」

大山は、首を横に振った。

「わたしは、自分の信念を金のために曲げたくないよ」

力道山は、声を荒らげた。

「おまえね、そんなことをいうから、貧乏だろう」

大山は、胸を張って答えた。

「貧乏だよ。だけど、きみには、決して金を借りにいかないから心配するな」

力道山は、苦笑し、それ以上なにもいわなかった。

対談の模様は、昭和二十八年七月号の『オール讀物』に、『サムライ日本』と題して掲載された。副題には、『全米を震撼させた二人の怪豪が大気焔を吐く凄烈な武勇伝の内幕！』とあった。

日新プロ社長の永田貞雄は、日本にプロレスを起ち上げるために動きまわった。いっこうに腰の上がらない新田新作、林弘高らに働きかけ、日本プロレスリング協会をつくりあげた。

これから興行を打ちつづけていくためにも、国家にきちんと保証されたものでなくてはならない。そのために、会長には元伯爵で横綱審議会委員長の酒井忠正に座ってもらった。役員には、政治家の楢橋渡、大麻唯男らが名をつらねた。設立は七月三十日であった。

その日、日本橋浪花町の力道山道場で、披露パーティーがおこなわれた。政財界人のほかに、マスコミをふくめた百人ほどの列席者が集まった。

パーティーの席で、永田が力道山と遠藤に耳打ちした。

「模範試合でも、やってみせてやれ」

パーティーのあと、力道山は遠藤幸吉とリングに上がり、上半身はだかのトレーナーパンツ姿で、エキジビションマッチを公開した。ふたりは、白熱の攻防を展開し、列席者はその迫力に度肝を抜かれた。

力道山は、いよいよ近づいた日本プロレスの開闢《かいびゃく》に、胸を熱くした。

ところが、ここにきて、またもや力道山の後援者たちが動かないのである。

永田もまた、失速していた。

力道山は、苛立《いらだ》った。道場の披露をした十二日前の七月十八日、大阪でプロ柔道の山口利夫六段が、プロレス興行を華々しく打って出たのである。大阪府立体育館で、山口は大相撲元前頭筆頭出身の清美川梅之《きよみがわうめゆき》と、「柔道が勝つか、相撲が勝つか」という刺激的なテーマで、試合をおこなった。だが、内容は完全にプロレスマッチであった。

日本で初のプロレス興行を、先に打たれてしまった力道山には、いっそう苛立ちがつのった。

永田貞雄の家に押しかけた。

「社長、どうして、プロレス興行を打っていただけないんです、お願いします」

手にはバットを下げていた。

そういったあと、力道山はアロハシャツを脱ぎ、上半身裸になった。

「社長、わたしの腹を、バットで力いっぱい殴ってください。どれだけこれまで鍛えてきたか、見てください。わたしがチクリとでも痛いような顔をしたら、どうぞ大笑いしてください。興行から手を引いていただいてけっこうです」

そういわれたからといって、まさか、いい大人が殴るわけにもいかない。それほど力道山は鍛えあげた肉体に自信を持ち、これほどに修練を積んだ自分を、みすみす放っておくようなことはしないでほしい、と必死に訴えたのである。

力道山は、朝に晩に永田を攻めたてた。

その力道山に、さらに追い討ちがかけられてきた。よりによって、後見人である新田新作からだった。新田が、こういってきたのである。

「なあ、リキ。上万一家の貸元が、おまえと柔道の木村とを札幌で試合させたいといってきている。貸元《かしもと》から頼まれてしまったんだが……」

〝呑み込みの新ちゃん〟〝合点の新ちゃん〟の異名をとる新田のことであった。気のいい親分肌で、頼まれたらいやとはいえない性分である。じつは、力道山がアメリカ修業中に上万一家の貸元から頼まれて、「ああいいよ」と安請け合いしてしまっていた。それが、正式に協会をつくるや、あらためて貸元が頼んできたのである。

力道山は、新田を前にして、声を荒らげた。

「冗談じゃありませんよ。わたしは、プロレスに命を賭けてるんですよ。第一戦は、失敗は許されません。なんで北海道まで行って、木村なんかとやらなきゃならんのですか。わたしは、第一戦の相手は、アメリカでものすごい人気のある世界タッグチャンピオンのシャープ兄弟を呼んで、東京でやろうと考えてるんです。第一戦を札幌で木村とやるなんて、とんでもないことです。会長のおっしゃることなら、たいていのことは従いますが、これればかりは、ご勘弁願います」

さすがの新田も、たしかに筋が通っていると、黙ってしまった。それにしても、力道山は、いまだにこの程度の認識で受け止められていたのである。そのことに、力道山はさらに苛立ちをつのらせた。

上万一家の貸元に、新田は断わりをいわなければならない。が、この世界では、このようなもめごとについて当事者同士では会わない。代理人を立てる。新田はそれを、永田に頼んだ。上万一家は、柔道新聞社長の工藤雷介を立ててきた。

永田貞雄、本格的プロレス興行に乗り出す

昭和二十八年夏の終わり、日新プロ社長の永田貞雄は、柔道新聞社長の工藤雷介と、日本橋浜町の料亭「桔梗《ききよう》」で会った。

「桔梗」は、女優の花柳小菊《はなやぎこぎく》の姉が経営する店だった。

上万一家の代理人工藤は、福岡の出身である。隣の佐賀県出身の永田と、懸案についてはすぐに話さず、おなじ故郷の九州の話題に花が咲いた。

ふたりは、すっかり打ち解けていった。永田はざっくばらんな性格で、工藤はどこか人懐かしさを感じさせる人物である。永田がようやく懸案の話を持ち出したのは、ほとんど座敷もお開きになるころだった。

「工藤さん、上万の貸元の立場はよくわかります。ただ、力道山の事情も考えてみてください。本人はプロレスに、命を賭けとるんです。わたしとしても、興行をやるとなったら、旗揚げは、やっぱり東京で華々《はなばな》しくやりたいですよ。会場も国技館級でないといかん。札幌くんだりで木村と試合をやっても、はっきりいって客は集まらんですよ。新田さんは興行師じゃないから、それがわからんのです。なにしろ、〝呑み込みの新ちゃん〟っていわれとるひとですからね。だから、どうせ軽い気持ちで、いいよって貸元にいうたんでしょう。約束を破るなんて、大袈裟なことじゃないんですよ。そこんとこ、察してやってくださいよ」

工藤は、白い歯を見せながら、

「わたしも、どうせ、そんなことだと思うとりました」

とあっさりいった。

「事情さえわかれば、それでよかとです。上万の貸元にゃ、わたしんほうから納得のいくように、ちゃんと説明しときますから」

じつに、あっけなく話はまとまってしまった。

もし、北海道で試合をおこなっていれば、力道山の運命も大きく変わっていたかもしれない。潰《つぶ》れた力道山対木村の一戦も、のちに実現したときには、〝昭和の巌流島〟として歴史にその名をとどめることになっていくのである。そして、永田と工藤は、このときを境に交流を深めていく。のちに、工藤は日本プロレス協会の事務局長にまでなり、力道山のプロレスにおおいに協力していくことになる。

ちょうどそのころ、吉本株式会社社長の林弘高が、永田のもとにやってきた。

「じつは、永田さん、プロレスのことで、話があるんやが」

力道山のことなど視野にないようなそぶりだった林から、プロレスという言葉が持ち出されたので、永田はどうしたのだろうと思った。

「いま日本に来とるアイス・ショーのミスター・ローゼンが、プロレスというのがアメリカでなかなかうけとると、おもしろいというんですよ。それで、プロレスのことなら永田さんやと思うてね」

アイス・ショーの一行がアメリカからやって来ているのは、興行師の永田も知っていた。「ホリデー・オン・アイス」という大きな会社の一団である。いくつもアイス・ショーの団体を持っており、一方がヨーロッパに行けば、一方は東南アジア、また一方はアメリカ本国という具合に同時に世界各国に散らばって興行を打って歩いている。日本では読売新聞社の主催で、アイス・ショーをおこなっていた。ミスター・ローゼンは、そのマネージャーであった。

林弘高は粋《いき》な遊び人で、頭の回転も速かった。永田とはのべつ遊びをともにする仲で、べつにたがいに訪ねていかなければならぬ関係ではなかったが、このときはわざわざ林のほうから永田を訪ねて来たのである。

林はローゼンから聞いたプロレスの話をしたあと、永田にいった。

「あんた、プロレス、本気でやるのか、それとも、やらんのか」

「いやあ、じつのところ弱ってるんだ。おもしろいもんだろうけど、なかなかむずかしい。力道山本人は一生懸命だけども、笛吹けど踊らずだな……」

「永田さん、プロレスというのは、おもしろいかもわからんよ」

と林が身を乗り出してきた。

それからというもの、ローゼンの話を中心にして、林はプロレス興行の日本での可能性を語り、

「わたしも、手伝いまっせ」

と永田をけしかけた。割り切りが速い。

永田も決行するかどうかの瀬戸際に立たされた。林の言葉に急に針を刺されたように、ピンと神経が立ちあがった。

林は自分もプロレス興行をやろうというのではなく、力道山に頼られている友人の永田に、ローゼンの話を紹介して成功するかもしれないとすすめに来たのである。

永田は、林にいった。

「じゃあ、やってみるか」

札幌での木村戦を阻むいっぽうで、永田はプロレス興行に踏み切る決断をした。そのころ、力道山は腐りきっていた。

金も底をつき、アメリカで買ってきた絨緞《じゅうたん》や英語の大辞典を、ブローカーまがいに高く売りさばいていた。

昭和二十八年の夏が過ぎ、秋になっていた。あいも変わらず永田のもとを訪ねた力道山は、切り出した。

「社長さん、わたし、またアメリカに行こうと思うんです。向こうに、シャープ兄弟という世界タッグチャンピオンがいて、アメリカじゃ大スターです。背が高くて男前で、町を歩くと、みんながふり向くほどなんです。そいつらを日本に呼んで、試合ができればと思っているんです」

永田は、それまでにも何度かシャープ兄弟の名を力道山から聞いている。タッグマッチというのは、二対二でやる試合のことで、一対一のものよりも、選手が自分の体力を考えてつぎつぎに交代して闘うので、見ていて非常におもしろいということである。

そのような試合形式は、日本の格闘技にはないものだった。

「だけども、そいつらを呼べるかどうか、まだわかりません。向こうに行ってみて、交渉してみるしかありません」

「それは、おおいに交渉して、日本に来れるようにやって来なさい」

あっさりと永田が認めたので、力道山は拍子抜けしてしまった。これまでしぶっていた永田が、激励までしてくれている。急に力が湧いてきた。

アメリカに行くというのも、シャープ兄弟を招待するためでもあったが、ここらへんでレスラーとして稼いでこようという思いもあったのである。日本に帰ってきて八カ月近く、形ばかりの日本のプロレスリング協会はできた。道場もできた。が、興行開催の見通しもつかぬまま、ぶらぶらしてきたのである。体もなまってきていた。

永田も、そんな力道山の事情を、よく理解していた。

ふたりはシャープ兄弟について語り、来日のさいはパレードを出すこと、会場は国技館でやろうということ、そして世界選手権の力道山のパートナーは、木村政彦にしようと話をすすめた。

日本人で名の通っている者といえば、全日本十連覇を達成し、「鬼の木村」、さらには

「木村の前に木村なし、木村の後に木村なし」と謳《うた》われた柔道七段の彼をおいていない、と踏んだのである。

力道山は十月三十日、大望を抱いてアメリカに飛んだ。今度こそ日本でプロレス興行を打てるのだ。

ハワイ、アメリカとおよそ七十戦を消化していくなかで、力道山はさかんにシャープ兄弟と連絡をとった。パレード用のビュイックのオープンカーも注文した。

NWAのお墨付きをもらっている力道山は、さすがにプロモーターのアル・カラシックらの応援を受けて、実現に向かいつつあった。

なんといっても十二月六日ハワイのホノルルで、NWAヘビー級チャンピオンのルー・テーズとタイトルマッチをおこなったことが、力道山の名前をその世界に不動のものにした。テーズの得意技のバックドロップで後頭部をマットにしたたかに打ちつけられた力道山は、一対〇で敗れたが、四十三分間攻めつづけた。不用意にヘッドロックにいったところを、バックドロップで切り返されたのである。

力道山は十二月十五日に、永田に宛てた手紙に書いている。

『自分の試合の報告は、八名でトーナメントをやり、勝ち抜きに勝ちのこり、十二月六日選手権試合をしましたが、四十三分連續やって自分がずっと優せいでしたが、マットへ頭を打って目が廻ったので負けましたが、試合は自分の優勢ですから少し（見）下したのが負けの原因と思って居ります。今後は絶對負ける様な事はありません。今に日本にも来てもらえる様話をして置きました』

シャープ兄弟招聘《しょうへい》の交渉をつづけるかたわら、力道山は師匠格である元世界チャンピオンのボビー・ブランズをレスラーとして、トレーナーの沖識名をレフェリーとして来日してもらう話をとりつけた。

おなじ手紙で、力道山はシャープ兄弟と接触したことを書いている。

『シャープ兄弟は今シカゴに居ります。五、六回電話で話しましたが彼達もやはり商賣ですから三ヶ月や半年先のスケジュウルが出来て居るのです。ですから、今の所本人は行きたいのですが、先のプロモーターが又はっきり返事してこないのです。それは先のプロモーターも、シャープが居ないと他のレスラーを見つけて返事するわけです。ですから自分が二十八日にサンフランシスコに行って、話をして正月の初週には白黒がはっきりします。しかし自分としては保証出来る程の自信があります』

いっぽう、日本にいる永田貞雄は、まず力道山の後見人である新田新作に、断わりを入れに行った。

「力道山が、どうしてもプロレスをやろうといってきかん。毎日毎日うちに来て、攻められた。わたしも、とうとう興行を打とうかと思ってるんですが、新田さん、どうですか」

「それは、永田さんに、まかせる」

と新田は答えた。

「本当にいいんですか？　新田さんとこの力道山だということで、あとでこっちがなんやかんやといいわれでもしたら、困る」

「自分は興行のことはなにもわからんから、永田さん、あんたがやってくれ」

永田は、念を押した。

「文句は、ありませんね」

「ああ、好きにやってください」

その後、日をおいて、永田がまたしつこく念を押したときも、新田は、

「それはもう、前に話がついてるじゃないですか」

とさばさばしたものだった。

永田は、殺人的な毎日を送らなければならなくなった。浪曲の興行のほかに、美空ひばりの興行も手がけ、さらに日本ではじめてのプロレス興行の準備をすすめなければならなかった。

永田の動きは、疾風のようだった。全国の興行網を使って、熊本、小倉、大阪、神戸、岐阜、名古屋、静岡、宇都宮、横浜の興行師たちと連絡をとった。

あるところは独立の興行会社であり、あるところは「日新プロ支部」と社名を冠するところもある。いずれにせよ永田の興行チェーンで、彼らは永田の頼みならひと肌もふた肌

も脱ぐ。

永田にはそういう者たちが、全国に五十人ほどいた。

彼らは永田の号令一下、ただちに小屋と日程をおさえはじめた。

興行を打つためには、宣伝がいる。それには新聞社の協賛がどうしても必要だった。

永田は、まず読売新聞の広告部長で、のちに報知新聞の社長となる深見和夫のところに話を持っていった。深見とは、仲がよかった。が、深見はすぐに乗ってこなかった。

永田はつぎに、毎日新聞事業部長の森口忠造と会った。森口は、のちに専修大学理事長、そして総長も兼務する。だが、森口ははっきり断わってきた。

「永田さん、とても、うちではやれません。来年はドジャースというアメリカの強豪プロ野球チームが来るんです。読売とうちが交代で、一年ごとに試合の主催をやることになっている。たぶん、うちが来年の主催社だから、うちの社は、上を下への大騒ぎになります。とてもそこまで手が回りませんよ」

永田は森口とは、読売の深見ほど懇意ではなかったし、そこまでいわれてあきらめた。

なんとかならないか、と永田は友人でもある日本精工社長で、経済同友会幹事でもある今里広記に話をした。今里とはざっくばらんな飲み仲間でもあった。

今里はなんとかやってみようと、大映社長の永田雅一に話を持っていった。そのとき永田は、フランスのカンヌに映画祭で行っていた。

今里は、カンヌまで連絡をとったのであろう。永田雅一から、毎日新聞の本田親男社長に連絡があり、突然、本田の号令一下、毎日新聞がプロレス興行の主催社になるという決断が下ったのである。

興行は、毎日新聞が力を入れている、マナスル登山の基金募集という名目で打たれることになった。

柔道新聞の工藤雷介にも、手伝ってもらうことにした。プロレスのルールさえ知らない永田は、柔道を知っている工藤なら、プロレスもおなじ格闘技だからわかるところもあるだろう、と引き込んだのだった。工藤は評論家の白崎秀雄をともなって、事務レベルの仕事を黙々とこなしはじめた。

工藤は、力道山のパートナーにと考えている、柔道の木村政彦とも親しい。工藤の紹介で永田は、木村獲得のために熊本へ飛んだ。

木村は、熊本市内の玉突き屋にいた。そこの雇われ社長をしていた。永田が話を持ち出すと、木村がいってきた。

「考えてみますけどね、一試合十万円ください」

「…………」

いきなり十万という莫大な金の要求に永田は、おどろくよりあきれかえってしまった。

〈太いことをいう男だなあ〉

しかし、ここは一応聞くだけ聞いておいて、この話はあとで政治的に解決しようと肚《はら》にふくめた。

木村が熊本弁でいった。

「来月、新潟に行くけん、その帰りにおたくに寄りますよ。そこで工藤さんをまじえて、よく話ばしましょう」

永田は東京へもどり、工藤とふたりで木村からの連絡を待った。

「一試合、十万円くれというてきたけど、高すぎるものなぁ」

「しかし、リキの相手は、木村しかおらんだろ」

そんな話をしながら、いつ木村がやって来るかとまんじりともせず待っているところへ、突然電報が届いた。木村からだった。こう打ってあった。

『ココニオリマス　キムラ』

なんのことだかわからない。発信元が熊本になっているので、ようやく「ココ」という意味がわかった。熊本にいて東京には行けない、といっているのである。

「こりゃあ、いったいなんかね」

と永田は、苦笑してしまった。ふつうであれば、東京に行けぬことを詫《わ》び、その後の連絡の段取りについていうところを、たったそれだけですましている。

工藤も笑いながら、

「永田さん、連中ときたら、こんなもんですよ。常識が、まったくないとやけん」

「そんなもんかねぇ」

と永田もあきれて工藤と大笑いした。

しばらくして、木村は東京にやってきた。そこでも、木村は一試合十万のギャラを譲らなかった。

客が入らなきゃ、いくら安くてもしようがない。高くても客さえくれば、なんとかおぎなえるのだ。そこを一発で決めるか、永田の興行師としての肚のすわり方であった。

力道山ひとりで試合をやらせるわけにはいかんのだから、と永田もあきらめた。

「わかった。それじゃ、十万で決めよう」

世界タッグ・チャンピオン・シャープ兄弟vs.力道山・木村政彦《きむらまさひこ》組

昭和二十八年の暮れも押しつまったころ、世界タッグチャンピオン、シャープ兄弟という大物を担いで、日本ではじめてプロレスリング世界選手権試合を実現すべく、稀代の興行師・永田貞雄は、〝柔道の鬼〟と呼ばれる木村政彦を、力道山のパートナーとして、破格のファイトマネーで呼び入れた。

これだけのレスラーでは、まだまだ少ない。永田は柔道出身の山口利夫六段を、引き込みたかった。

山口は、大阪に本拠をおく三代目酒梅組組長の松山庄次郎が会長をつとめる全日本プロレスの所属のレスラーだった。永田は全日本の存在などほとんど視野に入れず、直接山口にはたらきかけた。

永田は、静岡県三島《みしま》に住む山口と連絡をとり、東銀座の日新プロに来てもらった。山口は六万円のギャラで出場を快諾した。ところが、試合の日程が近づいてきたころ、松山庄次郎のマネージャーから、クレームがついた。

「永田さん、うちの全日本プロレスと契約してください。山口は、うちのレスラーですから」

永田は突っぱねたが、最後は、山口が酒梅の顔もあるからといってきて、永田は呑んだ。

レスラーの数が、もっと必要だと考えていたところだったので、もっけの幸いであった。

結局、山口のほかに清見川、長沢日一《かいち》、ユセフ・トルコといった全日本プロレスのレスラーと一括して契約することにした。山口のギャラもふくめて、二十万円弱で決めた。

さて、力道山はアメリカを転戦しながら、シャープ兄弟招聘の詰めを急いでいた。

昭和二十八年十二月二十四日の永田宛の手紙には、こう書いている。

『話はホノルルのプロモーターより一〇〇パーセントきまってますが、パスポート、旅券、飛行機のキップまで出来ないと、僕は一〇〇パーセントと思いません。でも心配ありません、ありません』

この段階で、ほぼ決定をみたのである。

翌二十九年一月二日の手紙では、シャープ兄弟用の東京—サンフランシスコと、ボビー・ブランズと沖識名用の東京—ホノルルの往復切符を、早急に送ってほしいと永田に催促している。

シャープ兄弟のギャラは、ひとり一試合七万円であった。交渉は、力道山がまかされていた。永田からは、なるべく抑えてくれ、といわれただけだった。永田にとっても、納得のいく値段であった。世界タッグチャンピオンより、三万円も多い無冠の木村は、べら棒なギャラを獲得したのである。

永田は永田で、プロレスのルールについて、力道山に問いただした。力道山は手紙にそれを書きこんで送っている。

初日は二月十九日、場所は東京、蔵前《くらまえ》国技館と決定した。蔵前で三連戦、力道山も手紙にマッチメイクの案を書いたが、まだ決定まではいかない。

試合のためのリングも、つくらなければならなかった。

が、素人の永田には、リングがどのようなものなのかわからない。

毎日新聞運動部記者の伊集院浩に相談した。

伊集院は、アドバイスした。

「リングの下に落っこっちゃったら、怪我をするでしょう。だから、リングの四方に、一メートル近い縁側のようなものをつくったほうがいい」

「そういうもんですかね」

永田も、鵜呑《うの》みにした。スポーツ用品メーカーの美津濃《ミズノ》に頼んで、リングをふたつつくった。

ロープの外側のエプロンまわりが、異様に広いものができあがってきた。

運動部記者として、齧り知った程度のプロレス知識が、そんな奇妙なリングをつくらせたのだった。プロレスは、にわか仕込みの素人ばかりである。そんなリングができても、だれも不思議がるどころか、いよいよ世紀の興行が近づいたと、浮き足だつばかりだった。

木村政彦が、日新プロに訪ねてきたとき、永田はできあがったばかりのリングのことを自慢した。

ところが、それはおかしい、と木村が首を傾《かし》げる。怪我を防ぐため、エプロンまわりを幅一メートル近くにしたことを聞くや、あきれた声をあげた。

「なんですか、それは！　そがんもんは、いらんですよ。怪我するからって、プロレスちゅうのは、リングの外にもレスラーが落ちるけん、スリルがあっておもしろかとですよ」

そんなものなのか、と永田はレスリングの奥深さを知らされた気がした。

木村の一言で、ようやく余計なエプロンの部分が切り落とされた。

ふたつのリングは、早稲田大学のグラウンドに保管され、世紀の興行を待った。

こうして、はじめての日本でのプロレス国際試合の準備は、ドタバタをかさねながら整ったのであった。

ただひとつ、残っているものがあった。宣伝である。力道山は試合をこなしながら、シャープ兄弟との折衝を詰め、十二月はじめには彼らの写真のほか、いっしょに来日するボビー・ブランズの写真、さらにはプロフィールなどをまとめて、後援の毎日新聞事業部長森口忠造に送りつづけていた。

ところが、いっこうに記事が出ないのである。

力道山は、アメリカからさかんに手紙で永田に対して、「宣伝はどうして出ないんですか」と訴えていた。永田も、何度も森口に会った。が、森口は、

「いま、アメリカの支局にシャープ兄弟についての綿密な取材をさせているところです」

とくり返すばかりだった。これでは、なんのために毎日新聞に後援を頼んだのかわからない。

そうしているうちに、旗揚げ興行が、一カ月後に迫った一月二十一日、はじめて新聞に記事が載った。ただ、それは、ライバルの朝日新聞であった。

『シャープ兄弟ら招待』という見出しの小さなベタ記事であった。来日外人選手の名前を列記して、試合日程をならべただけのものである。

それでも、朝日に抜かれてしまった毎日は、奮い立った。アメリカの支局と至急連絡をとり合った毎日は、二月二日ついに書いたのであった。記事は朝日以上に綿密で、読者の興味を充分に煽ってくれるものだった。

「ニューヨーク特派員発」でアメリカのプロレスの近況と、代表的レスラーたちの活躍を書き、シャープ兄弟については、こう詳述していた。

『天下無敵でアメリカにも相手がない。過去四年、五年間レスリング界を荒らし回った兄弟で、現在もタグ・チームとしては世界選手権を保持している。二人とも身長六フィート五ないし六あり、体重も二百五十ポンド以上、力も強く技量も十分あり、平素は温厚な紳士だが、マットの上では、相手次第でどんな乱暴でもする恐ろしいレスラーだ』

それを境に、スポーツ新聞、週刊誌もこぞって書きはじめた。気がついてみれば、新聞、週刊誌が、いつの間にやら「世紀の国際試合」といっせいに煽り立てていた。

永田は、それまでスポンサー探しにも、躍起になっていた。が、プロレスなど聞いたこともない企業の社長たちは、二の足を踏んでいた。そこにマスコミが書き立てはじめたので、スポンサーが、向こうから飛びこんできた。大田区大森《おおもり》にある「八欧《やおう》電機」であった。

前年の二十八年に本放送を開始したばかりのテレビに乗じて、まだ小さな工場の域を出なかった八欧電機は、「ゼネラル」というブランド名でテレビ受像機を売り出し、上昇気流に乗ろうとしていたのである。

永田にとって、なんでもない朝日新聞の記事が、まるで女神のごとく見えた。

「世の中というものは、なにが災いになるか、幸いになるか、わからんもんですね。昇り調子にあるときには、なんでもうまくいく」

八欧電機は、プロレス興行の宣伝いっさいの面倒を見ることになった。ポスターからチラシ、切符、それに観客用のプロレスルールを書いた印刷物にいたるまで、八欧電機がまかなうことになったのである。

テレビ局も、NHKと日本テレビが中継を申しこんできた。

永田の本心は、テレビ中継など入れたくなかった。テレビにとられて、観客が会場にやって来ないのではないかと考えたからだった。

だが、テレビ局からは放映権料がころがりこんでくる。一試合、日本テレビが十七万円、NHKが二十五万円を出すことになった。

これまで永田は自慢の料亭「蘆花」を投げ売って、八カ月以上ものあいだ力道山以下、レスラーとして入門してきた者たちを、自腹で食べさせつづけてきたのである。食べるといっても、ふつうの人間ではない。寿司でもひとり五、六十個はぺろりと食べてしまうのだ。飲み食いだけでも、すさまじい支出だった。興行に乗り出したときには、「蘆花」を売ってつくった千八百万円は、ほとんどなくなっていた。

〈ここは、当面のことを考えなければ……〉

永田はテレビを入れるかわりに、テレビ放映のための前宣伝はいっさいしないことを取り決めた。

国技館の借用は、日本プロレスリング協会の理事に、日本相撲協会理事長の出羽海《でわのうみ》に就任してもらっていたことで、一発で実現した。三十万円ほどで借りられた。

力道山が永田を攻め、永田を旗頭にした人脈でできあがった協会の成果が、ここにも発揮されたのである。

永田は日新プロの社員をはじめ浪花節協会の手勢たちを借りて、チラシを蔵前国技館内に配ってまわった。

一月場所が開幕中であった。連日一万二千人がつめかけていた。

プロレス旗揚げ興行も、おなじこの国技館である。

八欧電機にチラシを三十万枚刷ってもらい、それを国技館の四人掛けの枡席《ますせき》の座蒲団の上に、一枚一枚置いていく。そうすれば、腰掛けるとき客はかならずチラシを手にとる。それを場所中の十五日間やり通した。

それだけではない。力道山とシャープ兄弟の等身大の写真看板を、客の眼につく場所に置いた。すべては出羽海理事長の胸ひとつだった。付き合いの古い永田のいうことなら、なんでも聞いた。

相撲界を勝手に飛び出して行った男として、力道山を断罪する理事たちもいたが、出羽海の前にすべてを噛《か》み殺していた。

入場料は、リングサイドを千五百円とした。最低は二階席の三百円であった。その切符が、はじめはなかなか売れなくて、永田は花柳界に遊びに出るたびに、芸者たちに十枚、二十枚と持たせていた。ところが、新聞が書き立て、スポンサーがついて宣伝活動がいきとどいてくると、すさまじい勢いで売れはじめた。試合前一週間ほどになると、地方からも注文の電話が殺到した。切符は、またたく間に売り切れた。

昭和二十九年二月十日、力道山はレフェリーの沖識名とともに、日本に帰ってきた。七日後の十七日、ベンとマイクのシャープ兄弟が、世界タッグのチャンピオン・トロフィーを持って来日した。

この日は、朝から小雨が降りつづいていた。

力道山がアメリカから送ったビュイックのオープンカーで、羽田から日比谷にある宿舎の日活国際ホテルまで、パレードをおこなうことにしていたが、この雨で中止せざるをえなかった。

二月十九日、蔵前国技館は一万二千人の大観衆を呑みこんだ。なんとしても見たいという人々が引きもきらず、ダフ屋のさばくリングサイドの切符は八千円以上もの高値をつけた。

第一戦のカードは、十五分一本勝負の清美川対ハロルド登喜、二十分一本勝負の駿河海対長沢日一、三十分一本勝負の遠藤幸吉対ボブ・マンフリー、四十五分一本勝負で山口利夫対ボビー・ブランズ、そしてメインエベント六十一分三本勝負で、シャープ兄弟対力道山、木村政彦組のノンタイトルマッチであった。

力道山は、黒のロングタイツで、颯爽《さっそう》とリングに上がった。大歓声に右手を高く振って応えると、両膝に手をついて深々と頭を下げた。

顔が紅潮していた。勢いこんでいるなと、コーナーで見守る付け人の小松敏雄は思った。

ところが、力道山が頭を下げた瞬間、聞こえてきた力道山のかすかな声に、小松はもう一度耳をすまそうとした。二度というはずはないのだが、小松が自分の耳を疑ってしまうほど、それはこの戦闘の場には不似合いな言葉だったのである。

力道山は、頭を下げながら、たしかにこうつぶやいていた。

「今晩は。どうもありがとう。精いっぱい頑張ります」

白熱の攻防戦。街頭テレビになんと千四百万人もの群集が押し寄せる

百九十五センチの兄のベン・シャープ、百九十七センチの弟のマイク・シャープがリングに上がると、日本の観客たちはその長身と均整のとれた肉体美に溜息をもらした。力道山は、百八十センチ、パートナーの木村政彦は、〝鬼の木村〟の異名はとっても、百七十センチをようやく越えるほどの小兵である。だれもが、こんな筋肉の塊の大男たちに勝てるのかと、手に汗を握った。

いまなお太平洋戦争での敗戦の痛手は、癒《い》えていない。アメリカ人へのコンプレックスは、深いものがあった。

六十一分三本勝負の一本目は、憎らしいほどの巧みなタッチワークで、シャープ兄弟が木村を攻めたてた。自軍コーナーにひきずりこんで、徹底的にいたぶった。

力道山はリング内に入れないので、さかんにレフェリー沖識名に相手の反則をアピールしている。

大観衆は、野次と怒号をあびせた。木村がようやくタッチを果たすや、力道山は勢いこんでリングに飛びこんだ。怒濤の空手チョップを、ベンとマイクに代わるがわるあびせた。

修羅の形相に、観客は沸いた。

「力道山、怒れ、怒れ！」

「やっちまえ！」

十四分十五秒、力道山が兄のベン・シャープを空手チョップの乱打から押さえこみ、一本目をうばった。

どっという拍手と歓声が、蔵前国技館を埋めつくした。あのアメリカに勝ったという思いが、日本の観客の溜飲を下げさせた。

力道山道場のレスラー第一号となった駿河海が、試合を回想する。

「シャープの弟のほうが、とくに技の受け方がうまかった。リキがバーンと逆水平チョップを打ちこんでも、背が高いから胸の下あたりに当たるんです。それでマイクはダメージを受けたように後退して、ロープに背中をあてがって腰をがっくり落とす。そこにリキのチョップが、きれいに胸に入ってくる。ちゃんと胸にチョップが入るように、マイクは計算しているのです。本当にうまかった」

ただし、技のひとつひとつは真剣に掛けている、と駿河海はいう。

「中途半端にやっていると、かならず怪我をしますから」

ストーリーは、力道山を中心に、シャープ兄弟、木村政彦のあいだで決められていた。

興行を取り仕切った永田貞雄はいう。

「日本側が負けるときは、力道山より木村のほうが負けるということが多い結果となった。木村も、大男のベンやマイクを投げて、しとめることももちろんあった。小兵の木村が、大男のシャープ兄弟を投げたときには、観衆はいちだんと大きな歓声を送った。力道山は、たしかに木村以上に強かった。体力的にも、力道山のほうが上であることはまちがいなかった。試合はこびも、天賦《てんぷ》のものがあった。それに加えて、あの鋭い動き、輝かんばかりの表情、肉体の張りは木村にはとうていおよばないものだった。プロレスラーは、おたがいに事前に細かいことをとり決めなくとも、いわず語らず、たがいの分を試合はこびのなかで敏感に悟るものです。日本側が勝つ場合には、木村より力道山のほうが、結果的にシャープ兄弟を押さえこむということになっていたんです」

相手に応じて技を出し、自分の持ち前の力を充分に発揮していく。相手もまた同じである。こうして、たがいにぞんぶんに実力を出しあって試合をつくりあげ、観衆の熱狂を引き出していくのである。

あうんの呼吸、暗黙の掛け合い、そうして観客を沸かせ、その熱狂をこの一試合だけでなく、つぎの、そのまたつぎの、さらに何年ものちの試合まで持続させていく能力が要求される。それを持ちえぬレスラーは、トップに立つことは許されない。

二本目は、小柄な木村がマイクに場外に投げ飛ばされた。ロープを飛び越え、リング下に落ちるその姿に、観客は度胆を抜かれた。

必死の形相でエプロンに上がってきた木村は、怒りもあらわに、外からマイクの首を絞めた。

ロープにかかったままの反則攻撃に、力道山組の負けが宣せられて一対一。

三本目は、たがいに入れ代わり立ち代わり、攻防の秘術をつくし、はてはベンと木村の殴り合いが演じられ、時間切れ引き分けとなった。

日本対アメリカという対決の構図は、一万二千の大観衆を熱狂させ、ヘビー級同士のぶつかり合いは迫力満点であった。そして六十一分をフルに闘い抜いてみせたあたりは、レスラーの体力のすさまじさをまざまざと見せつけた。

とりわけ力道山は、一方的にやられる木村に代わって、空手チョップという日本の技でシャープ兄弟を叩きのめし、強烈なインパクトを与えた。人々は、はじめて見るその技に沸《わ》き、アメリカの巨人チームがばったばったと斬り捨てられるさまに、狂喜した。

街頭では、試合がおこなわれているあいだに、異変が起こっていた。新橋《しんばし》駅西口広場には、二万人もの群集がひしめき合っていた。有楽町《ゆうらくちょう》の朝日、毎日両新聞社前でも、銀座の読売新聞社前でも、新宿駅青木靴店前、渋谷駅東急デパート広場、神楽坂毘沙門天《かぐらざかびしゃもんてん》境内ほか都内三十カ所以上の広場では、群集の小競り合いが起こった。各所の電器店前にも、人だかりができていた。

それらの街頭には二十一インチ、あるいは二十七インチの白黒テレビが据えつけられ、プロレス放送を実況していたのである。

日本テレビは夜七時三十分から九時、NHKは八時から九時までだった。ちょうどメインエベントがはじまって終わるまでの時間帯であった。

街頭テレビは、都内ばかりでなく、横浜、川崎、大宮、水戸、前橋、宇都宮など関東一円の主要都市にも置かれ、立錐《りっすい》の余地もないほどの黒山の人だかりをつくった。

電器店などの店頭サービス用に、およそ五千台が置かれていた。一台十五万円から二十万円もする。出はじめたばかりの高価なテレビは、家庭には一万七千台しか普及していなかった。が、家庭に入ったテレビにも近所から人々が集まって、食い入るように画面を見つめ、非道をつくす大きな白人を空手チョップで蹴散らす力道山の姿に声援を送った。

街頭テレビを考えた読売新聞社主で、日本テレビ社長の正力松太郎《しょうりきまつたろう》は、当時のプロレス解説者の田鶴浜弘《たづはまひろし》に、こういっている。

「力道山が、白人を投げ飛ばすプロレスリングは、日本人に勇気を与える。わしは、そう思っとる。街頭テレビを、わしは関東一円に二百二十台置いたから、そのまわりに集まる全部の人数は、何十万、いや何百万人、おどろくべき人数だから、プロレスリングはきっと日本で盛んになる。それにともなって、テレビの受像機の普及に、おおいに役立つぞ」

まさしく正力の読みどおりとなった。力道山は一夜にして日本の英雄となり、テレビは爆発的に売れていくのである。

二日目の二月二十日夜六時前、蔵前国技館は人、人の波で押し潰されそうだった。街頭テレビを見た人々が、殺到してきたのである。切符を持たぬ客までがなだれこんで来て、怪我人が出た。

力道山は、国技館に入ろうとすると、子供たちにどっと取り囲まれ、もみくちゃにされた。

蔵前国技館では、翌日の日曜日まで三連戦である。大博打のつもりで三連戦を打った日新プロ社長の永田貞雄は、わずかひと晩にしてここまでの支持を集めるとは、予想だにしなかった。

街頭テレビにも、前日以上の群集が押し寄せた。放送時間中、都内の大通りからほとんどのタクシーが姿を消した。テレビを置いている喫茶店や食堂などは、整理券を出す始末だった。なんと千四百万人もの人々が、街頭テレビにかじりついたのである。

二日目を独占中継した日本テレビの越智正典アナウンサーは、試合の合間をぬっては、くり返し絶叫した。

「街頭のみなさん、押し合わないようお願いします！　危ないところに上がらないでください！」

前夜、見たい一心で、木や電柱に登って落ちた怪我人が出たのである。

メインエベントは、力道山対ベン・シャープの六十一分三本勝負であった。力道山は、悪役で反則を畳みかけてくる兄のベンに対し、やられるだけやられて見せた。

超満員の大観衆は、野次と怒号をベンにあびせた。そうして、耐えに耐えた力道山が、必殺の空手チョップで一転、反撃に出るや、どっと沸いた。二対一でベンを破った力道山は、熱狂の渦につつまれた。

人々は、真剣勝負と信じきっていた。永田貞雄は、国技館の枡席《ますせき》でじっと見つめながら、心のなかで唸っていた。

〈リキという男、千両役者だ……〉

力道山は、シャープ兄弟招聘のため渡ったアメリカから永田に書いた昭和二十九年一月二十一日の手紙に、はっきりと書いている。

『山口（利夫）君なんか、レスリングを根本から誤解して考えている人です。われわれとしては客に満足させるのが、商売として本意です。（中略）永田様、末永くやらねばならぬレスリング興行です。野球、相撲より人気を出して行くにはシンチョウに考えましょう』

はっきり「ショー・ビジネス」として、とらえていた。興行面は永田に委《ゆだ》ねていたが、マッチメイキング、それに演出を手がけた力道山は、プロデューサーとしてもその才覚を発揮したのである。

二月二十一日、蔵前三連戦の最終日は、日曜日であった。シャープ兄弟の保持するNW

A世界タッグ選手権に、力道山、木村組がいよいよ挑戦するとあって、ボルテージはいやが上にも盛りあがった。

六十一分三本勝負、一本目は、木村がまたもやメッタ打ちにあい、二十四分五十七秒でフォールを奪われた。

二本目は、力道山の怒りの空手チョップ乱打で、弟のマイクをわずか五十七秒でフォールした。

三本目は、反則をくり返す兄のベンを力道山がロープの最上段から外に投げ落とすなど、激しい総力戦を展開した。リング外に転落するベンの姿に、大観衆は沸きに沸いた。

街頭テレビでは、戦う木村の苦闘の表情や力道山の怒りの表情が大写しとなり、見る人々に迫力を伝えた。

ところが、白熱の攻防戦は、あっけない、そして壮絶な幕切れとなった。

力道山が両脚でベンの頭を絞りあげた。ヘッドシザーズの猛攻である。そのままベンの頭を逆にして、マットの上を引きずった。力道山がその技を解いたとき、顔を上げたベンに、観客がどよめいた。レフェリーの沖識名が、あわててベンを心配そうに見た。

鮮血が、額からほとばしっていたのである。

観客は度肝を抜かれた。プロレスリングという競技には、これほどまでの代償がともなうものだろうか。

沖識名は、試合続行不可能と判断し、無判定試合を宣言した。シャープ兄弟が、世界選手権を防衛した。

だが、これもまた巧妙に考えられた演出であった。

駿河海が、それを裏付けるようにいう。

「レスラーは、血を流すことをいとわない。本当にすごいと思うレスラーが何人かいる。〝メキシコの巨象〟といわれたジェス・オルテガは、本当にうまいレスラーだった。下の前歯と唇のあいだに、テープで巻いて先端だけをのぞかせたカミソリの刃を忍ばせてリングに上がった。そこに忍ばせておくと、ちょっとのことでは落ちないんです。それを気づかれぬように出して、自分で額を傷つけた。爪の固いレスラーは、爪で引っ掻いて血を流した。ベンもカミソリで、わからないように切ったんです。カミソリは、コーナーマットに隠しておくこともある。無判定試合のゴングが鳴って、試合が終わったあと、力道山はシャープ兄弟と三人で、なにかガラスの破片でも落ちていたのかどうか、リングの上をこれ見よがしに探しまわった。しかし、あるわけがない。沖識名がさっと拾ってどけているのだから。一流レスラーというのは、技の駆け引きの呼吸と同時に、うまく血を流してみせる術を要求されるのです」

それにしても、流れ出る血は、つくりものの血でもトマトケチャップでもない、正真正銘の血である。あうんの呼吸とはいえ、くり出す技は真剣である。それをまともに引き受けることができるだけの肉体の練磨と、感性の柔らかさが一流のレスラーには要求されてくるのである。

蔵前国技館でのはじめてのプロレス国際試合は、想像を越えた魔界を人々に見せ、熱狂のうちに幕を閉じた。

以後、木村政彦の地元である熊本から地方興行へ踏み出した力道山一行は、小倉、大阪、神戸、岐阜、名古屋、静岡、宇都宮、ふたたび東京、横浜と転戦し、なんと十七日間に十四試合という強行日程を、すべて開館以来の動員記録をつくりながら、成功裡に終了した。

総水揚げ高は、八千万円を超えた。テレビの発展にも、大きく貢献した。力道山は、戦後復興の輝ける希望の星となった。

横綱東富士プロレス入り。新団体乱立。そして、木村政彦からの挑戦状

昭和二十九年二月、シャープ兄弟を呼んでの日本初の国際試合は、力道山という英雄を一夜にしてつくりあげ、大成功のうちに幕を閉じた。

が、収益のわりには、ほとんど手元に残らなかったと、日新プロ社長の永田は慨嘆する。

「興行を打つまでのお膳立てで、各地の料亭にマスコミや土地の顔役を集めて宴会をやったし、赤坂の『千代新』の大広間を借り切って、テレビを入れて力道山のインタビューをやった。日本プロレス協会の理事になってもらっている大麻唯男が、地元の熊本県玉名市に大麻会館をつくったので、そこに百万円を寄付した。親分筋からクレームがつき、東神奈川のちっぽけな体育館で、力道山をのぞいた、木村と山口をメインエベンターとする手打ち興行をやった。だが、力道山ぬきでの興行では、客はこなかった。手渡す上がりもなく、百万円を包んだ。大阪では、吉本興業が興行をやらせてくれといってきて、向こうでも『新大和屋』という料亭で、勘定はこちら持ちで関係者を集めて宴会をやった。明治座の新田新作も、まわりから『あんたんとこのリキは、たいしたもんだよ』とさかんにいわれ、柳橋の料亭『稲垣』で一席持った。シャープ兄弟と力道山、木村には、吉原かんつなぎという織りものでつくった丹前を贈った。またシャープ兄弟には、兜《かぶと》を贈った。マナスル登山隊のために百万円を寄付した。そんな具合で、収益は手元に残らなかった。最後に力道山が飛びこんできて」

と永田は、表情を曇らせた。

二週間の興行が終わるや、力道山は東銀座の日新プロにやってきた。永田は試合のギャラのことを説明した。

「木村には、一試合十万円払った。二週間で百四十万円だ。きみはアメリカに行って、いろいろと交渉してきてくれたし、金もいるだろう。きみには、百五十万円出そう」

するとカ道山は、すかさずこういった。

「いや、社長さん、十万円でも、五万円でもなんでもいいから、とにかく三百万円貸してください」

功労者の力道山の申し出を、むげに断わるわけにもいかない。永田は、ポンと三百万を渡した。それだけではなかった。アメリカに第一回目行ったときに、力道山はチャンピオンベルトを二本持ち帰っていた。それを一本八万円で買ってくれといってきた。ほかにも楯を五万円でといってきた。人気も出たことだしと、永田はそれらをふくめてなんやかや四、五十万円分買わされてしまった。

興行が終わったあと、残っていた金は、それですっかりなくなってしまったのである。力道山は、永田から借り受けた四百万円近くの金で、大田区梅田町に三百坪の土地を買い、豪邸を建築した。坪五千円の土地だった。以前に、この土地購入の手付けとして、永田は三十万円を力道山に貸してあった。だが、それらの金はすべて、返ってはこなかった。

住宅は二階建てで、居間はバーもある広々としたモダンなものだった。新田建設が建築にあたったが、建築費用は半分も払わず、社長の新田新作は、力道山に怒りをおぼえた。

プロレス王力道山生みの親でもある永田、そして後見人である新田は、このあたりから力道山の強引さに徐々に違和感を持ちはじめる。また、新田と永田の関係も、力道山が永田を頼りきっていたことで、すきま風が吹きはじめた。

いずれも、初のプロレス興行が、蓋《ふた》を開けたら大成功に終わったために起こった悲劇であった。

「そごう」副社長の有富光門の案を入れた新田が、興行会社を設立することを提案してきた。永田も賛成し、シャープ兄弟来日から三カ月後の五月、「日本プロレスリング興業株式会社」が発足した。永田に何度もプロレスのことは任せる、といっていた新田が、みずからプロレスに乗りこんできたのだ。どんぶり勘定の親分でも、興行の成功に色気が出てきた。新田はみずから社長となり、永田のほか大阪の吉本興業社長の林正之助、その弟で東京吉本株式会社の林弘高が取締役として名を連ねた。新田に会社設立の知恵を与えた「そごう」副社長の有富光門、その友人ひとりもこれに加わった。資本金五百万円であった。力道山は、平《ひら》の取締役にすぎなかった。

力道山道場は、すぐ近くの人形町の電報電話局の隣に新しく移転した。その二階が、力道山の事務所となった。日本プロレスリング興業の事務所は、浪花町の新田建設ビルの三階に設けられた。

世紀の興行が終わってみると、力道山にとって、どうにも我慢ならない状況が展開されていた。

「プロレスは儲かる」

すっかりそう思いこんだ木村政彦が、五月郷里の熊本で「国際プロレス団」を結成した。すでに大阪で「全日本プロレス協会」を結成していた山口利夫も、勢いを得て地方興行を開始した。

木村にすれば、自分の団体を旗揚げしてスターとなり、シャープ兄弟戦でやられ役だった汚名を、なんとか晴らしてやろうと意気ごんでいた。

三団体乱立である。力道山のもとに残ったレスラーは、駿河海と遠藤幸吉しかいなかった。

八月には、シャープ兄弟につづいて、太平洋タッグ選手権者のハンス・シュナーベル、ルー・ニューマンを招いての国際試合を打ち、力道山は遠藤と組み、九月十日このタイトルを奪取した。観衆はシャープ兄弟以上に熱狂し、力道山人気は不動のものに見えたが、それも東京だけで、地方は小屋の大きさにもよるが、二千人ていどしか集まらなかった。

力道山自身はそれに甘んじているわけにはいかなかった。

「人物往来」昭和二十九年十二月号のインタビューで、

「ところで、現在の貴方に最大の脅威となるものは?」

との質問に、こう答えている。

「(さあーてネ、腕組みをして暫く考えていたが)一番怖いのは商売敵《がたき》だろう。とにかくプロレスは日本では初めて生まれて来たものだから、これによってショックを受けている人が相当いる。こういう人達は又ほかに野心を持っていて、流言を飛ばしたり、陰でこそこそとやる。これが一番怖い。面と向かって堂々とやられる分には、決して怯《ひる》まないが、裏にまわられたのでは、手のつけようがない」

「商売敵」とは、あきらかに木村の国際プロレス団であり、山口の全日本プロレス協会である。その他にも、雑多なプロレス団体が、ふたつほどできた。

シャープ兄弟を招いたとき、力道山としては木村政彦をやられ役にして、徹底的に全日本柔道選手権十連覇の輝かしい栄光を潰したはずだった。それがいま自分に牙《きば》を剝《む》いてきている。柔道六段の山口利夫も、おなじだった。このふたりが組み、関西の一大勢力となれば、力道山にとっては大いなる脅威となってくる。

だが、コメントに、ことは外部の敵だけに絞られたものではないようなニュアンスが漂っているのはなぜだろう。「裏にまわられたのでは、手のつけようがない」という力道山の言葉——。

この二十九年の十月場所を最後に、大相撲横綱の東富士が引退したという事実がある。東富士は、プロレスに転向するのではないかと、さかんに噂されていた。

永田貞雄が語る。

「東富士は、新田さんがプロレスに連れてこようとしていた。東富士にとって、新田さんは最大の贔屓《ひいき》だった。力道山が新田さんのいうことを聞かなくなって、それまでの恩人に対する態度が一変したんだ。あまりにも居丈高になった力道山を、新田さんは東富士をプロレスに入れることによって、潰そうとした。天下の横綱、東富士は人気もすごかった。元関脇の力道山の姿は、東富士によってかすむだろう。そうして、東富士をリーダーとする新体制にしよう、と思いをめぐらせていたのです」

敏感な力道山は、そのことを東富士が大相撲を引退した時点で、察知していたのである。東富士のプロレス入りは、翌三十年に入ってからのことであった。

たしかに、太平洋タッグ選手権を奪取した直後から、力道山の態度は豹変した。

シリーズが終わったあと、力道山は永田のもとにやって来た。

「社長、選手に支払うギャラのことは、わたしに任《まか》せていただけませんか。社長さんは、選手たちから離れているから、彼らのことはよくわからないでしょう。わたしは、いつも道場で彼らを見ていますから、だれがよくやっているか、知っています。ですから、ギャラの一切は、わたしに渡してもらって、配分はわたしのほうでやらせてもらえませんか」

当然のことかも知れぬと永田は思い、その要求を受け入れた。ところが、あとになって選手たちから不満が湧いてきたのである。

「リキ関が、約束したとおりの金を、払ってくれない」

というのである。つまり、ピンハネであった。

力道山は、永田の信用を失っていった。だが、同時にギャラの配分権を握ることで、選手たちを掌握し、「力道山の日本プロレス」という印象をアピールしていったのである。

さて、内と外のふたつの敵を見ながら、力道山はまず外部の敵を潰滅《かいめつ》する方法を考えていた。ところが、向こうから絶好のチャンスが転がりこんできた。

木村政彦が、興行先の岐阜で朝日新聞の記者のインタビューに、こう答えていた。

『シャープ兄弟のときは、力道山に頼まれてタッグを組んだが、引き立て役に利用された。力道山のプロレスは、わたしと違って、ゼスチャーの多いショーだ。実力で戦う真剣勝負なら、絶対負けない』

全日本柔道十連覇のプライドで、やられ役にされた屈辱が、木村にそういわせていた。

新聞記者が力道山のもとにやってきて、質問した。

「木村がやりたいといってるんだが、どうする？」

力道山の表情は、見るまに怒りの色に染まった。

「わたしだって、いつだってやってやりますよ。木村なんて、どうとも思ってません！」

それを記者が木村に伝え、木村も応じる。そうして、さかんに新聞が煽りたてた。

新聞は、力道山と木村はどちらが強いか、と刺激的な記事を書きたてた。

『今様・巌流島の決戦』

『柔道の木村か、相撲の力道山か！』

『昭和巌流島の血闘』

永田貞雄が、ついに動きはじめた。熊本に飛び、木村との話し合いに入った。

昭和二十九年十一月二十五日、空手の大山倍達のもとに、一本の電話が入った。

「いよいよ、力道山と一戦交えることになった。ぜひ、おれのセコンドについてくれないか」

声の主は、木村政彦である。

この前年昭和二十八年の冬、大山は、木村、柔道家の遠藤幸吉とともに、空手、プロレス、柔道の格闘技トリオを組み、国内を巡業してまわっていた。

木村は、大正六年九月十日に熊本で生まれた。木村の祖父は、江戸時代の捕り方で、父親は小さな船で砂利を運搬する砂利屋を営んでいた。木村は、小学校一年生のときから、この砂利の積み下ろしを手伝った。腰の強さは、小さいころからの筋金入りだった。

小学校四年生のとき、〝喧嘩に弱い木村〟の名を返上するために柔道をはじめた。

地元の鎮西中学から、昭和十年、拓殖大学商学部予科に入学。

大山と木村との出会いは、昭和十五年までさかのぼる。

木村は、心に思っていたことがあった。柔道では、相手の襟、袖を摑むとき、親指を伸ばし、ほかの四本の指で握る。が、ただ摑んでいるだけでは、力が入らない。相手を引くときでも、押すときでも、四本の指だけでは充分ではない。親指に、力が入らないといけない。なぜか。まず、スピードが鈍る。それに、簡単に相手に振り切られてしまう。

四本の指の力が内側に向かえば、自然と親指の力は逆方向に向かってしまう。つまり、親指以外の四本の指を道着の内側に差し入れて握り、さらに外側から親指で押さえてこそ、初めて強靭な力で道着を握ることができる。そこで初めて、引き、押し、相手の振り切りを許さなくできるのだ。

木村は考えた。

〈親指を使わないというのは、力学に反することだ〉

五本の指すべてで、相手の襟や袖を握ればいい。が、理論的に効果があるとわかっていても、なかなか思いどおりにできなかった。

生まれついての練習の習慣が、そうさせるのだ。気をつけているときは、五本の指で握っている。が、つい夢中になると、また親指以外の四本の指で握っている。木村は、なんとしてもこれを克服したかった。

悩みつづける昭和十五年のある日、木村は、東京、六本木の技道会の道場に顔を出した。技道会では、柔道の稽古のほかに、曜日を決めて空手の稽古もおこなわれていた。

木村は、たまたま空手の稽古にぶつかった。見ると、むくつけき男たちが、列をなして巻藁《まきわら》を突いている。彼らの拳を凝視して、木村はハッとした。

〈みんな、親指を人差し指にそえて、突いているではないか！〉

空手の巻藁突きに倣《なら》って練習すれば、悩みは解決するかも知れない。

木村は、一番近くにいた精悍《せいかん》な男に、声をかけた。

「ちょっと、ぼくも練習してみたいんだ。拳の握り方を、教えてくれないか」

「は、はい！」

精悍な男は、緊張しきって、拳を開き、もう一度握って見せた。腰の両脇に両拳を握ってかまえ、それから上に向かって突き上げる型から教えた。

木村は、教わると、実際に巻藁を突いてみた。

〈確かに、親指を伸ばして巻藁を突けば、突き指をするな〉

自衛のためにそうしているのだろうが、自然と親指に力をこめる体勢になっているのだ。

ひととおり教えてもらい納得した木村は、大きくうなずくと、この男に礼をいった。

「ありがとう。今日から、ぼくも、毎日巻藁を突くことにするよ」

この男こそ、じつは大山倍達であった。

木村は、大山倍達についてまったく知らなかった。が、じつは、大山は、木村にあこがれて拓大に入学したほどであった。ひと眼見るなり、木村とわかった。

木村は、この日から、がむしゃらに巻藁突きをはじめた。突きつづけてみて、初めてわかったことも多かった。柔道の修業を積んだ者は、指先、肘、手首、拳などが特に強いと木村は思いこんでいた。が、巻藁を突いてみると、手首から腕全体が、しびれるほどに痛いのだ。

〈これくらいでこんなに痛いようでは、すぐに腕全体を痛めてしまう。そうなっては、いざ試合で相手と組み合ったとき、相手の体を引き寄せるにも、相手の攻撃をかわそうと手首や肘で相手の動きを制するときにも、敏捷《びんしょう》に腕を動かすことができなくなる〉

腕全体を痛めてはいけないと、木村は、弱い箇所だけを強化する練習に切り替えた。腕を痛めない程度に巻藁を拳で叩き終えると、今度は手刀で叩いた。それができると、今度は手の甲で叩いた。次には、砂を四つ指で突いた。これを、毎日千回も実行した。

三カ月のち、木村は、講道館で練習をしていた。

相手の道着を握っている自分の両手を、ふいに見た。両手とも、五本の指でしっかりと相手の道着を摑んでいるではないか。

〈これなら、いままで相手の道着を四本の指だけで摑んでいたときのように、簡単に振り払われることはないぞ！〉

〝人の三倍は努力する〟が信条の木村は、半年もすると、鋼鉄のように丈夫な手に鍛えあげることができた。

木村の空手への興味は、そこで尽きなかった。ふたたび、技道会を訪ねた。空手の師範代に、訊いた。

「おれも、空手を習ってみたい。だれか、いい先生を紹介してくれないか」

「それなら、船越先生のところがいいんじゃないですか」

道場の場所を教えてもらい、訪ねたのが池袋の松濤会流の船越義珍であった。

木村は、船越の門を叩き、そこで二年あまり空手を学んだ。同じ門下に、大山倍達がいた。

いっぽう、異種格闘技を自主的に習う木村の姿に、大山も心に思うようになった。

〈いつの日か、おれも、本格的に柔道を習ってみたい〉

昭和二十二年、大山は、戦後初の全日本空手道選手権で優勝する。

同じ年、柔道の全日本選手権も開かれた。決勝戦を戦ったのは、木村と山口利夫であった。試合は、両者引き分けの優勝であった。

当時の大山は、自分よりも強い者がいれば、だれにでも挑んでいった。さっそく、手合わせを頼もうと、木村を訪ねた。

「ぜひ、一度お手合わせ願いたい」

「いや、いまからちょうど出るところなんだ。なんなら、きみも、いっしょに行かないか」

贔屓《ひいき》筋が、優勝の祝いをしてくれるのだという。贔屓筋とは、熱海のやくざの親分であった。木村は、その親分になにかと面倒をみてもらっているらしかった。

木村は、その贔屓筋に、新宿の十二社《じゆうにそう》で、大盤振舞いを受けた。大山もいっしょであった。

それから、大山は、木村とおたがいに往き来するようになった。

木村は、じつに人間性豊かで、つきあいにぬくもりがあった。ふたりは、武道についていろいろ話し合った。

あるとき、木村が、ふいに大山にいった。

「おれが、戦いに死を賭けて臨むようになったのは、昭和十二年、全日本選手権大会に初めて優勝してからだったなあ」

昭和十年、木村は、宮内省五段選抜試合で、大沢貫一郎と阿部信文に敗れていた。

翌十一年、同じ選抜試合で優勝し、雪辱を果たした。

「だが、その次の年、昭和十二年の全日本選手権大会の決勝戦、中島選手との試合は、まさに僥倖《ぎようこう》だった」

木村はいった。

「だけど、おれは、心からよろこべなかったね」

チャンピオンになったということは、もうだれにも負けられないということだった。幸運を単に幸運とだけ受け止めて過ごしていては、次の年には幸運は離れ去ってしまう。幸運を持続させるには、それなりの決意が必要なのだ。

「負けることは、無進歩を意味する。勝負師は、勝負に命を賭けてこそ、初めて栄光の道を驀進《ばくしん》し得るものなんだ。そのとき、おれはそう実感したね」

もし敗者となったら、腹を切る。木村は、そこまで覚悟を決めた。

〈だが、実際に腹を切れるものだろうか〉

『忠臣蔵』の大石内蔵助《くらのすけ》の長男主税《ちから》は、齢《よわい》十五で腹を切った。そのとき、木村は二十歳であった。

〈五歳も下の大石に、腹が切れたんだ。おれに、切れないはずがない〉

ちょうどその前年度の宮内省五段選抜試合の優勝の賞品が、短刀であった。刀剣に興味がなかった木村は、そのままトランクの中にしまいこんでいた。あらためて、その短刀を取り出してみた。

〈ちょっと、試してみよう〉

鞘《さや》を抜くと、刃は不気味にキラリと光った。木村は、切っ先を腹に当てた。チクリとした痛みが走る。そのとたんに、全身が硬直した。

が、かまわず、真一文字に横に引いてみた。浅くではあるが、皮膚は切れた。鮮血が、にじみ出てきた。

〈よし、この要領で深く突っこんで、思い切り引けばそのままいける。もう、死は怖くな

いぞ。いつでも、死ねるぞ！〉

そう自分自身にいい聞かせたという。

木村が、大山にいった。

「その日から、訓練にも命を賭けるようになってね。負けたら、どうせ死ぬんだ。それなら、死ぬほどの訓練をして勝ちつづけたほうが、まだ死なななくてすむ確率が高い」

木村は、しみじみとした口調でいった。

「でもね、それからすぐに戦争に取られて、訓練どころじゃなくなった」

木村と話をするうち、大山は考えるようになった。

〈いまこそ、おれが柔道を学ぶべきときじゃないのか〉

木村は、戦前から戦後にかけ無敗を誇り、「木村の前に木村なし、木村の後に木村なし」と称えられた。

木村の師匠で「鬼牛島」の異名を持つ牛島辰熊七段の紹介で、戦前の天覧試合で牛島と引き分けた曽根幸蔵の阿佐ヶ谷の道場で、柔道の修業に励んだ。

稽古をはじめてちょうど一年目で、大山は初段になった。黒帯の仲間入りをした。

柔道を習ってつくづく感じたのは、柔道家の腰の強さである。中でも、木村の腰の強さは、天下一品であった。

柔道を習っての一番の効果は、握力が目ざましく強くなったことだ。対戦するとき、なにかの技をかけられそうになっても、決して握った相手の道着を離さなかった。空手にない寝技を覚えたことも、大きかった。

大山は、二年目に二段、三年目に三段、満三年で講道館から四段をもらった。

四段になったある日、大山は縄飛びをしようとして、あわてた。以前のように、うまく手首が回転しないのである。空手は、スピードが命だ。

〈柔道を長くやり過ぎては、肝腎の空手が駄目になってしまう〉

本物の喧嘩の場合、空手なら、柔道のように着物を摑み合う前に、相手を撃ちのめしてしまうことができる。

〈これ以上稽古をつづけても、わたしは木村以上にはなれない〉

どうせやるなら、日本一、世界一にならないと気がすまない大山である。

木村が柔道からプロレスに転向したと聞いたのは、そのころだった。

昭和二十五年四月十六日、木村は、牛島の誘いにより「国際プロ柔道協会」の旗揚げに参加した。後楽園の仮設道場でおこなわれた旗揚げ興行で、木村は、決戦で学生柔道の雄、山口利夫を破り、初代日本チャンピオンのタイトルを獲得した。が、プロ柔道は、客が入らなかった。柔道の試合は、展開が遅い。スピード感に欠けるため、盛りあがりにも欠けた。なかなか、金になりにくかった。第一「プロ」という言葉自体が、庶民に根づいてなかった。「プロ」と聞けば連想するのは、「専門家」ぐらいのものだった。

そんなある日、木村のところに、同じプロ柔道仲間の山口利夫が、ハワイ在住の日系二世、松尾興業社社長を連れてやってきた。ハワイで、柔道の興行をしてくれという。

木村は、山口と坂部保幸の三人ともども、プロ柔道協会を脱会し、ハワイに行った。この脱会には、木村の牛島に対する反抗心の影もないではなかった。なにしろ、弟子入りのとき、牛島は木村の父親から、「煮て食おうが焼いて食おうが、勝手にしていい」という証文を取っている。

寝食は、牛島といっしょだ。朝、学校へ行き、放課後学校で二時間柔道の稽古をし、その足で警視庁に行ってまた二時間稽古をする。それから講道館に行って、また二時間稽古。毎日がこの繰り返しだ。

息抜きに、稽古をサボって映画に行き、家に帰ってきて、牛島に挨拶をしようと部屋の襖《ふすま》を開けた。

「ただいま、帰りました」

牛島は、いきなり木村を板でひっぱたいた。

「おまえ、左右も見ないで、襖を開けるんじゃない！　敵がいたら、殺されるじゃないか！」

そんな縛られっぱなしの生活に、辟易《へきえき》していたのだ。

三人の脱会がもとで、半年後に「国際プロ柔道協会」は潰れてしまった。

木村は、激しく非難された。

「金のために、武道を売った！」

渡米先のハワイで、木村はプロレスへの転向を求められた。

〈妻のため……〉

木村は、ふたつ返事で引き受けた。

じつは、敗戦の年の七月一日に結婚した木村の愛妻は、このとき子宮ガンに冒されていた。当時、ガンの特効薬とされたペニシリンは、一本三千円もした。とても、木村の収入で買える薬ではなかった。

帰国後、木村は、昭和二十六年十一月に設立していた国際プロレス協会を率いて、全国各地を巡業した。木村は、力道山より早いプロレス転向であった。

このとき、木村は、じつに三十三歳。武道家としての全盛時代はすでに過ぎていた。

木村のプロレス転向に、大山もおどろいた。

〈わたしにひと言の相談もなしに、なんでそんなことを……〉

大山は、木村のプロレスの試合を観に行き、試合ののち木村にいった。

「木村さんは、プロレスに入っちゃいけないんだ」

木村は、じつにすまなそうにいった。

「おれは、身売りしたんだ……」

大山は、木村のセコンドを引き受けるにあたり、さっそく力道山についての情報を集めにかかった。

なんと、力道山は、自分の試合のコーチを、木村の師匠の柔道家、牛島辰熊七段にすでに依頼していた。木村戦を迎えるにあたって、木村が得意とする柔道の締め技と関節技を警戒して取った策だろう。

それにしても、なぜ木村の師匠である牛島が、よりによって敵方のコーチにつかねばならぬのか。

大山は考えた。

〈やはり、プロ柔道協会を潰した感情のもつれがあったのか〉

が、牛島が力道山サイドについている事実は、曲げられない。あちらが万全を期して挑んでくるなら、こちらはそれ以上の危機感を持って対戦しなければならない。

大山は、気が気でなかった。

〈これは、木村さんだけの試合ではない。わたしの全身全霊を賭けた、男の闘いだ！〉

十一月二十六日、木村は記者会見のため、急遽《きゅうきょ》上京した。

大山は、木村を東京駅に出迎えた。

ところが、大山は、汽車から降り立った木村の顔を見て、おどろいた。

頰が赤く上気し、ほんのり酒臭さが漂っている。

〈これから大事な一戦を迎えるというのに、なんということだ〉

迎え酒ということなのか。酒を飲まない大山に、木村の気持ちはわからなかった。

が、それにしても、この穏やかな表情はなんだろう。とても、世紀の対決を前に、これから記者会見に臨もうとする男の顔ではない。

〈男は勝負に命を賭けるといっていた、あの木村さんは、どこに行ったんだ〉

大山は、思わず木村に訊いた。

「大丈夫ですか」

「ああ、大丈夫だ」

木村は、口を開いても、緊張の「き」の字も窺《うかが》えない。笑みさえ浮かべている。

大山は、さすがに不満であった。

つい、本音をぶつけた。

「力道側は、コーチに牛島さんを持ってきて、もう特訓を開始してるんですよ」

これには、木村もギョッとした。

「なに、牛島先生が……」

「これから大事な試合になるっていうのに、そんな悠長なことしてていいんですか」

「なあに、大丈夫。それは、ただのパフォーマンスだ。先生は、必ずこっちについてくれる。それに、力道との話も、夕べ、あらかた電話ですませた」

木村が大山にセコンドを頼むという電話を入れたあとすぐに、力道山から電話が入ったという。

烈火のごとく怒ったはずの力道山は、じつに機嫌がよかったという。

「いやあ、いつもどおりやりましょう。ただし、おたがいの意志を確かめるために、文書を事前に取り交わしましょう」

それなら、話は決まったも同然である。木村は、あっさり力道山のいい分を認めた。

「いいよ。おまえのいいようにしてくれ」

この世紀の大勝負も、いつものプロレスの試合同様、ショーですませようというのだ。

木村の話に、大山は唸った。

〈たしかに、プロレスはショーだ。この世紀の大一番も、その例外に漏れないというのなら、おれの口出しするところではない〉

それなら、自分をセコンドにつけたことも、力道山の牛島同様、ただのパフォーマンスにすぎなかったのか。そう思うと、大山は、じつに自分の立場が情けなくなった。

大山は、いささか口をとがらせた。

「木村さんは、とにかく、酒だけは醒ましたほうがいいですよ」

「あぁ、そうだな」

ふたりは、その足で記者会見がおこなわれる神田橋にある千代田ホテルに向かった。

間もなく、記者会見が開かれた。会見には、大山も立ち会った。

木村は、その席で、正式に力道山に対戦を申し入れた。

記者会見が終わり、大山は木村に、気になっていることを訊いた。

「もう、正式に発表してしまったんです。一歩も引き下がれませんよ。いつものとおりやるにしても、きちんと話し合いをつけておいたほうがいいですよ。力道とは、いつ会うんですか」

「じつは、これからなんだ」

これには、大山もおどろいた。

「いまから、ですか」

「向こうが、すべてお膳立てをしてくれてな。一刻も早く、裏取り引きも正式に決めたいということだろう。向こうのいうとおり、もう書面も書いてきてある」

大山は、

「いっしょについてきてくれ」

という木村の言葉を待った。が、肝腎の話し合いに、木村は、大山に声をかけなかった。

まもなく、六人の男たちが極秘裡にある場所に集まったことは、そのときだれにも知られていなかった。

築地にある新橋演舞場のはす向かいの料亭「花蝶」。永田貞雄が持った席である。力道山と木村が、卓をはさんですわっていた。

新田新作も来た。毎日新聞事業部長の森口忠造、それに永田の秘書の中川明徳が同席した。

試合がきちんと進むように、永田が事前に配慮したのであった。

食事を終えると、永田がかたわらの中川にささやいた。

「うまく話してくれよ」

そして、新田と森口のふたりに顔を向けると、

「では、われわれは、席をはずしましょう」

永田、新田、森口の三人は、退席した。

三人だけになったところで、木村が懐中からなにか書いたものを、そっと力道山に手渡した。そこには、つぎのように書かれてあった。

『確約、日本選手権に対する申し入れ、
第一回の日本選手権試合は引分け試合とすること。

一本目は君が取り、二本目は自分が取る。決勝の三本目は時間切れで無勝負とする。

昭和二十九年十一月二十六日、

力道山君』
拇印まで捺《お》してあった。日付は正式に力道山に対戦を申し込んだその日であった。
さらにもう一枚あった。
『昭和三拾年内第二回日本選手権試合ニ際シテワ力道山氏ニ対シ、勝ヲユズル事
昭和二十九年十一月二十六日、
右、木村政彦
力道山君』
力道山は、その紙を捨てるふりをして、さっとポケットにしまった。なにかの折りには、きっとこのメモが役に立つ、と考えたのだった……。

凄惨！　血まみれの木村政彦

ここで、木村自身の証言を聞こう。

「Ｎｕｍｂｅｒ70」昭和五十八年三月五日号で、木村はつぎのように、このときのことを語っている。

『（文書については）おたがいの意思を確かめるためにとり交わしましょうと（力道山が）

右、木村政彦

いうんで、いいよおまえのいいようにしてくれ、って。でその文書をとり交わす日、ぼくが書いてもってったら、あれは持ってこなかった。忘れた、というんだね。大丈夫です。決して違反はしません、って言うから、そのとおりにやろう、と相手の誠意を認めたわけです。で、ぼくが書いたものは、むこうが持っていってしまった』

木村はさらに、勝ったり負けたり、引き分けにして巡業を打っていけば、おたがい儲かるじゃないか、と力道山にいい、それを力道山も受け入れたと証言している。

力道山に手渡した、一試合目は引き分けにもちこむ、二試合目は力道山に勝ちを譲るという二通の念書が、のちに暴露されるとは、夢にも思っていなかった。

正式な調印式は、翌々日の十一月二十八日、木村が、日活の調布撮影所に訪ねるという形でおこなわれた。

力道山は、彼を主役にした映画『力道山物語・怒濤の男』の撮影中であった。会場は、貴賓室である。

『試合は、十二月二十二日夜、蔵前国技館でおこなう。ファイト・マネーではなく、賞金制とし、百五十万円を、勝者七分、敗者三分の割合で分配する』

ふたりは、おごそかな雰囲気の中、書類にサインした。

ふたりは、カメラがあるところでは、眼に険をあらわにしていた。が、カメラがなくなり、退室するころになると、目配せをした。

〈では、本番は、予定どおりに〉

おたがいに、そういっていた。

木村は、力道山が署名、捺印した確約書の片方を持ってきているものと思った。

が、いざ退室となっても、力道山はいっこうに声をかけてこない。

まさか、衆人環視の中、確約書を寄こせともいえない。その日は、すごすご帰ってきた。それきり、力道山から確約書についてなにかいってくることはなかった。

新聞は、初の日本選手権試合と派手に書き立てた。

さらに、この試合の勝者が、全日本プロレスの山口利夫の挑戦を受けることになった。これで、正真正銘の日本チャンピオンを決定するのだ。これで木村と山口のふたりを、完全に叩き潰してやる。力道山は、そうほくそ笑んだにちがいない。

木村は、大山に、いったん故郷の熊本に帰り、トレーニングしてくるという。

「試合の前には上京して、最終トレーニングをするから、そのときはよろしく頼む」

大山は、拍子抜けしてしまった。

一方、力道山は、連日激しいトレーニングに打ちこんでいた。

プロレスを売り物にしている夕刊紙『内外タイムス』の記者が、大田区梅田の力道山の自宅にインタビューに行った。

力道山は、こう吐き捨てた。

「あんなロートルの木村なんかに、負けるわけがねえじゃないかよ」

大正十三年生まれの力道山は、三十歳。木村より、七歳年下である。

牛島は、依然力道山側についたままだった。

力道山は、人形町の道場で、激しい稽古を繰り返していた。

このころ力道山のもとには、幕内力士の芳の里《よしのさと》、豊登《とよのぼり》、藤田山《ふじたやま》らがつぎつぎと入門してきていた。芳の里は二所ノ関部屋の後輩力士で、横綱となる同門の若ノ花、琴ヶ浜とは〝三羽鴉《がらす》〟と期待を集めた。豊登は大相撲に入るときの体力測定で握力計のワイヤーをちぎってしまったほどの怪力の持ち主として、力道山も力士時代から注目していた。このふたりは、梅田町の力道山の新居に寝起きしていた。

十二月二十二日の蔵前国技館は、力道山対木村戦ばかりではない。木村率いる国際プロレス団との総力戦である。芳の里は、国際プロレス団の市川登と対戦することになっていた。

朝食のたびに、力道山は芳の里を睨みつけ、檄《げき》を飛ばした。

「おい淳、市川を殺せ。いいか、絶対に負けるな。市川を殺すんだ！」

これが毎朝であった。力道山は血走った眼で「殺せ、殺せ」と吠えた。芳の里は、まともに朝食が喉を通らなかった。

「毎朝毎朝いわれるんだもんねえ、殺せ、殺せって。リキさんとしてみれば、そこまでいうことでわたしに勝負への執念を植えつけようとしたんでしょう。他団体には、絶対に負けるわけにはいかなかった」

芳の里の回想である。その芳の里も、あまりに毎朝ぶっそうな言葉を吐かれるので、試合がまぢかに迫ってくると、たまらず力道山に向かっていった。

「関取、やります。殺しはしませんが、かならず勝ちます」

そうやって力道山は、門下生とおのれの闘争心を高めていった。弟子に「殺せ」というかぎりは、自分もそうである。木村の〝確約〟は、はなから頭にはなかった。

〝昭和の巌流島〟を二日後に控えた十二月二十日、人形町の力道山の道場に、柔道日本一の木村の育ての親、牛島辰熊七段があらわれた。

牛島は「柔道の技を教える」といって、柔道着に着替えた。リングに上がった力道山は、牛島と一時間ほど組み合った。木村が得意とする寝技を、牛島は力道山に教えた。

力道山を手伝っていた小松敏雄は、木村と敵対するようになった牛島が力道山に木村の技を伝授しに来たのだ、と素直に受け取った。

が、日新プロ社長の永田貞雄は、そうは思わなかった。

〈そういうそぶりは見せないが、あれはスパイだ。柔道技を教えてやってはいるが、ちゃんとプロレス技のことも、リキから引き出しているじゃないか〉

牛島は力道山との組み合いで、右足の親指のなま爪をはがし、血を流した。力道山は余裕しゃくしゃくで、牛島を送り出した。

木村は、十二月二十日のその日、いよいよ上京してきた。大山は、木村を迎えた。本番に向けて完璧なトレーニングを積み重ねてきたはずの木村の顔は、酒臭かった十一月二十六日同様、ほの赤かった。

大山がいった。

「木村さんとの対戦を控えて、力道はもう大変です。連日、牛島先生をコーチに招いて、猛特訓しています」

が、大山の言葉に、木村は少しも動じなかった。

稽古場に行くと、なんとその牛島辰熊七段の姿があるではないか。

〈さっきの木村さんの余裕は、これだったのか……〉

牛島は、力道山の道場から、この稽古場に来ていたのだ。

さっそく、稽古となった。牛島は、文字どおり、手取り足取り、木村に対策を教えこんだ。

そもそも、力道山の得意技「空手チョップ」の技を磨くため努めたのは大山である。大山も、「空手チョップ」の回避法を、木村に教えた。それ以上、大山にしてやれることは、なにもなかった。

翌十二月二十一日には、横綱審議委員会委員長で、日本プロレス協会会長でもある酒井忠正が、初代のプロレス・コミッショナーとなり、世紀の一戦ははじめての賞金を賭けた試合となった。賞金総額は三百万円、勝者はその七割の二百十万円を、敗者は三割の九十万円を手にするというものであった。連日の新聞報道と、このやり方がいかにも真剣勝負の緊張感を煽って、前売りは発売二日で完売した。リングサイド席二千円とこれまでより五百円高く、一般席は三百円と変わらなかった。

昭和二十九年十二月二十二日、決戦の日を迎えた蔵前国技館は、定員の一万三千人をはるかに超える一万五千人もの観衆でひしめきあった。入場できない群集は国技館のまわりを取り巻き、この一戦を戦う両陣営の緊張が乗り移ったように殺気だっていた。機動隊がものものしく警戒にあたった。

力道山一行は、開場の二時間前に国技館入りした。

永田貞雄は、コミッショナーの酒井忠正に申し出た。

「新聞もずいぶんと煽ってきて、力道と木村の双方も気持ちが高ぶっているでしょう。あんまり闘志が剝き出しになって、試合がみっともないものにならんように、あなたからふたりにいっていただけませんか」

貴賓室に、力道山と木村を呼んだ。酒井と永田、それに吉本株式会社社長の林弘高も同席した。

酒井は、いかにも元伯爵らしく、ふたりに向かってさらりといった。

「今日の試合は観客から見ても、あまりおかしな具合にならないように。あなた方もプロの選手同士なんだから、そこのところは、あまりひどい印象を観客に与えないようにうまくやってください」

そうして、ふたりを握手させた。

大山倍達は、決戦の日、木村の後援会の筆頭会員をつとめる小浪義明といっしょに試合会場にきていた。

小浪は、大阪で近畿観光を経営していた。戦後、神戸で米兵相手にダンスホールを開き、その成功で、大阪に二軒、名古屋に一軒キャバレーを開いていた。小浪は根っからの商売人で、のち昭和三十六年十月十日には、赤坂二丁目にキャバレー『ミカド』を開店させる。オープニング記念として、フォルクスワーゲン車百台を用意し、赤坂の街をパレード。その百台の車すべてを、来店者に抽選でプレゼントし、話題をまく……。

小浪は、木村の贔屓《ひいき》で、毎月十万円もの金を木村に上納していたという。力の強い者、喧嘩の強い者が好きだった。そんな縁で、大山も小浪には世話になった。大山は、アメリカから帰ったばかりのとき、小浪の家に世話になったことがある。小浪の邸宅は、神戸の六甲山の中腹にあった。敷地五千坪もある豪邸で、庭にプールまであった。そこでしばらく居候《いそうろう》させてもらった。

じつは、小浪が、この会場に来るには、紆余曲折があった。

小浪は、この世紀の大試合を、ぜひとも上京して観戦するといった。

が、大山は、試合の結果がすでに出ていることを知っていた。

一本目は力道山がとり、二本目は木村がとる。三本目は時間切れで、引き分け。力道山と木村との間で、八百長はすでに契約ずみなのだ。

大山は、これを、小浪にいうべきかどうか、迷った。こんな結果の見えた試合を、わざわざ大阪から上京してもらって見せるべきか、恩ある人ゆえに悩んだのである。

が、二試合目は、大阪で試合することも、このときには決まっていた。それなら、忙しい中、わざわざ出てきてもらう必要もない。大阪の試合を観てもらえばいい。

大山は、小浪に連絡を入れ、正直にいった。

真実を知った小浪は、怒り狂った。憤怒のあまり、言葉が吃音《きつおん》になってしまったほどだ。

「お、おれは、そ、そんなへなちょこ野郎のために、毎月大枚を出しているんじゃないぞ！　お、男なら、正々堂々と勝負しろ！」

小浪は、直接木村に文句をいってやるという。大山がいった。

「その気持ちは、おれだって同じです。最初から決まっている勝負なら、おれがセコンドについた意味はないじゃないですか」

た。


大山の憤《いきどお》りに、今度は小浪が慰める番になった。

「まあ、プロレスとはそういうものなんだろう」

「とにかく、先輩が負けるわけじゃないんです。我慢してください」

「そうだな。木村が負けるわけじゃないんだ」

とにかく、世紀の一戦は見ようということになったのである。

大山は、小浪自身だけでなく、夫人や彼の秘書までも席を用意し、大阪から呼び寄せた。


国技館へも、大山は、小浪らといっしょにやってきた。

ロングコートに身を包んだ大山は、国技館へ着くと、木村の控室を訪ねた。

「いい試合をしてください」

それだけいい残すと、リングサイドの席に腰を沈めた。

力道山のセコンドをつとめる木村の柔道の師匠の牛島辰熊の姿は、反対側、力道山側のリングサイドにあった。

この日、蔵前でおこなわれるのは、力道山対木村戦ばかりではなかった。

力道山率いる日本プロレスと、木村率いる国際プロレス協会との総力戦がおこなわれるのだ。

日本プロレスと国際プロレスの総力戦は、第一試合から凄惨《せいさん》をきわめた。芳の里対市川登の対決は、いきなり芳の里が市川の顔面に、相撲仕込みの張り手を目茶苦茶にあびせた。張って張って張りまくり、逆に市川に脚をとられて逆エビ固めにもっていかれようとするや、一目散にロープに這って逃げた。ふたたび立ち上がった芳の里は、またしても張りまくった。のべ五十発以上もの張り手の乱打でついに市川をマットに這わせ、フォールを奪った。

もうプロレスではなかった。真剣勝負の喧嘩マッチであった。芳の里が語る。

「プロレスをはじめたばかりで、技を知らない。リキさんには、かならず勝つと宣言している。勝つために、一心不乱だった」

力道山は花道の奥から芳の里の暴れっぷりを見ながら、

「よし、やれ、やれ！」

と声をあげながら、笑っていた。余裕があった。芳の里にさんざん顔を張られた市川は、のちに入院し、頭に溜まった血を抜かねばならなかった。

つづく第二試合の駿河海と大坪清隆は、引き分けた。ユセフ・トルコと戸田武雄も、引き分け。遠藤幸吉は、立ノ海を体固めに破り、日本プロレスは国際プロレス団を撃破していった。いよいよメインエベントに移った。

「相撲が勝つか、柔道が勝つか」とさかんに新聞に煽られて、超満員の国技館は異様な熱気で満ちていた。

酒井忠正プロレスコミッショナーが、挨拶した。

「本日おこなわれる力道山対木村政彦の一戦は……」

せっかくの宣言も、割れんばかりのファンの声にかき消され、よく聞きとれない。

リングサイドの警備員の動きが激しくなったと思った次の瞬間、人波に埋もれた通路を、まず木村が入場してきた。

紺色のガウンの背中には、鯉が躍っている。

つづいて、力道山が入場。紫地の裾に、桜と富士山をあしらったガウンを着ていた。

ふたりは、リングに登ると、ガウンを脱いだ。

力道山は、リングシューズに、トレードマークの黒いロングタイツをはいている。

一方木村は、短いトランクス。足にリングシューズはなく、柔道家らしく裸足で試合にのぞんでいた。

ふたりの裸を見て、大山はガックリした。

力道山の肌は、肩が桜色に張りつめて、輝いてさえいる。

ところが、木村の肌ときたら、カサカサに乾いているではないか。

単に木村のほうが、力道山より七歳年上という問題だけではない。

〈夕べもまた、酒を飲み過ぎたんだな。こりゃ、駄目だ〉

レフェリーのハロルド登喜が、凶器がないか、両者をチェックする。

力道山は笑みさえ浮かべ、自分から木村に握手を求めた。

両者、サイドに分かれた。大山は、ゴクリと音を立てて唾を飲みこんだ。

午後九時十九分、六十一分三本勝負の一本目のゴングが鳴った。

力道山は同時にコーナーを蹴った。

つられるように、木村も、リング中央に歩み寄った。

腕を伸ばし、腕を組み合う。

試合前、マスコミに、「二十分で力道をフォールする」と豪語していた木村は、力道山をロープに詰めた。

すかさず力道山が木村をロープに詰める。

両者、まったくの互角であった。

最初に大技を見せたのは、木村であった。

四分を過ぎたとき、力道山は木村の足をとって攻めた。

木村は、それをかわして両手で力道山の胴をしめつけた。さば折りだ。

が、すばやく両手を離した。力道山の左手をとって、得意の一本背負いを決めた。

館内は怒濤のように歓声を送った。

が、力道山は、投げられてやったのである。その証拠に、投げられた直後、すばやく身をかわして、寝たまま木村の首を絞めにかかった。

そのとき、木村がささやいてきた、と力道山はのちに永田に語っている。

「ドローだ、ドローだ」

そういってきたというのである。

立ち上がった力道山は、抱え投げを打った。ゆっくりとマットに置くように投げた。

リングサイドの大山は、つい舌打ちをした。

〈力道山のゆっくりとマットに置くような投げ方は、なんだ。まるで赤子をあやすようじゃないか〉

これには、木村も気恥ずかしかったらしい。木村は、リング外へ逃れた。

ここまでは、両者ともにうまく立ち回っていた。

観衆は総立ちとなって、リングサイドの木村の行方を追った。

「木村、もどれ！」

「力道、追え！」

ファンの声援は、まっぷたつに分かれていた。

力道山は、試合後、永田にいっている。

「木村のやつ、いつもはシューズをはいているのに、裸足で上がってきた」

たしかにこの日、木村はめずらしく裸足であった。それが、どうも力道山の猜疑《さいぎ》心を増幅させていたようだった。ドローにしようといってきておいて、足が滑らぬよう裸足で出てくるとは、やはり木村に雑念があるからではないか。そう力道山は受け止めていたようである。

力道山優勢のうちに、十分が過ぎた。

一本目を力道山がとることは、大山も知っていた。が、木村のあまりの不利に、大山はやきもきしてならなかった。

〈おれが戦っていれば、こんな展開には〉

笑みさえ浮かべるような表情が力道山の顔から消えたのは、十三分を過ぎたころだった。木村が左足で、力道山の急所を蹴ってきた。

このときのことを木村は「軽く膝で下腹部を触れるようにしただけ。蹴ってはいない」と証言している。

が、あきらかに力道山は、この瞬間から鬼に豹変した。

いきなりフライング・キックを木村にあびせた。木村はたまらず、コーナーに詰まった。

手を振り上げた力道山を見て、木村は思った。

〈空手チョップがくるな〉

プロレスで使われるショーのチョップは、大きく右手を振り上げ、相手に当たる瞬間に手のひらが上を向くようにして、その甲だけが軽く当たるようにする。そのほうが痛くないし、「バシーン」という音がして、客にはより痛そうな感じをあたえる。

打つ箇所も、胸部を軽く叩く。

「チョップか、どうぞ」

木村は、そういわんばかりに、両手を大きく広げて見せた。

ところが、そこに力道山は、容赦なく本式の「空手チョップ」を叩きこんだのだ。

大山は、ハッとなった。

〈あのチョップは!〉

空手道のチョップは、敵の急所に打ちこむ。

手刀で、頸動脈を叩くのだ。

急所を突かれ、木村はよろけた。

ふらふらと倒れる木村を、力道山はリングシューズで何度も蹴りつけた。

大山は、思わず立ち上がり、拳を握った。

木村は防御する余裕もなく、しだいに腰が落ちだし、ついに、コーナーにうずくまるかっこうになった。

館内から、罵声《ばせい》が飛んだ。

「殺せ、殺せ、もっとやれ!」

「木村、立てっ!」

レフェリーのハロルド登喜が、カウントをとった。

「ワン、ツー……」

大山は、思わず声を張りあげた。

「立ち上がれ、木村！」

力のかぎりに、声を張りあげつづけた。

「立ち上がらなくちゃ、駄目だ！」

ようやく立ち上がった木村の顔は、見られたものではなかった。眼の上が異様に腫《は》れあがり、顔全体が変形していた。

大山は、心の底から怒りがこみあげてきた。

〈確かに、一本目は力道山がとる約束だ。しかし、あのやり口は、汚い！〉

あんなにこてんぱんに打ちのめされては、これから二本も戦いつづけることは体力的に到底できない。

〈あの野郎！〉

大山は、思わずリングサイドに駆け寄った。

木村はよろめくように、ロープぎわをまわる。力道山は、木村に、なおも空手チョップをふるった。

腰から砕け落ちる木村。力道山は、木村の顔面に、まともに蹴りを見舞った。木村の口から鮮血が噴いた。うつぶせにマットに崩れ落ちた。

力道山は、それでも攻撃の手を休めなかった。マットを血に染め、顔面血だらけの木村の顎のあたりに、キックを一発、二発叩きこんだ。木村の前歯が折れ、出血がさらに激しくなる。

レフェリーのハロルド登喜が、ようやく力道山を分け、カウントをとりはじめた。

「ワン、ツー、スリー……」

それまで歓声の渦となっていた館内が、凄惨な結末を迎えて、水を打ったように静まり返っていく。観客の顔が青ざめ、声も出なくなっている。

大山は、思わず声を張りあげた。

「立ち上がれ、木村！」

力道山は、勝負をしようという者を、動けないようにしてしまったのだ。

力道山は、いけしゃあしゃあとリング内を歩きまわっている。

大山は、レフェリーのカウントを遮るように、声を張りあげた。

「この野郎！　このままじゃおかないぞ！」

カウント「ファイブ」のとき、木村はわずかに身を起こした。

が、それは、リングの内側に向いていた顔の向きを、外側に変えただけで終わってしまった。

レフェリーは、無情にもカウントをつづけている。

「木村！」

リングサイドから、さらに絶叫する者があった。牛島七段だった。やはり、木村に思いが深かったのだ。

「エイト、ナイン、テン」

レフェリーが、手を振った。ゴングが打ち鳴らされた。

十五分四十九秒、木村はコーナーのマットに腹這いになったまま、ぴくりとも動かなかった。この間、木村は完全に気を失っていたのである。

二本目は、試合続行不可能となった。レフェリーは力道山のＫＯ勝ちを宣言した。

高々と手を挙げる力道山。しかし、館内は死んだように、拍手ひとつ、声ひとつなかった。

大山は、たまらず声をあげた。

「そんな馬鹿な判定が、あるか！　力道、待てい！」

力道山は、なおもリング内をうろうろ歩きまわって止まない。歩き方は、まるではずみをつけているかのように軽やかで、体は上下に揺れている。腰に当てられた両手は、両方とも親指一本だけがタイツの上に添えられている。

大山は、着ていたロングコートを脱ぎ捨てた。リングに上がって行こうとした。

「貴様、力道！　これは、プロレスじゃない。喧嘩じゃないか！　喧嘩なら、力道、たったいまここで、おれが相手になってやる！」

横にいた国際プロレスの大坪清隆や立ノ海らが、必死になって大山がリングに上がるのを止めた。

力道山は、大山に一瞥《いちべつ》をくれただけで、あとは視線をわざと逸らした。二度と、大山を見ることはなかった。

リングに上がることを食い止められ、無視された大山の激昂は、収まるところを知らなかった。

リングの上では力道山が、初代日本ヘビー級選手権のベルトを腰に巻き、両手を高々と挙げて観衆に応えている。

このころには、ようやくファンも気を取りなおし、拍手を送ってきた。

倒れたままの木村は、さっそく控室に運ばれた。

ひと足遅く、大山も後を追った。

控室のソファーに横になっていた木村は、まったく動けないでいた。みじめな木村の姿を前に、大山はまた腸《はらわた》が煮えくり返った。

そこへ、牛島がやってきた。牛島は、木村の師匠であったが、今回は力道山のセコンドについている。

牛島は、木村の姿を見るなりいった。

「おい、大山、救急車を呼べ！」

大山は、牛島の言葉に一瞬、耳を疑った。

〈この人は、いったいなにをいい出すんだ……〉

木村は、たったいま全国民の前で恥をさらしたばかりなのだ。ここで動けないほど力道山にやられ、救急車を呼んだとなれば、一生の恥になるではないか。

そもそも、今回の牛島の行動を、大山は気に入らなかった。策があったのかも知れないが、牛島は、自分の愛弟子を裏切り、力道山のセコンドについた。弟子が、師匠から離叛することは往々にしてある。が、その逆は、考えられない。たとえ自分にそういう気持があったとしても、師である者が、どうして弟子と離叛することができよう。

力道山から牛島にセコンドについてほしいと依頼があったとき、どうして「力道、きみには教えられないよ」ときっぱり断わってくれなかったのか。せめて牛島には、それくらいの度量があってほしかった。

それを、じつは木村とは裏でつながっていたとしても、力道山に「木村はここが弱いからここを攻めろ。木村は、この技がうまいから警戒しろ」と、細かにひと月にもわたって教えこむとは。

〈確かに、わたしをアメリカに連れて行ってくれたことには感謝する。しかし、この木村

ろう牛島だった。

に対する仕打ちは、許せない〉

大山が最初に渡米したとき、審査員をつとめ、大山を空手代表に推挙したのは、だれあろう牛島だった。

大山は、本気で牛島に殴りかかっていきそうだった。握りしめた拳を震わせながら、牛島にいった。

「なにを、いっているんですか。負けたことでさえ悔しいのに、救急車までこの場に呼んでしまっては、彼の一生の恥になってしまうじゃありませんか！」

大山は、くるりときびすを返し、木村を振り向いた。

「おい、木村！　血を流して、ホテルへ帰れ！」

すさまじい気迫だった。だれも、大山のそばへは近づけない、そんな殺気が大山の体全体から滲《にじ》み出ていた。

牛島は、気圧《けお》されてそれ以上はなにもいわなかった。黙って、タクシーを呼びに外へ出て行った。

木村は、大山のいうとおり、泊まっていた千代田ホテルへタクシーで引き揚げた。

一方、控室に引き揚げた力道山は、記者団の質問に、とてつもないことを暴露した。

「リングにのぼってから、二度も木村は引き分けでいこうといった。自分から挑戦しておきながら、こんなことをいうのはとんでもないことだと思った。開始直後、首を締めたとき、フォールできたのだが、このときも木村はやめてくれといってきたので、離れた。その直後、彼がぼくの急所を蹴ってきたので、癪《しゃく》に障《さわ》り、遠慮していた空手チョップを用いて、あのように叩きのめす結果になってしまった」

これを受け、記者は木村のところに殺到した。

病院から千代田ホテルにもどると、大勢の記者が待ち受けている。

力道山の吐いたという言葉を聞き、木村は唖然《あぜん》とした。あきれてものがいえなかった。

少しの間の後、気を取り直した木村は、記者団にこう答えた。

「力道山は、ぼくが引き分けようといったという話だが、そのようなことを彼がいったとしたら、彼の心理状態を疑いたい。この試合で、力道山も大した技がなかった。そもそもこの試合をやる前に、プロレスのルールの範囲内でフェアプレイでやるように、おたがい証文を一札入れ、日新プロの中川氏に渡してあるわけだ。それだから、わたしとしては、引き分けにしてくれなど、スポーツマンシップに反するようなことは、絶対にいわない」

試合後も、いったいなにが真実かつかめぬ前代未聞の舌戦が展開されたのである。そうしてそれから以後も、プロレスを発展させていくためとは思えぬ方向に、舌戦はエスカレートしていくのであった。

翌十二月二十三日、大山はホテルに向かった。木村の部屋に入ると、木村は、声をあげて号泣しはじめるではないか。

木村は、洟《はな》をすすりながら、大山に訴えた。

「大山、仇を討ってくれ」

大山は、胸を叩いた。

「先輩、心配しないでくれ。あんな奴、かならず叩きのめしてやる」

大山は、そこまでいうと、今度は蔵前国技館のほうに向きなおっていった。

「あの野郎、二度と、リングに上がれないようにしてやる」

暴露された八百長念書

力道山の裏切りに怒ったのは、大山だけではなかった。

木村の後援会の筆頭会員小浪は、大阪のやくざ者にすぐ連絡を入れた。

「木村をあんな目に遭わせやがって。ぶっ殺しちまえ！」

木村の地元の熊本でも、試合の意外な結果に、大騒動になっていた。血気盛んな木村の親衛隊たちも容赦しなかった。

その夜、大田区梅田町の力道山宅には、無頼の徒たちからの脅迫電話が殺到した。

「木村を、えらいことにしてくれたなあ。ぶっ殺したるで！」

「用心しろよ。今晩はゆっくり眠れると思うなよ」

蔵前国技館から自宅にもどった力道山は、震えあがった。

応接間に、芳の里、豊登、田中米太郎の三人を呼んだ。

サイドボードの奥から取り出したのは、なんと本物の猟銃三丁であった。

力道山は、吼《ほ》えるようにいった。

「いいか、塀の上からひとりでも顔を出してくる奴がいたら、かまわねえから撃ち殺せ！」

力道山は、ひとりひとりに銃を手渡すと、そそくさと奥の寝室へ引っこんでいった。

豊登に渡された銃は、ほかのふたりとちがい、猟銃ではなくカービン銃であった。

カービン銃とは、歩兵銃の銃身を短縮した短小銃で、自動装塡機構を持ち、十五発から三十発もの実弾を装塡することができる。

三人は、実弾をこめ、窓から銃を突き出した。

生来、好奇心旺盛な豊登は、初めて持つカービン銃に興奮した。

〈この銃は、どれほどの威力があるんだろう〉

そう思うと、つい試してみたくなった。

間髪置かず、庭の木の枝に向かって、銃をぶっ放した。

轟音がとどろき、枝はみごとに吹き飛んだ。

おどろいたのは、力道山である。

奥の部屋から、血相を変えて飛び出してきた。

豊登は、銃口からのぼる硝煙を、しげしげと眺めていた。力道山の狼狽《ろうばい》など気にも留めずにいった。

「おお、関取、すごいですねえ」

それから、力道山は寝室へはもどろうとしなかった。三人のいる応接間のソファーに座り、じっと腕を組んだ。

夜が更けていくなか、力道山はまんじりともしなかった。

芳の里は、依然猟銃を身構えながら、心の中で繰り返し祈っていた。

〈ああ、どうか、だれもこないでくれ。人殺しなんか、したくねえよ〉

同じころ、木村政彦は、千代田ホテルの一室で、修業時代、試合の前夜によくやった座禅を組む『瞑想』をやってみた。

昔は、『勝』か『負』の文字が脳裡に浮かんだものだが、このとき頭に浮かんだ文字は、じつに『死』だった。

〈おれが死ぬのか、あいつが死ぬのか……〉

木村もまた、体は疲れ切っているというのに、眠れぬ夜を過ごした。

芳の里の祈りが通じたのか、夜が明けても、力道山邸に刺客はついにやってこなかった。四人は、緊張に身を引きつらせながら、恐怖の一夜を明かしたのだった。

夜が明けた十二月二十三日、浪花町の力道山道場では、アルバイトの学生たちが、昨夜の決戦の場となったマットを洗っていた。

のちのアントニオ猪木の仕掛け人としてスポーツ平和党幹事長を務める新間寿も、当時中央大学柔道部員としてアルバイトのひとりであった。マットを洗っていくうちに、新間は決戦がいかにすさまじかったか思い知らされたという。

「白いマットに四、五十センチの幅で、木村さんの血がこびりついていた。それを洗濯石鹼をつけて、亀の子だわしでごしごし洗う。ところが、いくらやっても、血がおちないんです。どうしてもおちないので、結局あの一戦以降、あのマットは使わなくなったんじゃないかな」

こびりついた血は、木村の怨念の深さを感じさせる。

大山は、あとで、千代田ホテルの木村の部屋を、力道山のプロレス興行主で日新プロ社長である永田貞雄が訪ねてきたという。

永田は、この試合の立会人をつとめていた。木村の怪我の具合を心配して、やってきたのだ。

部屋に入ると、木村の顔は異様にふくれあがっている。

永田は、目立たないようホテルの裏口に車をまわした。手配しておいた赤坂の山王《さんのう》病院へ、木村を連れて行った。

眼の上を、二針縫った。前歯が、一本折れていた。

治療が終わったとき、寝台の上の木村が、かたわらの永田にいってきた。

「永田さん、煙草ありますか？」

永田は、木村に煙草を手渡すと、火をつけてやった。

木村は、うまそうに一服吸うと、あのような凄惨な負け方をしたばかりの者とは思えぬ言葉を永田に吐いてきた。

「永田さん、おもしろかったかや？」

熊本弁である。力道山に近い永田である。どうして木村が自分にこんなことを訊いてくるのか、永田にはわかるような気がした。

〈きっと、きまりが悪かったんだな……〉

木村は、それを笑いにまぎらせようとしたにちがいなかった。

永田は、そんな木村という男が好きだった。

微笑《ほほえ》んで、木村にいった。

「ああ、おもしろかったよ」

いっぽう、その日十二月二十三日、力道山は、木村から受け取っていた念書を、内外タイムス記者の門茂男《かどしげお》に暴露した。「昨夜の試合は八百長崩れだった」という木村の言葉を門から聞いて、逆上したのであった。その著書「力道山の真実」で、門は書いている。

『彼は筆者の手の中から茶封筒をひッたくるようにして取るや、ゴツイ指で中に入っていた二枚の便箋を引ッぱり出した。

「ほうれ。両の眼をしかと見開いて読んでみろ」

力道山はこういって、件《くだん》の便箋を筆者の前でヒラヒラさせた。

力道山に手渡された便箋を見た瞬間〝確約〟〝木村政彦〟〝力道山〟という字句が真ッ先に眼に飛び込んで来た』

第一回の日本選手権は引き分け、第二回は力道山に勝ちを譲る、とはっきりと木村の字で書かれ、拇印もあった。

力道山は、門にこういったという。

「〝力道山のパートナーをやっていると、いつも自分は負け役ばっかりだ〟といって真剣勝負でどっちが強いか決着をつけようと、このわしに挑んで来たのは木村政彦だ。それがどうだい。真剣勝負をやろうと言い出した当人がこんな八百長試合をこのわしに申し入れて来たんだ……」

翌二十四日夕刻、一大スクープが内外タイムスを飾り、世間をあっといわせた。木村の評価はがた落ちとなり、これによって木村政彦のレスラー生命は完全に断たれていく。

この記事で、大山の堪忍袋の緒は、完全に切れた。

〈もう、力道を許すことはできん！〉

大山は、本気で力道山を襲う肚《はら》を固めた。

正々堂々と勝負するのが男の道なのだろうが、公《おおやけ》の場へ持ち出せば、また力道山がなにか情報操作する可能性もある。それで陥《おとし》いれられては、木村の二の舞いになってしまう。第一、そんなことは面倒このうえない。

〈道端で、果たし合いをやってやれ〉

大山は、夜な夜な力道山をつけ狙った。

ところが、あの試合以来、力道山はひとりでは決して行動しないのである。昼夜を問わず、力道山は、豊登やアントニオ猪木ら、四、五人の取り巻きをつれて歩いた。さしもの大山でも、これだけの人数を相手に戦い抜き、そのうえ二度とリングに上がれないような傷を力道山に負わせることは困難だった。

じつに、半年の間、大山は力道山の後をつけ狙った。その間、一度たりとも、力道山はひとりで外出したことはなかった。

その半年の間に、力道山の名声はますます高くなっていった。

翌昭和三十年一月二十八日には、大阪府立体育館で、力道山は全日本プロレスの山口利夫の挑戦をしりぞけ、名実ともに実力日本一となった。

木村と山口はその後、細々と興行をつづけたが、門下のレスラーたちにも去られ、プロレス界から消えていったのだった。国際プロレス団、全日本プロレスともに、消滅していった。他にもアジアプロレス、東亜プロレスがあったが、それらは注意を払う存在ではなく、力道山の日本プロレスだけが、華々しく君臨することになった。力道山の野望のひとつは、ここに達成されたのである。

木村は、力道山との一戦で自らのプロレス生命を完全に断たれた。大山は、なんとしても木村の汚名をそそいでやりたかった。木村に、もう一度王道を歩ませてやりたかった。が、大山も、半年間、力道山の後をつけ狙っていて、金が底をついていた。

仕事もせずに力道山の後ばかり追いまわしているのである。当たり前の話だ。

あとは、執念でしかなかった。

ところが、ある日、大山がスポーツニッポン紙を見ていると、おどろくべきことが書かれているではないか。

『力道山、木村と手打ち』

間にスポーツニッポン新聞社が立ち、五十万円で木村が力道山と手を打ったというのだ。

大山は、おどろいた。記事を読み終えると、読んでいた新聞をぐしゃぐしゃになるほど握りつぶした。

自分が、食うや食わずで半年もの間、力道山をつけ狙っていたその間に、木村はまた金で、あれだけの屈辱を受けた相手と手を打ったというのだ。腸《はらわた》が、煮え繰り返った。

〈木村、いくら先輩とはいえ、許せん！〉

ただちに木村と連絡を取り、上京していた木村と、東京の喫茶店で会った。

大山は、木村の顔を見るなり、大声を張りあげた。

「あんた、なにやってるんですか。五十万円の金で……」

木村は、いい訳しようとしてきた。

「いやあ、じつは、事情があるんだよ……」

が、大山は、聞く耳を持たなかった。

声を荒げた。

「釈明は、いらない！　これじゃ、おれの名分が立たないじゃないか！　なんのためにおれは、あんたのために、いままで苦労して力道の後をつけ狙っていたのか」

大山は、きっぱりといった。

「これで、わたしは、木村政彦と縁を切る。これからは、先輩でもなければ、友人でもない！」

そう啖呵《たんか》を切ると、席を立った。

しばらくして、熊本に帰った木村から、大山宛の手紙がきた。

「力道山の件で話がある。ぜひ、熊本まで来てほしい」

後で考え直したのだろう。大山は、わざわざ熊本まで木村に会いに行った。

木村は、大山の顔を見るなりいった。

「力道のやつ、このままじゃ、おかないぞ」

大山は、わざとらしくいった。

「力道とは、仲直りしたんじゃなかったんですか」

「いや、話がちがうんだ」

大山は、訊き返した。

「どう、ちがうんですか」

「初めの金額と、全然ちがうんだ」

大山は、どういうことなのか、最初から事情を聞くことにした。

間に立ったスポーツニッポン新聞社の話では、和解金額は五百万円だったという。

「どうですか、五百万円で、力道山と和解しませんか？」

木村も、プロレスでは食っていけなくなって、いくらでも金が欲しいところだった。

背に腹は替えられぬと、木村はスポーツニッポン新聞社に仲介を頼んだ。

ところが、力道山は、五百万円では高いという。

「三百万円なら、和解してもいい」

三百万円でも、もらわないよりはマシだと、木村は和解に応じる約束をしたのである。

木村は、指定された待合で、力道山と会った。

ところが、力道山が持参してきた金は、五十万円だけであった。

訊けば、これは手付金だという。

その話し合いをしている間中、力道山は床の間を背にして、見下すように木村を見ている。金を受け取り、木村が席を立っても、力道山は上座を離れようとはしなかった。ついに、見送りには出てこなかった。

翌日、スポニチは和解を記事にし、間もなく木村は東京を離れた。

が、それからも、いっこうに力道山からの残り二百五十万円の金は届かない。

催促の電話を入れても、取り次いでくれない。

困り果てた木村は、恥を忍んで縁を切られた大山に泣きついてきたのである。

大山は、あきれ果てた。

「先輩も、人がいいですよ。渇《かつ》しても盗泉の水を飲まず、という諺《ことわざ》があるじゃないですか。どうして、こういう金をもらうんですか」

木村は、シュンとして肩を落としている。

大山は、自らの愚かさも笑い飛ばすようにいった。

「馬鹿は死ななきゃ治らないというが、先輩もおれも、本当に馬鹿だ。年中だまされてばかりいる。金に汚い力道のことです。残念ですが、もう残金の二百五十万円をとることは、あきらめたほうがいいでしょう」

このまま煮え湯を飲まされつづけるのも、癪である。大山は、意を決していった。

「先輩、おれが一回、力道に挑戦しますよ」

木村は、それまでうなだれていた首を上げた。

大山は、東京に取って返すと、さっそくマンガ原作者の梶原一騎《かじわらいっき》に連絡を取った。梶原は、のち昭和四十六年から大山の半生を描いた『空手バカ一代』を「少年マガジン」で九年間にわたって連載することになる。

梶原とは、一度大山のところに梶原が取材にきたときから、付き合いがはじまっていた。

大山は、梶原に頭を下げた。

「ひとつ、頼みがある。力道と、一回試合をさせてくれよ」

梶原は、すぐに力道山のもとを訪ねてくれた。

力道山は、話を聞くと、鼻で笑い飛ばした。

「大山とは、試合はしたくない。第一、そんな金にならない試合、なんでしなくちゃならないんだ」

金をくれるなら試合はやるという。

梶原は、いわれたとおりのことを大山に伝えていった。

「金は、出せるのか」

「おれに、金があるわけないじゃないの」

それで、話はご破算になった。

これでは、木村に合わせる顔がない。

結局、大山は、それまで同様、力道山をつけ狙うことにした。

そして、ついに力道山を捕まえた。

じつに、木村戦から一年半後のことである。一年以上過ぎて、さすがの力道山ももう大丈夫だろうと油断したのだろう。

力道山は、赤坂のクラブ『コパカバーナ』から、めずらしくひとりで出てきた。

〈いまが、チャンスだ！〉

そう思って襲いかかろうとした。そのとき、おやッと思った。

力道山は、片足を痛めたのか、足を引いているではないか。

それでも、一年半も待ってようやくめぐってきた機会だ。みすみす逃すわけにはいかなかった。

大山は、物陰からスッと立ちふさがるように、力道山の前に姿をあらわした。

力道山は、「あッ」といまにも声をあげんばかりに眼を剝いた。

大山は、声を低くしていった。

「力道、よく会ったな。きみには、長い間会いたいと思っていたよ」

するとと、なんと力道山は、人懐っこい顔で、にっこり微笑みかけてくるではないか。
「いや、大山さん、久しぶりでしたあ！」
そういって、深々と頭を下げるのである。
力道山は、なれなれしく大山に近づいてくると、手を握ってくる。
「いやぁ、本当に、しばらくでした。ご無沙汰でしたなあ」
出ばなをくじかれ、大山はとまどってしまった。
そのうち、力道山の姿を見つけ、人が集まってくる。
力道山は、相変わらず大山に頭をぺこぺこ下げつづけている。
まさか、衆人環視の中、頭を下げている者をいきなり殴りつけるわけにもいかない。
やあやあとかやっているうちに、大山も戦闘意欲が薄れてしまった。
結局、その日はそのまま別れて帰ってきた。
それきり、力道山への闘争心も萎《な》えてしまった。

力道山はもうひとつの野望を、激しくたぎらせていた。以前から親しくしていた、アトランティック商事という外車販売会社専務の吉村義雄と、タイピストの辻みえ子を秘書として雇い入れた。
辻は、英語ができる。レスラー招請《しょうせい》のための力道山の手紙を英文タイプで打ち、アメリカに送る仕事をメインとした。

吉村は、どうだったか。

「力道山は、事業家になるため、プロレスで稼いだ金を有効に事業に生かしていこうと考えていました。わたしは、その部分を受け持つ秘書になったのです」

そうして、力道山は吉村に宣言した。

「ヨッちゃん、しばらく待ってくれよ。おれがこの会社を牛耳《ぎゅうじ》るようになったら、悪いようにはしないからな」

力道山は、日本プロレス興行株式会社の一介の取締役にすぎなかった。つまり、いつの日かかならず自分が社長になるといっているのである。

だが、その社長は、恩人の新田新作であった。力道山は、ことあるたびに新田に反発し、新田のいうことをきかなくなった。それにくわえて、永田にばかり寄り添っている。

その永田にしても、力道山の横柄《おうへい》さには内心、苛立っていた。

「体を張ってやってるのは、このおれなのに、会社の連中ばかりが、高みの見物でぼろ儲けしていやがる」

跳ね上がった力道山の声が、永田にも聞こえていた。

新田は、力道山が相撲の世界から飛び出したときに引《ひ》き取ってくれた恩人。永田は、プロレス王力道山の生みの親である。それをまったく省《かえり》みなくなった。

リキの野郎、目にものみせてやる——新田は、力道山潰しのため、大物をプロレスに引きこんだ。元横綱の東富士《あずまふじ》であった。

昭和二十九年十月場所で引退したばかりの東富士は、江戸っ子横綱として人気を博していた。彼をもってくれば、もともと格下の力道山の影が薄くなる。相撲出身のレスラーたちも、彼のもとに結集するにちがいない、と考えたのであった。

勘のいい力道山は、すでに見ぬいていた。が、そのようなそぶりすら見せず、東富士を迎え入れた。

昭和三十年三月二十七日、力道山はプロレス修業のため東富士をつれてハワイに渡った。東富士は、髷《まげ》をつけたままの渡米であった。

そのとき力道山は、三重県松阪《まつざか》のある筋から仕入れた大量の真珠を、東富士のでっぷりとした腹に巻かせて飛行機に乗り、ハワイで売りさばいたりした。

七月二日ふたりが帰国するや、次期シリーズの力道山のパートナーとして東富士は華々しく売り出された。しかし、いかに東富士が元横綱の人気を博していようと、プロレスの世界では、力道山の敵ではなかった。七月二十九日、狂乱ファイトでその名をとどろかせた〝メキシコの巨象〟ジェス・オルテガとの一戦で、東富士はパンチばかりでなく、眼を突かれたり、爪で額を引っ掻《か》かれたりと、雨あられの反則攻撃をくらった。一方的に攻めこまれて、血だるまとなり惨憺《さんたん》たる姿をさらけ出した。

そのとき花道を、一陣の風が吹きぬけた。黒のロングタイツに、焼けた褐色の上半身――力道山であった。力道山はリングに駆け上がるや、オルテガの厚い胸板に、怒りの空手チョップを叩きこんだ。

めった打ちにされたオルテガは、リング下に叩き落とされ、超満員の大観衆は、東富士を助け出した力道山に大喝采を送った。力道山は、顔面を押さえてうずくまる東富士の巨体のかたわらで、勝ち誇ったように、両手を高々とあげて声援にこたえると、さっさと控室に引きあげた。

力道山の前ではおとなしくしている東富士も、一歩はなれれば相撲出の若い衆をつれ歩き、さかんに力道山のことを批判していた。それが耳に入っていない力道山ではなかった。

「この野郎、思い知ったか!」

花道を引きあげていく力道山から、そんな声が聞こえてきそうだった。

これで決まりだった。力道山は元横綱を救ったヒーローとなり、東富士は面目を失った。

その夜、力道山は、プライドを傷つけられてむしゃくしゃしているオルテガを、歓楽街に誘った。

「おい、きれいなねえちゃんがいるところに、行こう」

それで充分、オルテガという男は、手なずけることができたのである。たがいに額から血を流し合ってはいても、七月から九月にかけての長い巡業である。夜になれば、宿舎で宴会もやる。

そんなとき力道山は、子供のような茶目っ気を出して、オルテガにどんどん酒を飲ませたあげく、さかんに囃《はや》したてた。

「ミスター・オルテガ、あのすばらしい芸をみせてくれ」

すっかり乗せられたオルテガは、いきなりズボンをパンツごとおろすや、毛むくじゃらの巨大な尻をむき出しにして、若手レスラーがかざす火のついたマッチに向かって、すさまじい音量を響かせたのだった。とたんに蒼白い炎が、五十センチほど走った。本当に火がついたのだ。

全員が腹をかかえて、笑いころげた。そんな気のいい男なのだった。

そのオルテガと毎試合、血みどろの喧嘩マッチをくりひろげながら、力道山は九月七日、最終戦での一騎打ちでオルテガを二対一で降した。

敗れ去ったオルテガは、悪漢から豹変し、リング上で勝利を讃えてパシチョと帽子を力道山に贈った。両雄は、満場の暖かい拍手につつまれた。

これによって力道山は、完全に東富士との実力の差を、全国のファンに見せつけたのであった。

新田新作には、怨みが深まった。新田がもらす力道山への不満の声を聞いた「コーちゃん」と呼ばれていたヤクザが、それならとばかり、豊登の命をつけ狙った。豊登もまた、力道山を守って、新田に反発していたのである。

永田貞雄は、東銀座の日新プロ事務所にふらりとやってきた、そのヤクザを迎え入れた。

「豊登が来てると聞いて来たんですが、いませんか」

事情のわかっている永田は、すぐに悟った。

「豊登はおらんよ。いったい、何事かね」

彼は答えず、疑った眼で部屋を見渡した。

永田はおだやかな口調で彼をなだめ、いくらかの金を渡して帰した。

力道山を奪ったということで、永田も新田から疎《うと》まれている。

〈悪いことが、これから起こらんければいいが……〉

命を狙われた豊登は、浪花町の新田邸に躍りこんだ。

新田をつかまえるや、怒りにまかせて声を張りあげた。

「リキ関に妙な手出しをするなら、許さねえぞお！」

いい捨てるが早いか、新田に飛びかかっていった。怪力で鳴らす豊登にかかっては、いかに大親分であろうとひとたまりもない。バネのように床から跳ね起きると、一目散に素足のまま家から飛び出した。

豊登は、追いかけた。外に出ると、新田は五十歳とはとても思えぬ脚力で、はるか五十メートルほど先を曲がって路地に消えた。逃げ足の速さに、豊登は地団太をふみながら舌を巻いた。

この事件で豊登は解雇され、しばらく力道山のもとを離れなければならなくなった。

安藤組、力道山の命を狙う！

昭和三十年、力道山は命を狙われていた。

狙ったのは、渋谷を地盤にする学生ヤクザからのし上がった安藤《あんどう》昇《のぼる》率いる安藤組であった。

桜がようやく蕾《つぼみ》をつけはじめたばかりの、春まだ浅い渋谷宇田川町の真夜中のバーで、力道山襲撃の発端はひらかれた。

キャッチバー風のトリスバー「マンボ」に、髪の毛をポマードでテカテカ光らせた、気《き》障《ざ》な男がふらりと入ってきた。だれの眼にも、あきらかに水商売人だとわかるその男は、カウンターに腰掛けると、オーダーしたウイスキーをひと口ふくんで、カウンターのなかでシェーカーを振っている安藤組の若い衆に、憎々しげな言葉をあびせた。

「おれは近く、すぐそこに開店するマンモスバー『純情』のマネージャーだ。まあ、このあたりの客は、ウチが全部とって、閑古鳥が鳴くようになるね」

午前零時をまわっていた。

「純情」のマネージャーは、この店を安藤組の若い衆が経営しているとは知らなかった。若い衆のシェーカーを振る手が止まった。「純情」のマネージャーを睨みつけた。

マネージャーはなおも、うそぶいた。

「おれたちのバックには、あの力道山がついているんだ。恐いものはねえよ」

若い衆は、頭に血をのぼらせた。

「てめえ、力道山がバックについてたら、だれも恐れることねえと思ってるのか」

カウンターを飛び越えて客席に出るや、「純情」の男の膝を蹴りあげた。

「ここを、だれの店だと思ってるんだ。安藤昇の若い衆の店だぞ。文句あるなら、力道山でもだれでも、連れてきやがれ!」

翌日、若い衆から事情を聞いた安藤組幹部の花田瑛一は、いきりたった。

「このままだと、安藤組は、やつらに舐《な》められてしまう。『純情』を、ぶっ潰してしまおうじゃねえか」

花田は、開店当日の「純情」に、五十人もの子分を引きつれて出かけた。

開店は午後の一時であった。昼間は喫茶をやると聞いていた。店が開くと、どっと店内

た。
　そのうち、力道山のもとでレフェリーをしている阿部修が、何事かとフロアに出てき
一般の客が入ってきた。が、五十人もの猛者《もさ》に占拠されているので、座る席がない。
になだれこんだ。五十人が別々のテーブルに座り、店を占拠してしまった。

　五十人のなかにいた大塚稔は、髭をはやした阿部の顔をよく知っていた。「パール」と
いうナイトクラブに出入りしていて、そこでよく顔を合わせていた。

　大塚は、のちに万年東一《まんねんとういち》の跡目をついで大日本一誠社の二代目会長となる。

　阿部は、大塚の顔を見ると、動きを察したらしく、すぐに引っこんだ。

　しばらくして、力道山が、阿部といっしょにフロアに姿をあらわした。

　大塚が、突然号令をかけた。

「うちの生徒全員、起立！」

　五十人が、どっと立ち上がった。

「力道山に敬意を表して、礼！」

　全員が、力道山に向かって礼をした。

「着席！」

　力道山は、憮然とした表情で、踵《きびす》を返して奥の部屋に消えた。

　阿部が大塚の席に、使いとしてやってきた。

「リキさんが、号令をかけた人に来てくれっていっている」

大塚は、啖呵《たんか》を切った。

「なにも、おれが行く必要はない。話があるなら、自分が来ればいいだろう」

阿部が引っこむと、今度は、元横綱の東富士が、大塚の席にのっそりとやってきた。

レスラーに転向したばかりのときには、人気も沸騰したが、力道山の巧妙なインサイドワークによって、東富士は完全に力道山の陰に隠れてしまっていた。

東富士は、大塚のそばに来るには来たが、なにもいわないで引っこんでしまった。人のよさと淡泊な性格が、東富士の持ち味であった。

ふたたび阿部がやって来て、苦りきった表情で頼んだ。

「大塚、なんとかならないのか」

「なんとかなるも、ならないもないね」

とうとう阿部は力道山を連れてきた。そばで見る力道山は、さすがに大きい。力道山は、大塚の肩に手をやった。

「夕方の六時に、あらためてここに来てもらいたい。そのとき、話し合おう」

「わかった」

ひとまず、引きあげることにした。

大塚は六時過ぎ、約束どおり「純情」を訪ねた。だが、力道山は姿を見せなかった。

「美空ひばりが、リキさんに会いに来ている。リキさんは、ひばりの前では話ができない、といっている」

ボーイから力道山の伝言を聞いた大塚は、頭に血をのぼらせた。

「六時に来てくれと指定したのは、力道山のほうだぜ。そっちの都合で変更があるのなら、申しわけないけど、また明日にでもとか、いい方というもんがあるだろう」

安藤組組長、安藤昇は、花田瑛一から一部始終を聞くや、吐き捨てるようにいった。

「プロレスラーに、用心棒までされてたまるか。用心棒は、われわれの収入源と同時に、縄張の誇示だ、面子《めんつ》だ」

安藤は、力道山に以前から不快な思いを抱いていた。

つい半月前、あるクラブのホステスが、力道山に殴られたことがあった。そのホステスは、姉さんクラスのホステスだった。力道山に、女を世話しろといわれ、言下に断わったとたん、いきなり平手で殴られたのである。彼女は意識を失い、病院にかつぎこまれた。左の鼓膜が破れて、聞こえなくなってしまった。

このホステスが、安藤のもとに「力道山を、なんとかしてくれ」と訴えてきたことがあったのだ。

安藤昇が、当時をふり返る。

「力道山というやつ、表面では英雄とまつりあげられているが、質《たち》の悪いやつだと思ったね。おれを舐めるにも、ほどがある。おれは、力道山襲撃の肚を固めた」

まず、大田区梅田町の力道山の自宅付近に網を張った。

力道山の邸宅は、小高い丘の上の住宅地にある。門前は、狭い道路に面している。おそらく、彼のキャデラック・コンバーチブルが通るにはやっとの道幅であり、その道に入る前にはどうしても速度をゆるめなければならない。

狙うには、最適の場所だ。

安藤は、みずから愛車のマーキュリー・コンバーチブルを駆って、力道山の通るおなじ道を走ってみた。何度かそうしたあとで、同乗している子分たちにいった。

「おれの車でも、ここで一旦停止しなくてはならない。やつの車も当然、止まることになる。この曲がり角の空き地の生け垣が、狙い射ちにかっこうだ。いいな、この生け垣に隠れて、この道を通る力道山を狙い射ちしろ」

しばらくして、安藤のもとに、生け垣に交代で隠れて力道山を狙っている子分から電話が入った。

「社長、力道山め、恐れて、家に寄りつきませんよ」

別の情報網からも、電話があった。それによると、力道山は弟子を三人車に乗せ、実弾を装填した猟銃をたえず携帯している。どこへ行っても、寝る間も離さないらしい。

大塚は「純情」に出かけ、東富士と会った。

東富士は、力道山より大きい体を折り曲げるようにして、丁重にいった。

「わたしがリキさんの代わりに話をさせていただきますので、明日の三時、銀座の資生堂パーラーで待っていていただけませんか」

「わかった。その代わり、力道山を、かならず連れて来るんだぞ」

花田と大塚ら七人は、翌日、車四台に分乗して、銀座八丁目の資生堂パーラーに向かった。ふところには、全員拳銃をしのばせていた。

約束の時間より十分早い二時五十分に、資生堂パーラーに入った。東富士が、すでに来ていた。

そばには、やはり相撲から転向した豊登、芳の里、それに阿部修らテレビでよく見る顔が、陣どっていた。

力道山は、来ていない。

花田が、険しい表情で訊いた。

「力道山は、どうした」

東富士が、申しわけなさそうにいった。

「リキさんは、都合があって、どうしても来られない」

「都合？　あれほど約束しておきながら、どうして逃げまわっているんだ」

「とにかく、まわりにこれだけ人がいては話しにくい。渋谷あたりのどこか静かなところで、話せませんか」

花田は、渋谷の円山町の料亭に、部屋をとらせた。双方そろって車で向かった。

東富士の車には、大塚が乗りこんだ。東富士が、困りきった表情で懇願した。

「なんとか、解決の糸口を見いだしてほしい」

「………」

「お金ですむことだったら……。しかし、いくら包んだら許してもらえるのかわからない」

「恐喝じゃないんだから、いくら出せとはいわない。ただ、悪いと思ったら、包んだらいいんじゃないの」

大塚の肚の中は、金銭での解決の場合の額は決まっていた。

五十万円――それ以下の額だったら蹴ろうと決めていた。それを東富士に告げた。

しばらく考えていた東富士は、神妙な顔つきで口をひらいた。

「百万円つくる」

大塚は、東富士と接していて、彼の人柄のよさがしみじみわかった。力道山には頭にきても、東富士への憎しみはなかった。東富士の誠実さに免じて、彼を助けてやることにした。

「百万円という話は、おれは聞かなかったことにする。五十万円つくれ。しかし、あんたが百万円つくるといったのに、おれが五十万円といったことが知れるとヤバイ。あくまで、ふたりだけの話にしよう」

円山町の料亭で、仕切り直しがはじまった。花田は、席に着いてくれ、というと、おもむろにふところから拳銃を抜いて座卓の上に置いた。

それに合わせて、安藤組の六人がそろって拳銃を取り出し、卓の上に置いた。

おれたちは、中途半端な気持ちでこの席にのぞんでいるのではない、ということを見せつけたのである。

七丁の拳銃がならんで置かれると、さすがに威圧感があった。東富士らは、顔を強張《こわば》らせ、震えあがった。

それからまもなく、大塚のもとに、東富士から電話が入った。

「約束どおり、五十万円つくった。これで、リキさんの命は取らないでほしい」

「わかった。受け取る場所を、おれは指定しない。あんたのほうで、場所と時間をいってくれ」

大塚が指定すると、恐喝になる。

東富士は、新橋のバー「エトランゼ」を指定してきた。時間は夕刻六時。

大塚は約束の六時、花田らが同乗した車を、「エトランゼ」の近くに止めた。

かすかに、小雨が降っている。

大塚だけが降り、店内に入った。東富士がひとりで待っていた。大塚が座ると、東富士が、テーブルの下で新聞紙の包みを出した。

大塚は、テーブルの下で包みを受けとり、鞄にすばやくしまいこんだ。中身は確認しなかった。

バーの近くでは、花田らが車の中で、やきもきしながら待っていた。

大塚は、いそいで車に乗りこんだ。

「うまくいった」

新聞紙を開いてみた。五十万円持って「東興業」へ行き、安藤に報告した。

その夜、大塚は五十万円持って「東興業」へ行き、安藤に報告した。

安藤も、東富士の誠意に免じ、力道山の命を狙うことをやめた。

「ただし、手は引くが、条件がある」

と安藤は大塚にいった。

「東富士を通じて、力道山に伝えておけ。今後、用心棒など一切やらぬ。悪酔いして、人に暴力はふるわぬこととな」

ところが、のちに無銭飲食で逮捕された安藤組のひとりが、安藤組の七人が円山町の料亭で東富士らを前に、座卓の上にそれぞれ七丁もの拳銃を取り出して脅かしたことまでしゃべってしまった。

　その七人と安藤に、令状が出た。全員が逮捕された。安藤は、五年はくらう、と覚悟を決めていた。

　ところが、逮捕されるや、東富士がわざわざ渋谷署まできて、彼らのために証言したのである。

「たしかに料亭で、拳銃を出された。しかし、あのときはただ恐ろしくて震えあがったが、いまから考えると、あの拳銃が本物かどうか、確証はない。もしかしたら、偽物かもしれない。本物とは、いいきれない」

　被害者である東富士本人のこの証言によって、安藤たちはわずかの勾留で全員が釈放された。安藤はいまさらながら、感心したようにいう。

「東富士って男は、本当に心優しき男だな。やつがいたから、おれも力道山を殺さずにすんだよ」

　東富士は、しかし、力道山にいびり出されるようにしてプロレス界から去っていくのである。

恩人新田新作死す

日本プロレス内は、力道山派と東富士派とに分かれていた。東富士との実力の差をまざまざと天下に見せつけた力道山であったが、ギャラの未払いやピンハネなど、横暴ぶりに目立って拍車がかかってきて、古参の駿河海をはじめとするレスラーたちの大半が東富士に付いたのである。

日本プロレス協会理事長で、日本プロレス興業社長でもある新田新作は、その勢力をもって力道山を押さえ、日本プロレスを実質的に手中におさめようともくろんでいた。あわよくば、新団体を結成しようとまで考えていたといわれる。

しかし、その新田は、昭和三十一年六月二十五日、あっけなくこの世を去った。五十歳の若さであった。

上野の寛永寺《かんえいじ》でおこなわれた通夜には、三千人もの会葬者が集まった。葬儀委員長は、自民党の実力者、河野一郎《こうのいちろう》であった。

力道山は、弔問客に深々と頭を下げながら、悲しみを全身ににじませていた。

遺体に白足袋をはかせるのに遺族が手間どっていると、力道山は静かに近づいて手を合わせ、代わって白足袋をはかせた。懸命に涙をこらえているのが、ありありと受け止められた。まるで本当の親を失ったときのように、肩をがっくりと落としていた。

だが、新田のそばにいた永田貞雄の眼には、どうしてもそうは映らなかった。

〈リキのやつ、ここでも芝居を打ちよるか…〉

力道山のことなら、なにからなにまで知りぬいている永田である。精いっぱい誠意をつくし、情に訴えて、渋る永田をプロレス興行に踏み切らせたときと、〝日本の英雄〟となったいまの恩をかえりみない行状の落差はあまりにも大きかった。

昭和二十六年ころ、永田がでかけるというときには、かならず十五分から三十分前には車で迎えにやってきた力道山のことが、かわいくて仕方がなかった。

大きな体を恐縮したように丸めて、プロレスについて一所懸命語る力道山に、稀代の興行師といわれる永田もほだされるところがあったのである。

それがいまとなっては、まるで嘘のようだった。おのれのためなら、どんな芝居でも打てる男だと、永田は思うのだった。政財界のお歴々がやって来ているいまこそ、今後のことをふくめて、力道山は総身から悲しんでいる姿を装わねばならなかった。

永田でなくとも、力道山と新田の確執を知っている者たちなら、だれもがそう受け止めた。

ただひとり、力道山の秘書であった吉村義雄が、その著書「君は力道山を見たか」でこう書いている。

『力道山は新田さんの死を、深く悲しんでいたのは事実なんです。現にわたしは、力道山が新田さんの話をしながら、涙を浮かべているところを見ていますから。

「なあ、ヨッちゃん。オレ、髷を切ったとき、新田さんにひろわれてなかったら、いまごろ何してたかなあ。プロレスなんてやってなかったろうし、こうやっていい酒、飲めるような身分になれっこなかったろうな。いまさらながら、ありがたかったよ、新田のオヤジは。あんなに早く死んじゃうなんて……』

それとも、これも芝居だったのであろうか。

いずれにせよ、新田新作は死んだ。これによって、馘《くび》を切られていた豊登は、力道山に呼びもどされた。

力道山には、新たな目標が生まれた。それは、もうひとりの大恩人である力道山の生みの親、永田貞雄を追い落とすことであった。

新田という後ろ楯を失った東富士は、新田が死んだその年の十一月、新田建設の倉庫を改造してつくった旧力道山道場のあとに、大衆割烹「東富士」を開店し、力道山とは一線を画した立場をとりつづけた。力道山としては、プロレス以外の副業を他のレスラーがやることなど、認めたくはなかった。が、相手が元横綱とあっては、なにもいえない。

わだかまりを深めていきながら、昭和三十二年春、東富士は突然の引退を表明するのである。江戸っ子で人のいい東富士はもはや力道山との確執に疲れ果てたのであった。

だが、それでは自分の立場が悪くなってしまう、と判断した力道山は、なりふりかまわず東富士を慰留した。

「横綱、いまあんたに辞められたんじゃ、プロレスが成り立っていかないよ。お願いだから、いっしょにやってくださいよ」

永田はそんな力道山に、もはや嫌気がさしていた。

『プロレスに秋風』

新田の死の前あたりから、そんな記事が新聞に書かれるようになっていた。昭和二十九年二月のシャープ兄弟戦で大成功をおさめて以降、徐々にその徴候は見られていた。

ハンス・シュナーベル、ルー・ニューマンの太平洋タッグ王者を招いての興行は、東京、大阪では成功したが、東北、北陸などの地方は観客の入りがいまひとつだった。その後のアジア選手権開催も、世間で騒がれたほどよくなかった。

昭和三十一年五月には、ふたたびシャープ兄弟を招いて興行を打った。力道山は遠藤幸吉と組み、念願の世界タッグ選手権を獲得したが、わずか十五日間で奪い返された。二年前には日本国中を熱狂の渦に巻きこみ、無名の力道山を一晩でヒーローに変えたほどのシャープ兄弟戦も、二度目とあって、ファンもすっかり冷めきっていた。

日本でのプロレスの覇権を握るために力道山が打った木村政彦戦が、微妙にひびいてきているのだった。

「本当の真剣勝負ならば、あんなふうに殴る蹴るで決まるもんだ。プロレスは、やっぱり八百長だ」

という知ったげな論調がマスコミから流され、一般紙はプロレスのことを取り上げなくなった。後援していた毎日新聞までが身を引き、代わって系列のスポーツニッポン新聞が後援していた。が、まだまだ当時のスポーツ新聞は、いまのようには一般化していない時代である。

シャープ兄弟再来日以降の興行も、尻すぼみであった。

こんなときに、東富士に引退されたのでは、元も子もない。ヒーローには、やはりライバルが必要であった。

永田の耳には、力道山が陰でささやく言葉が聞こえていた。

「永田さんは、外人の面倒を見すぎるよ」

「興行のやり方が、弱いんだよ。あれは、永田さんが浪花節や歌謡曲の興行のほうを本業として力を入れてるからだ。プロレスは、浪花節や歌謡曲に利用されてるだけだ」

陰口のほかにも、力道山の目にあまる行状を耳にするたびに、永田の心は力道山から離れていった。

やれ、巡業先でヤクザ者に瀕死の重傷を負わせた。やれ、赤坂のクラブで大立ち回りを演じて店を目茶苦茶にした。あげくの果ては、永田が大事にしている大歌手に手を出そうとした……など、許しがたい増長ぶりに、ついに永田はみずから決意し、力道山を呼びつけた。

「社長を辞めたいと思っている」

本気であった。

いかに永田追い落としの陰謀をめぐらす力道山ではあっても、いまはまだ永田の力は必要だった。

「わたしが、あんまり威張るからですか？」

これには、さしもの永田も一瞬、言葉を呑みこんだ。単刀直入に、あけすけに本心を突かれたのだ。そんなことを、力道山がさらりと口にするほど、ふたりの関係は冷えきってしまっていたのだった。

永田には、斟酌《しんしゃく》するところがある。そういわれたら、そうだとはいえない。

「いや、そういうわけではないけれども……」

と答えたそばから、力道山が、

「まあ、そう気の短いことをおっしゃらずに、もうしばらくやってくださいよ」

といってきた。

もうしばらく——とはいいぐさだな、と永田は思ったものの、力道山のペースに巻きこまれ、その場はうやむやになってしまった。

だが、もはや興行としても、それほど魅力のなくなったプロレスに、永田だけでなく、吉本株式会社の林弘高もすっかり興味を失っていた。

このままでは、築きあげてきたものが潰れてしまう。力道山は永田追い落としよりも、日本プロレス建て直しのための一大イベントを打つことを迫られていた。

昭和三十二年二月十五日、力道山は豊登と秘書の吉村義雄を引き連れ、アメリカに飛んだ。NWA世界チャンピオン、ルー・テーズとの世界タイトルマッチを日本でおこなうという契約を取りつけるためであった。テーズは九百七十七連勝という前人未到の大記録を打ち立てた、屈指の名レスラーである。力道山は二十八年十二月六日、二度目の渡米のとき、一度だけ挑戦したことがある。そのとき力道山は、七百連勝中のテーズに必殺のバックドロップを喰らい、後頭部をマットにしたたかに打ちつけて脳震盪《のうしんとう》を起こし試合続行不可能となり、無念の敗北を喫していた。

日本に世界最強の男テーズを招いて、はじめてアメリカ以外の国で世界選手権を開催できれば、これ以上のインパクトはない。それにテーズを呼ぶことは、二年前から力道山がファンに公約したまま果たせずにいた、最大の懸案なのであった。テーズを呼べず、あきらかに力道山よりも格下のレスラーばかりで打たれる興行にファンが飽きていたことも、プロレスに秋風を呼びこんだ原因となっていたのである。

力道山は、ロサンゼルスのグレート東郷邸に足をはこんだ。東郷はアメリカのプロレス人脈に精通していた。

本当は好感のもてる人物ではなかった。二十七年に初渡米したとき、日系であることを逆手にとり、さんざんにショーマンとして客から罵倒《ばとう》され、あげくの果ては無惨にやられ役になってみせる東郷を見てからというもの、自分だけはああはならぬと心に決めたのである。金にも汚かった。

その東郷邸の庭で、バーベキューを楽しんでいたとき、力道山は突然、東郷に向かって深々と頭を下げたのだった。随行した吉村が語る。

「力道山はあのとき、真剣な表情でこういったのです。東郷さん、お願いします。日本のプロレスを育ててくれ、と」

力道山はさらに、こうつづけたという。

「東郷さん、あんたが儲けてもいいよ。それでもいいから、ルー・テーズを呼ぶのに力を貸してくれ」

テーズは十月に来日し、二度の世界選手権試合をおこなうことが決まった。それより前の八月には、〝黒い魔神〟と異名をとる黒人レスラー、ボボ・ブラジルがやってくることになった。黒人レスラーは、日本ではじめてである。

五月二日、力道山一行は、意気揚々と帰国した。そうして、いよいよ力道山は、永田を追い落としにかかった。

萩原祥宏という人物がいた。戦前の右翼団体「黒竜会」の内田良平門下で、みずからも銀座に萩原青年同盟という組織をつくったこともある。その道に力を持った人物である。

もともとその萩原と親しかったのは、永田であった。永田は終戦直後に、新橋の料亭「河庄」で萩原とめぐり会った。河庄には、空襲で焼け出された大物たちが、寝泊まりしていた。永田と萩原も、そのメンバーだったのである。

力道山も永田につれられて方々を回っているうちに、萩原と親しくなった。愚痴も聞いてもらうようになった。

「自分ばかりが骨身をけずってやってて、いいところは、みんな永田さんや林さんたち役員に持っていかれちまうんですよ。わたしの身にもなってもらいたいですよ」

萩原は、日本の英雄になった力道山に、すっかりほだされていた。プロレスの熱烈なファンでもあった。

「よし、そういうことなら、おれから話をしてやろう」

増長力道山、永田貞雄を追い落とす

昭和三十二年初夏、永田は、東銀座の日新プロ事務所で、萩原を迎えた。

「ねえ、永田さん、そろそろ潮時じゃないですかねえ」

いきなりそう切り出された永田は、

「いったい、なんのことですか」

とおどろいて訊き返した。

「いや、リキのことですよ。あそこまで天狗になったんじゃ、永田さんとどっちが主人なのかわからんじゃないですか。新田さんが亡くなってからは、それがまた、一段とひどくなった。もう、だれのいうことも聞かんでしょう」

永田は、そういうことかとうなずいた。

「たしかに、そのとおりですね。それで、なにかいい知恵がありますか？」

「考えてみたが、ないですねえ。聞けば、リキはアメリカでは、選手としてだけではなく、プロモーターとしてもふるまっとるらしいじゃないですか。日本のプロモーターは、永田さん、あなたでしょう」

永田は、腕を組んだ。萩原が、はっきりといった。

「リキは相当のぼせあがっている。これ以上長くいっしょにやってると、最後は喧嘩別れになるかもしれませんよ。相手は、まだ若い相撲取りあがりじゃないですか。そういうのと喧嘩別れじゃ、みっともないですよ」

永田に未練などさらさらない。望むところである。力道山の膿《うみ》が、ずいぶんと溜まっていた。それが萩原の話によって、ようやく外に吐き出された思いであった。

「そうか、リキと手を切りますか……」

萩原は永田の言葉を、はっきりと聞いた。

永田はこのとき気がついていないのだが、萩原は力道山にうまくまるめこまれて、力道山の立場に立っているのである。萩原は永田の気持ちを咀嚼《そしゃく》しながら話をもっていき、うまく永田から辞任の言質《げんち》を引き出したのだった。

永田はすぐに、吉本興業の林正之助、弘高の兄弟に話をした。林兄弟は、永田の決断を遮るどころか、あっけないほどすぐに同意した。

「そうですね、そのほうが、いいかもわからんですねえ」

ふたりも、力道山に対して、永田とおなじような感情を抱いていたのである。さらに、こういってきた。

「永田さんが辞めるのなら、われわれも一蓮托生《いちれんたくしょう》で辞めますよ」

まもなく赤坂の萩原邸の居間に、永田、林兄弟、それに日本ドリーム観光社長の松尾国三、日本精工社長の今里広記が集まった。力道山も同席した。

萩原が経過を説明した。林弘高が、最後になって永田にいった。

「永田さん、われわれは辞めます。しかし、プロレスの創始者はあなたなんだから、なにも辞めんでもいいでしょう」

「いや、わたしは辞めるよ」

永田は、きっぱりといった。

こうして日本プロレスを草創期から支えてきた者たちは、全員が力道山にあいそをつかし、辞めていくことになった。

「永田さん」

不意に、力道山が声をあげた。

「これでいいんですか」

いい置くことはもうないかと念を押している。永田は、そう受け止めた。最後の最後で本性を見せたと思った。

よくもぬけぬけと――永田は力道山を睨《にら》みつけた。

「ない」

旗揚げのとき、料亭「蘆花」を売り払った。電話を二台引いた。リングをふたつつくった。車も買ってやった。金もやった。それはだれがしてやったのか。この永田貞雄ではないか。

辞めるに当たって、さまざまな条件を付けることは、当然できる立場にあった。リングを返せということもできる。

だが、永田はいっさい口にしなかった。すべて力道山とプロレスに関わるものは、身辺から切り捨てたかった。また、そんなことをいうほど、気持ちは小さくなかった。

ルー・テーズを招いての興行を最後に、永田らは日本プロレスから去ることになった。

普段ならば、これからどこかで食事でもしようということになる。だが、だれひとりとしていいだす者もなく、出されていた茶に手をつける者さえなく、ものの二十分ほどであっけなく話し合いは終わったのである。

さらにこの時期、力道山の周辺は大きく揺れ動いていた。

もっとも大きな収穫は、日本テレビが「ファイトメンアワー」と銘打って、ディズニーランド・フィルム特番と隔週で六月十五日から金曜日のゴールデン・アワーにレギュラー放送することを決定したことである。

力道山が狂喜したのは、いうまでもない。ところが、問題が持ち上がった。よりによって頼りにしていたスポンサー、八欧電機の態度が冷たいのであった。

八欧電機は、旗揚げ以来の大スポンサーである。それが、力道山が三年越しのルー・テーズとのタイトルマッチ契約を果たして帰国したというのに、なんの反応も示さないのだった。

それに加えて、最大の功労者だった宣伝部長の成瀬幸雄が、まったく突然、八欧電機を退社したのである。窓口を欠いた力道山は、途方に暮れた。成瀬こそは力道山にぴったりと寄り添い、陰に陽にたがいの恩恵をむさぼりあった仲だった。

一介の町工場ほどの規模でしかなかった八欧電機は、プロレス中継によって、テレビ受像機部門では最大手の早川電機、松下電器についで堂々の三位に急成長をとげていた。それも成瀬の判断でスポンサーとなったためだった。力道山を〝ミスター・ゼネラル〟として前面に押し立てて売り出したゼネラル・ブランドのテレビ受像機は、飛ぶように売れたのである。

成瀬の突然の退社は、力道山に近づきすぎたあまり、リベートの噂などが流れたからだといわれている。

ともかくも、国民のプロレスへの熱狂的なボルテージに比例して、テレビ受像機の需要も伸びに伸びたから、そのような問題が起こりうる土壌は充分にあったのである。

昭和二十九年には五万台でしかなかったのが、三十年には三倍以上の十七万台、三十一年には四十二万台、そしてこの三十二年には百万台に迫る勢いだった。以後も激増することは、確実であった。だが、プロレス興行そのものは、退潮の一途をたどっていたのである。

八欧電機は、力道山との提携の目的をほぼ確立してしまったいま、なにかと噂のたえない成瀬宣伝部長を切り、力道山に対しても冷淡になっていた。

そうして、日本テレビの「ファイトメンアワー」のスポンサーにはならない、十月のルー・テーズ戦の放送はＴＢＳでやってくれ、といってきたのである。

「そのために、力道山とのあいだには、ちゃんと契約を結んでいる」

とまで明言したので、日本テレビは力道山に注目した。

「ファイトメンアワー」を企画した日本テレビの戸松信康プロデューサーは、あわてて力道山から事情を聞いた。

浮かび上がってきたのは、いかにも力道山らしい問題であった。

渡米前、八欧電機を訪ねた力道山は、八欧電機から三百万円もの〝餞別《せんべつ》〟を受け取っていたのである。八欧電機はそれを指して、ルー・テーズとの世界選手権契約の前渡し金というのだった。

この時点で戸松は、スポンサーなしの自前放送という異常事態を覚悟した。

日本テレビが独占中継を勝ち取るためには、そうするほかなかったし、さらにTBSとのプロレス放映権争奪戦に完全に勝利するためには、力道山にその三百万円を叩き返してもらい、八欧電機と絶縁してもらわなければならなかった。

力道山は、悩みに悩んだ。スポンサーなしの出血放送に踏み切るという英断を下してまで、プロレスのレギュラー番組化に情熱をたぎらせる戸松と日本テレビに対して、やはり力道山も決意しなければならなかった。

三百万円の小切手を、使いに持たせて八欧電機に走らせた。ついに絶縁することに踏み切ったのである。

八欧電機は、むろん受け取らなかった。小切手を突き返してきた。

力道山はもどってきた使いから小切手をむしりとるや、それを郵便で八欧電機に送りつけ、一方的に絶縁を宣言したのであった。

麴町《こうじまち》の日本テレビに車で乗りつけると、会長室に飛びこんだ。日本テレビ会長の正力松太郎の前で、力道山は深々と頭を下げた。

「先生、このたびは、たいへんご迷惑をおかけいたしまして、まことに申しわけございませんでした。八欧電機との関係は、わたしが責任をもってきれいにしました。この件で、いっさいのご迷惑は、もうおかけいたしません。プロレス安定路線確立のためのテレビ企画は、いっさいおまかせしますので、どうぞよろしくお願いいたします」

正力は、その態度に満足した様子だった。

「力道山君、日本人の誇りを回復してくれるのは、きみのプロレスなんだよ。日本テレビは、最初からきみのプロレスの中継をやってきた。プロレスとともに歩んできたという自負がある。これからも精いっぱい活躍して、国民に勇気と力を与えてやってくれ」

大正力とまでいわれる読売王国の首領は、力道山のプロレスとプロ野球巨人軍だけは、なにがあっても潰してはならないと社内に徹底させていたのである。

TBSはことの顚末《てんまつ》を聞き、怒りもあらわにはっきりと宣言した。

「力道山およびプロレス興行とは、今後いっさいの縁を切る」

その言葉どおりTBSは、プロレスの取材にすら、以後まったく手を出さなくなった。

日本テレビは、スポンサー探しに躍起となった。だが、おいそれとレギュラー番組のスポンサーに名乗りをあげる企業など、あるはずもなかった。莫大な金がかかる。

その間、戸松は飛び回り、そごう百貨店を通じて、三菱電機とコンタクトをとった。正力松太郎の同意も得てあった。

なにゆえに三菱電機だったかといえば、この三十二年五月に竣工したばかりの有楽町の読売会館新築工事に、三菱電機の協力を得ていた関係があったからである。重電関係ばかりでなく、家電にも力を入れている三菱電機のような大メーカーなら、なんとかスポンサーになってくれるのではないかと考えたのだった。

戸松は力道山をつれて、丸の内の三菱電機に行った。

社長の高杉晋一、副社長の関義長、常務の大久保謙の最高首脳陣は、すでに来社の意図はわかっている。正力からじきじきに、力道山プロレスによる社会的志気の振興という役割をになってほしいと説得されていた三人は、長期的な企業戦略もふくめて、その呼びかけに大きく傾いていた。

戸松は、三人の最高首脳にいった。

「ご承知のとおり、力道山君はプロレスを通じて、日本国民の自覚と誇りを取りもどし、日本人の生活に活力と潤いをもたらしています。日本は講和を果たしたとはいえ、真の独立はまだまだです。力道山君は、プロレスを通じて、日米親善の架け橋をつくっています。彼は人間としても立派ですし、われわれが支援して、その道をまっとうさせたいと思います」

高杉社長が、はっきりと答えた。

「力道山君の古武士のような人柄は、まったく魅力的ですよ。ちょうど読売会館もできあがったことだし、正力さんとも話し合って、力道山プロレスを、わが社が応援することにしたい」

大久保常務も、すぐにそのそばから付け加えた。

「力道山君のプロレス放送は、視聴率も高く、健全でもあるし、スポンサーとして、わが社のイメージにも合う。わたしも力道山君の精進ぶりに、つくづく感心しています」

そして力道山を見ると、

「あなたがプロレスをつづけるかぎり、三菱もプロレス番組を応援していきますよ」

と微笑んだ。

こうして、ついに三菱電機が、「ファイトメンアワー」のスポンサーになることが決定したのである。

力道山は、ここでも深々と頭を下げ、

「このご恩は、忘れません。本当にありがとうございます」

と総身から礼をいった。

三菱電機を出たあと、力道山は輝くような表情で戸松信康を見た。

「戸松さん、これでわたしも安心しました。これまでも、みなさんのおかげで努力をつづけてきましたが、やっぱりテレビに密着したプロレスでなければ成り立ちません。プロ野球とはちがうんですから。三菱さんの協力は、なによりの賜物です。ルー・テーズとの世界選手権は、かならず成功させてみせますよ」

六月十五日、「ファイトメンアワー」は、三菱電機の一社提供ではじまり、力強い新時代の第一歩を切りひらいていこうとしていた。

大成功! ルー・テーズとの世界選手権

八月には、やはり日本ではじめて〝黒い魔神〟と異名をとる巨漢の黒人レスラー、ボボ・ブラジルを招き、退潮ムードにあったプロレス興行を一気に盛り返し、テーズ戦へといやがうえにもファンの期待感を煽った。

テーズ戦は、日本プロレス興業株式会社の社長以下役員をしりぞいた日新プロ社長の永田貞雄、吉本興業社長の林正之助、吉本株式会社社長の林弘高兄弟の三人と、力道山とのあいだでおこなう最後の興行でもあった。

三人対力道山の歩合興行で、永田ら三人は総売上げの五五パーセント、力道山はひとりで、四五パーセントを手にすることが確約された。

永田たちの五五パーセントには、会場費をはじめ、宣伝費、設営費などの経費いっさいがふくまれていた。

力道山の四五パーセントには、テーズへのギャラ、旅費、滞在費がふくまれていた。ところが、テーズの来日が迫ったある日、力道山は突然、永田らに「あと五パーセントよこせ」と申し入れてきたのである。

永田は、わざわざこの件で、東京から力道山が宿泊している大阪の新大阪ホテルに乗りこんだ。林兄弟も、いっしょであった。力道山は、さかんに窮状を訴えてきた。

「大変、金がかかって、もうどうしようもないんです。テーズのギャラが、めっぽう高くて、なんとか抑えてもらったんですが、それでもまだどうしようもなくて……お願いします。あと五パーセント、譲っていただけませんか」

「そりゃあ、リキさん、おたがいさまじゃないか」

一番年長の林正之助が口をはさんだ。

「こっちだって、膨大な金がかかっとるんや。チラシだって、チケットだって、いっぱい刷った。当初予定しとったより、何倍も金がかかっとる。会場だって、東京は後楽園球場、大阪は扇町《おうぎまち》プールやでえ。そら、ものすごい出費や。しかも、こっちは三人で、五割五分や。リキさん、ちょっとあんた、虫がよすぎやあせんかい」

ところが、力道山は自分のことをいうだけいったあとは、貝のように口を閉じてしまったのである。

林がなにをいっても、答えない。

大阪で「吉本」といえば、知らぬ者はない。当年とって五十八歳、なかなか話もうまい。力道山も計り知れないほどの恩を受けている。が、その林がいくら説得しても、力道山はじっと下を向いて、咳《せき》ひとつしない。

永田は、歯ぎしりするような思いであった。

〈なんというやつだ。よくもまあ、こんな態度が取れるもんだ……〉

二十分、三十分と過ぎていくのだが、力道山はついに、岩のような姿勢を頑として崩さなかった。

選手がリングの上に立たなければ、興行は打てない。結局、永田ら三人は、五パーセントを譲らざるをえなくなった。

力道山は、まんまとひとりで、総売上げの半分を手にすることになったのである。永田は、胸の奥を掻《か》きむしられるような思いであった。

〈別れ際くらい、きれいさっぱりすればいいものを……〉

ところが、さらに新たな問題が持ち上がった。

住吉一家の泥谷直幸が、使いを永田のもとによこして、こう伝えてきたのだった。

「お別れ興行するのなら、死んではいるけれども、そこに一枚、新田新作の立場を挟んでくれればいいじゃないですか。売上げのなかから、新田さんの仏前に、いくらかあげてもらったらどうでしょう」

永田は、またも頭を抱えこまねばならなかった。泥谷は、力道山とつかず離れずの関係だった住吉一家三代目の阿部重作とはもちろん、新田とも親しかった。永田も、むろん知っている。

いまさら、新田のことを持ち出されても……と思ったところで、たしかに力道山にとっては大恩人である。初代日本プロレス協会理事長と、日本プロレス興業の社長もつとめた。泥谷の申し出には、たしかに大義名分がある。

東京にいる林弘高と連絡をとり、泥谷と会うことにした。

赤坂の料亭「千代新」に、三人が会したのは、まもなくのことであった。

四、五十分ほど、世間話をしているうちに、潮時をみて泥谷が話を切り出してきた。

永田は、そこで婉曲に断わった。

「お話はごもっともだけれども、経費がどれだけかかるかはっきりしていないし、テーズ側の条件もきびしい。ですから、ここで即答はできません」

だが、泥谷もその道のプロである。大義名分があるのだ、やるならやってみろと、一歩もあとへ引かない。

「永田さん、もうプロレスは、やらんといってたんじゃないんですか。ところが、テーズ戦の興行はやるという。それなら、そこに新田さんのことを考えてやってもいいでしょう。でなければ、興行をやるなんておかしいじゃないですか」

「それは社長をやめるという意味ですよ。やめてからは、別の立場でプロレスをやることがあるかもしれませんよ。わたしも興行師ですからね。それに、テーズ戦のことは、もうリキと話がついてますよ」

「じゃ、興行はやるんですね」

「そりゃあ、合う商売ならやりますよ」

「それじゃあ、やんなさい！」

泥谷は、席を立って出て行った。

「泥谷さん！」

林弘高があとを追いかけたが、すでに泥谷は玄関から姿を消していた。

この話は、またたく間に、その道の世界に広がった。

あいだを取り持つ別の組の人間が、出てきた。これ以上、問題をこじれさせないためにも、永田のほうとしても、ここらで手を打たねばならなかった。

結局、総売上げの五パーセントを、新田の仏前に供えることになった。

永田は、そのことを力道山に伝え、半々の二・五パーセントずつを出し合うことで話を決めた。

こうして、日本初の世界選手権試合は、華やかな装いの陰で、金銭をめぐる暗闘を繰り広げながら、ようやく開催にこぎつけたのであった。

九百七十七連勝という大記録を打ち立て、〝鉄人〟または〝不世出の名レスラー〟と称賛されるNWA世界ヘビー級チャンピオン、ルー・テーズは、昭和三十二年十月二日、フレッダ夫人をともなって、ついに日本のファンの前に姿をあらわした。

羽田空港には、スポーツ紙だけでなく、一般紙の記者たちまで取材に殺到した。都内の目抜き通りを、オープンカーに乗ってパレードする世界王者に、沿道につめかけた人々は歓声を送り、さかんに紙吹雪を投げて歓迎した。それほどにテーズ来日は、日本中をわかせた社会的事件だった。

翌三日夜、テーズ夫妻歓迎のレセプションが、丸の内の東京会館でおこなわれ、その席で酒井忠正が引退して空席となっていた日本プロレス・コミッショナーに、自民党副総裁大野伴睦《おおのばんぼく》の就任が発表された。

大野は、副総裁に就任してからというもの、党務に専念すると宣言し、それまで何十とあった役職をすべて降りていた。その大野を口説きに口説いて連れてきたのは、コミッショナー事務局長の工藤雷介であった。大野とは古くからの知己だった。

大物政治家のコミッショナー就任は、力道山にとって大きな力となった。大野はレセプションの席で、こんな挨拶をした。

「わたしは、プロレスが好きだからよく見るが、コミッショナーの仕事については知らない。自民党副総裁になってからは、党務に専念するため、一切の役職を辞めたが、今回たっての要望に動かされて引き受けた」

顔には笑みすら湛《たた》え、ご満悦の様子だった。

力道山は九月二十八日から、箱根の芦ノ湖《あしのこ》畔で異例のキャンプを張った。テーズに近い体格を持ち、屈指のテクニシャンである吉村道明をパートナーとしてつれて行き、特訓に明け暮れた。

沖識名《おきしきな》の指示どおり、ロードワークを中心に据え、減量にもつとめた。テーズの動きについていくためであった。力道山にとっては、はじめて経験する、細心の注意を払ったトレーニングだった。

世界選手権試合は、東京の後楽園球場と、大阪の扇町プールの二カ所でおこなわれる。

十月六日、第一回目の後楽園決戦は雨が降り、翌日に順延になった。

力道山にとっては、少しばかり幸運な雨となった。前日、空手チョップの練習で右手の甲を痛め、水を抜いたばかりであった。試合が一日延びたおかげで、六日中に腫《は》れが引いた。

十月七日、後楽園球場には、プロレス史上はじまって以来の、二万七千人もの大観衆がつめかけた。

試合は白熱の攻防となった。たがいの得意技をかわし、虚々実々の駆け引きが展開された。が、さすがにテーズは試合巧者で、力道山を引っ張った。十五分を過ぎたころには、力道山は全身から滝のような汗を流していたが、テーズは汗ひとつかかず、充分に余力を残していた。

三十分が経過した。力道山が不用意にヘッドロックでテーズの頭を左の腋の下にとらえたときである。力道山の腰に両腕を巻きつけたテーズはそのまま持ち上げ、後方に体を反りかえらせて、力道山の後頭部をしたたかにマットに打ちつけた。日本のファンにとっては伝説となっていた、バックドロップがついに爆発したのであった。

だが、テーズの腰の位置が低かったため、力道山は救われた。落差が少なく、首と肩から落ちた。また、テーズ自身も後頭部を打って、フォールの体勢に入ったのは数秒経ってからだった。

カウントが入ったが、力道山は必死の反転でロープに逃れた。

以後、力道山は、けっしてバックドロップを喰わなかった。相撲が生きた。テーズが仕掛けようとすると、力道山は、テーズの足に自分の足をからめて阻止した。相撲でいうところの「かわず掛け」の応用であった。

テーズが仕掛ける。力道山が阻止する。この攻防に、二万七千の大観衆は、熱狂した。

最後は空手チョップで果敢にテーズを追いこみ、何度もダウンを奪った。観衆はダウンのたびに、レフェリーのカウントに合わせて声を張り上げた。

六十分フルタイム闘った両者は、時間切れで引き分けた。だが、観衆は、はじめて見た世界王者がまぎれもなく不世出のレスラーであることを思い知り、その王者と互角、いやそれ以上にわたり合った力道山の実力を認めたのだった。

第二戦目の大阪決戦は、それから六日後の十月十三日であった。扇町プールには、後楽園球場をはるかに上まわる三万人もの大観衆が集まった。

六十分三本勝負でおこなわれた世界選手権試合は、一本目をテーズがバックドロップからの体固めで取り、二本目を力道山が、空手チョップの水平打ちで奪った。三本目は、両者もつれあって場外に転落し、カウントアウトで両者ノーコンテストとなった。ここでも結局、引き分けに終わったのである。

そのころ、リングアナウンサーをつとめていた小松敏雄が、ルー・テーズの魅力を語る。

「テーズというレスラーは、すばらしいレスラーだった。バックドロップも技として絶品だったが、ドロップキックも絶品だった。ジャンプしたとき、きれいに両足が空中でそろってね、相手の選手にはシューズの裏の真っ白い部分が見えるんです。胸に当たるタイミングが、これで計れる。そうして当たった瞬間、大きく後方にのけぞって倒れる。花火のように、ふたつの体がきれいにはじけて、客を魅了した」

二度の世界選手権を終えた力道山は、テーズとともに地方を巡業してまわった。どの会場も満員の盛況で、退潮ムードのプロレス人気を一気に盛り返した。

さて、しかし、大阪の二度目の選手権試合が終わったあとで、力道山はこれを最後に別れていく永田らに対して、またも苦々しい思いを味わわせた。試合が終わった夜、宿泊先の旅館では、異様な光景が現出したのである。

力道山が送りこんだ者たちが大勢やって来て、集まったチケットを細かくチェックしはじめたのだった。

永田は茫然とその光景を眺めながら、割り切れぬ思いでいっぱいになった。

〈なんということか……興行は、おたがいが信用しあって打つものなのに、こんなことをするなんて……〉

興行が終わったあとで、いちいちチェックをするような、いやらしいことはしたためしがない。

徹底的にチェックしていくその作業を見ながら、歩合興行ということで、力道山が持ち前の猜疑心をあらわにしてきたにちがいないと、永田は思った。

〈最後の最後ぐらい、きれいに別れればいいものを……〉

林兄弟もあっけにとられ、ただ茫然と見守るばかりであった。

「いやな男だな……。リキのやつ」

林正之助がつぶやいた。

力道山の生みの親、育ての親の永田は、どうしようもない不快感を抱きながら、力道山とプロレスから離れていったのである。

東富士もまた、結局は昭和三十四年に正式にプロレス界を去っていく。後ろ楯であった新田新作の記憶が、人々の心からすっかり消えていったころである。プロレスがようやく本格的な隆盛期を迎えたとさとるや、それまで必死に東富士の引退を食い止めていた力道山は、引き止めることもしなかった。

第三章　栄光と翳《かげ》

てめえばかりいい格好しやがって！　豊登《とよのぼり》激怒

力道山は日本の英雄となり、プロレスはすっかり定着したかに見えた。だが、昭和三十年を過ぎても、日本はまだまだ〝独立〟を勝ちとってはいなかった。

日本から外国への観光旅行は、まだ認められていない。アメリカならアメリカのしかるべき人物の正式な招待状がなければ、渡航できなかった。たとえ渡ることができても、三百ドルしか持っていけなかった。

その時代に、力道山は何度となくアメリカに渡ったのである。それもこれも、プロレスのためであった。

華やかな名声をほしいままにしながら、力道山は経営者として、ファンのおよそ想像のつかぬところで奮闘していた。

外人レスラーを呼んでも、日本に滞在できるのは、二カ月がリミットだった。しかも、呼んでこられるのは、ギャラの問題もあって、多くてもせいぜい四人が関の山だった。

日本テレビのレギュラー放送は隔週で、夏と冬は客の入りが悪くなるのでそれほど興行は打たず、そのために年間の試合数は六十試合から七十試合と、二百試合近くこなす現在にくらべたら、おどろくほど少なかった。

レスラーを二十人以上かかえる力道山としては、台所は火の車であった。それでも、自分の秘蔵っ子のようにかわいがっている豊登には、一試合五万円ものギャラを払っていた。芳の里と遠藤幸吉には三万円、ユセフ・トルコには一万円、吉村道明には五千円……若手は千円ていどにおさえていた。

外人レスラーに支払うギャラも、大変だった。支払いは、円でしかできないと決められていた。ドル払いは禁じられていた。しかも、一日一万円までであった。

だが、外人レスラーたちは、だれもがドルによる支払いを求めた。当然だった。敗戦国日本の円など、紙切れ同然だったのである。

「はじめのころは、大変でした」

と語るのは、力道山のデビュー当時からプロレスとかかわり、リングアナウンサーやレフェリーをつとめていた小松敏雄である。

「力道山から、これを頼む、といわれて千円や百円札の束をわたされる。ようするに、これをドルに替えてこい、というわけです。しかし、そんな大金を替えてくれる機関は、どこにもない。それで、ぼくは横浜に行くわけです」

そこには、進駐軍相手のバーがある。何軒もつらなっている。小松はそこに飛びこみ、ドルと交換してもらうのである。

当時のレートは、一ドル三百六十円だった。が、もちろん、そこでは通用しない。闇ドルである。

一ドル四百円から四百二十円で、小松は交換してもらうのだった。

「いまだからいえますが、完全に外国為替管理法違反、犯罪ですよね。しかし、そうするしか方法がなかったんです」

闇ドルと交換する役目を負わされたのは、小松だけではない。事務方で力道山の秘書をしていた、長谷川秀雄もそうだった。

「ぼくは上野のアメヤ横町に、よく行きました。ある小屋に行くと、おばさんがいて、ドルと交換してくれた」

だが、それだけでは、どうしても足りない。そのためもあって、力道山はちょくちょくアメリカに行って試合をしなければならなかったのである。

当時、営業部長として、興行面のいっさいをまかされていた岩田浩がいう。

「力道山は、アメリカでレスラーとして稼いだドルを、ハワイにある銀行、バンク・オブ・ハワイにかならず預金していたのです。日本でのシリーズを終えて帰るレスラーたちに、小切手を書いてわたし、それをアメリカ本国に持ち帰ってもらって、バンク・オブ・ハワイで金にしてもらう。そういう方法をとっていたんです」

それもいいが、しかし、もう少しうまい方法がないものかと考えたあげくに出てきたのが、沖縄であった。営業担当の岩田ならではの名案だった。

沖縄は、アメリカの支配下にあった。昭和三十二年一月に、はじめての沖縄遠征をおこなった。世界王者ルー・テーズ来日の八カ月前のことだった。

米軍慰問の名目でおこなった沖縄巡業は、那覇のバスセンターに連日、二万人近くもの観衆を集めた。アメリカのレスラーを空手チョップでなぎ倒す力道山は、沖縄の人々にとっても、大きな希望の光だった。

その後、テーズ来日の際も沖縄に遠征し、大成功をおさめた。以後、沖縄は、力道山のプロレスにとって、欠かすことのできない興行の地となった。

岩田浩が語る。

「外人レスラーには、日本本土での興行分のギャラを、沖縄で全額払うようにしたんです。わざわざ力道山ひとりが、ハワイやアメリカ本土に渡って、苦労する必要はなくなったんです」

力道山は、徐々に事業にも乗り出そうとしていた。昭和三十一年、秘書の吉村義雄は、力道山から指示をうけた。

「クラブをつくれ」

サッポロビールの取締役であった内多蔵人から、赤坂から乃木坂に向かうゆるやかな坂の左に、二百五十坪の土地を買いうけていた。

「ヨッちゃん、大丈夫かな……」

力道山は、はじめて乗り出す事業に、不安を隠さなかった。吉村は、設計からなにから、まかせてもらった。

「つくりはじめたところが、一千万の金が、建設会社に払えなくなったんですよ」

昇り龍の勢いであるはずだった。一千万円の金など、そのころの力道山にとっては、たいしたことではないはずだった。ところが、その金がない。工事はストップしてしまった。華やかな外見とは、うらはらであった。

岩田は吉村から電話をうけた。

「なんとか、金をつくれないかな。横浜の建設会社に払えなくて、困ってるんだ」

「いくらなの？」

「一千万」

「……わかった、なんとかしてみよう」

このとき岩田は、まだ力道山のもとに入ってはいなかった。俳優の長谷川一夫《はせがわかずお》、山田五十鈴《やまだいすず》らと「新演技座」をつくり、衣笠貞之助《きぬがさていのすけ》監督で「小判鮫」、マキノ雅裕《まさひろ》監督で「傷だらけの男」などの映画をつくっていた。吉村とは終戦直後からの知り合いで、力道山とも親しかった。

そのころ取り引きしていた、東横《とうよこ》線の都立大学駅にある、城南信用金庫《じょうなんしんようきんこ》碑文谷《ひもんや》支店に、岩田は力道山をつれてでかけた。

懇意にしている支店長の杉村に会い、事情を説明すると、一も二もなく融資するといってきた。

おどろいたのは、力道山である。

「助かります、ありがとうございます」

何度も何度も、杉村支店長に向かって頭を下げた。岩田が笑いながら、述懐する。

「あのときの力道山は、まるでコメツキバッタのようでしたよ。銀行が金を貸してくれるところだということを、力道山は知らなかったんですね。資本主義の契約観念など、まったくちんぷんかんぷんだった。見ず知らずの他人に、あっさり金を貸してくれるというので、力道山はびっくりして、何度も頭を下げたんです」

以後、城南信用金庫とパイプをつくった力道山は、そこから事業のための融資をうけるようになる。

「クラブ・リキ」として完成した赤坂でのはじめての事業は、大成功した。歌手も、松尾《まつお》和子《かずこ》らを輩出し、ジャズの生演奏は赤坂の夜をいろどった。

力道山もご満悦で、バンドのオーディションにも、かならず立ち会った。

「なんだ、あのコンガは。雇ってほしければ、あいつは馘《くび》にしろ。ベースはいいじゃないか、あれは絶対に代えたらいかん」

バンドマスターに、きびしい注文を投げつける始末だった。

深夜になると、酔っぱらってよくあらわれた。生演奏の終了時間まぎわが多かった。楽器をかたづけようとするバンドマンの態度を見て、せっかくおれが来たのに終わるのかと、寂しがり屋の力道山は決まって暴れだすのだった。

シンバルでバンドマンの頭を殴ったかと思えば、バスドラムを放り投げ、サキソフォーンを力まかせにねじ曲げた。

ふるえあがるバンドマンたちを睨みつけるや、ふところから大金をつかみだし、

「これで、あたらしいのを買え」

と渡した。

バンドマンたちも心得たもので、毎回力道山がやって来るたびに、ひと暴れを期待するようになった。なにしろ、それまで以上の、はるかにいい楽器が買えるからだった。

「おい、おまえの楽器はいくらだ」

そういって、力道山はひとりひとりに金をわたす。バンドマンたちは、恐縮した表情ながら、内心はほくほく顔で申告した。

そのなかに、新参のバンドマンがいた。かれは、むろん仲間から話を聞いている。いよいよ来たかと、手ぐすね引きながら打算をめぐらせるあまり、しばしの間があいた。

そのとき、すかさず力道山がいった。

「ばかやろう、おまえは修理代だけだ」

しっかり見抜かれていたのである。

一流のレスラーは、勘も一流だった。そんな力道山を、バンドマンたちは愛した。クラブ・リキには、いつの間にか、どんな玄人《くろうと》も一目おく一流ジャズ・プレーヤーが集まってきた。

レスラーとしての力道山は、ルー・テーズ戦を頂点にして、つねにトップでありつづけることに腐心《ふしん》していた。

豊登は、そのことをもっとも強く意識したレスラーのひとりだった。

「リキ関は、われわれには、けっして強くなる稽古をさせなかった。強くなれない稽古ばかりやらせましたね」

豊登らには、相撲やベンチプレスばかりをさせた。

「それでは、レスリングは強くならないんです。レスリングは、三百六十度全方位で闘うものです。しかし、相撲やバーベルだけでは、動きが直線的になってしまう」

その豊登たちの陰で、力道山はひとり、屈伸運動を黙々とこなすのだった。レスリングでいうところの、ヒンズースクワットである。両腕を膝を曲げるスピードに合わせて振る。膝は深く曲げる。これを千、二千とこなしていく。

あるいは腹筋運動でも、力道山だけはちがった。ふつうは仰向けにまっすぐに寝て、上体を何度も起き上がらせるのだが、力道山は同時に膝を曲げた脚も上げるのである。ちょうど起き上がった上体と、V字を形成する格好になる。

「このふたつの方法は、全身をつかった運動です。どこか一カ所だけを、鍛えるものではありません。これをやると、心臓も強くなり、持久力がつく。一瞬では決まらない、長丁場のレスリングにはもってこいなんです。選手生命も、はるかに長持ちする。全身運動ですから、直線的な動きにはつながらない。全方位に向かって闘うことができる、筋肉のバランスが生まれる。しかし、リキ関は、ぼくらにはやらせなかった。ぼくらがリキ関より強くなっては、困るんです」

試合前三十分になったら教えてくれ、と豊登は力道山にいわれていた。教えると、桐の箱から黄色いカプセルをとりだして呑んだ。

「これを飲むと、チンポが立たないんだ」

と力道山がいった。

あまりの興奮質を、自分で抑えようとしていた。そして、うまく試合をはこべるようにと、その薬を飲むことで、自分に暗示をかけていた。

唾を吐くと、血がまじっていた。熱がよく出た。腿には、血の瘤ができた。相撲取り時代に患《わずら》った、肺ジストマの後遺症である。興奮すると、てきめんだった。

試合のとき、力道山とタッグをよく組んだ豊登は、インターバルのあいだに、何度かアドバイスをしたことがある。

「テレビに映ってるんですから、もうちょっと元気をだしたほうがいいですよ」

すると、力道山は肩で息をしながら、こういってきた。

「トヨ、そういうな、きついんだよ……」

そんな満身創痍《まんしんそうい》の力道山を見るたびに、豊登は、強くなるための稽古をさせてくれない力道山への苛立《いらだ》ちをおおい隠した。それでも、自分が力道山の引き立て役にさせられてしまったときには、ついかっとなってしまう。

外人レスラーにこてんぱんにやられてみせ、力道山にタッチした豊登は、例によって空手チョップで敵をなぎ倒し、やんやの喝采をあびる力道山に、ついに一度だけ罵声をあびせたことがある。

「なんだ、てめえばかりいい格好しやがってえ！」

大観衆の歓声で、その声はかき消された。

試合が終わり、汽車に乗ったとき、ふいに力道山が豊登にいってきた。

「おい、トヨ、勘弁してくれよ。試合中に、おれとおまえが喧嘩したら、どうなるんだ」

はっとした。心からおどろいた。力道山には、あのときの罵声が聞こえていたのである。

「すいません」

豊登は頭を下げた。本当に悪かったと思った。

「あの人は、何万もの大観衆の声援をうけて、どんなに激しい試合を闘っていても、客の野次までちゃんと聞こえている。一本目が終わって自分のコーナーに帰ってくると、あの客の野郎、こんちくしょうと、悔しそうにしている。ぼくがあびせた罵声も、ちゃんと聞こえていたのに、そのときは試合のことを考えて、聞こえていないふりをしていたんです」

世紀の大誤報、力道山世界チャンピオン獲得！

豊登のはじめての渡米は昭和三十二年で、力道山とふたりだけの旅であった。

まずハワイのホノルル空港についた。税関では、敗戦国の日本人はいちばんあとまわしにされる。豊登は、力道山にいった。

「関取、コーリャンといえば通れますよ、お先にどうぞ」

「ああ」

力道山にとっては、いつものことである。先に出た。豊登はそれから一時間半待たされたあげく、ようやく税関を出ることができた。

出たところで、力道山が待っていたのでおどろいた。

「関取、どうしたんですか」

自分のような後輩のために、一時間半も待っていてくれなくても、少しも不思議ではなかった。

「おまえは、ハワイははじめてだろう。迷子になったら、大変じゃないか」

力道山は、そういって笑った。

豊登は、試合で力道山の引き立て役をつとめなければならぬことへの苛立ちを、ときに力道山にたいして爆発させたりした自分のことを恥じた。

「リキ関は、一対一になると、ひとが変わったように、やさしくなった。ひと一倍、神経の細かなひとだから、苦労をかけていることを、陰ではすまない、と思っていたんでしょう。だれかひとりでも他人が入ると、威張りだすひとでした」

慣れていない洋食の食べ方も、手とり足とり教えてくれた。

「スープは、皿を持って直接飲んじゃ駄目だぞ。スプーンですくって、音をたてずに飲めよ」

「口をあけて、くちゃくちゃやって食べるなよ。口を閉じて、音をたてないで食え」

欧米の流儀など露《つゆ》知らぬ、相撲取りあがりの豊登を、そうやって微にいり細をうがち教えるのである。

豊登には、力道山を見るにつけ、おどろかされることが、たびたびあった。

「関取、やっぱりこれからは映画ですよね。どこに行っても、映画館は満員ですよ」

と力道山にいったことがある。まさに昭和三十年代は、映画の全盛期であった。

ところが、力道山は、ちがうというのである。

「映画は、やがて駄目になる。テレビが映画を流すようになるし、ドラマにも食われていくぞ。見てればわかる」

あんなに客が入っている映画が衰退するなどとは、豊登にはとても信じられなかった。

「リキ関は、何度もアメリカに行って、テレビがどれほどの力を持っているのか、知っていたんですね。それにしても、あんなこと、にわかにはとても信じられなかった。ところが、実際にまもなく映画は衰退していったんですね」

ある年、徳島の阿波《あわ》踊りに行った。力道山は、あらかじめ主催者から色紙を頼まれていた。力道山は、文章が苦手だった。

「おい、トヨ、おまえ考えろ」

豊登は力道山のちょっとした知恵袋でもあった。歴代天皇の名を現在にいたるまですらすらと暗唱して教えたり、政財界人の家系図を教えたりと、じつに奇妙な才能の持ち主だった。それで力道山も、豊登をそばに置きたがったのである。

豊登は俳句を書こうと思った。時間がないので、あわててつくった。

『我もまた皆と楽しく阿波踊り』

ちがう、ちがうと思いながら、時間に追われて力道山にわたしてしまった。力道山は、主催者にわたしした。

そのあとで、豊登は気がついた。

「ああ、しまった、と思いました。『我もまた』じゃなかった、『明日の世は』とするべきだったんです」

未来への希望を書きこみたかった。どうしても、それをあらわす的確な語句が見つからずに、そのまま『我もまた』で出してしまったのである。

『明日の世は皆と楽しく阿波踊り』

こうするべきだった。

「『我もまた』などと書けば、いかにも威張っているように見られるでしょう」

それが、いまだに豊登にとって、力道山に対する悔恨になっているという。

いまだに豊登は、力道山の夢を見る。それも決まって、おなじ夢である。

「リキ関は、髭《ひげ》がすぐ濃くなるんです。夢にも、髭をのばしたリキ関が出てくる。『関取、そんなに髭のばしてちゃ、駄目ですよ』とぼくがいうと、リキ関はこう答えるんです。

『いや、ちょっと世界中をまわってたもんだからな……』。やっぱりリキ関は、どこかでちゃんと生きてるんだなと思いますよ」

さて、昭和三十二年十月のルー・テーズ戦で、ようやく盛り返したプロレス興行は、その後も隆盛をつづけるかに思われた。だが、またも翳《かげ》りが襲ってきた。

テレビ中継があるというのに、客が入らない。仕方なく、通りを歩いている人々を、ただで会場に引きこんで、なんとか体裁をつくろうことさえあった。

後楽園の柔道場を借りて興行を打ったのはいいが、客の入りがあまりにも悪く、わずか八万円の会場費を払えないという事態まで起こしてしまった。

テレビ中継のスポンサーである三菱電機は、しばらく中継を中止することを決めた。

力道山は、またも頭を抱えこまなければならなかった。

そこにいい報せが、海の向こうから入ってきた。アメリカのグレート東郷からだった。

「ルー・テーズが、挑戦を受けるかもしれない」

一年前の秋、日本ではじめておこなったテーズとの二度にわたる世界選手権試合のとき、力道山はテーズに、もう一度チャンスをくれ、といってあった。アメリカでの交渉は、テーズ招聘に一役買ってもらったグレート東郷に頼んでいたのである。

日本のプロレスは、まだまだだった。アジア選手権まではつくって力道山がチャンピオンになってはいたが、やはり「世界」の名のつくタイトルを持たなければ、ファンははなれていく。

それにテーズには、日本でのノンタイトル戦で、二度敗れていた。十月十六日の広島、十七日の神戸で、いずれも二対一と敗北を喫し、力道山は一度もテーズに勝てなかった。「世界最強の男」と万人が認め、力道山自身も認めるテーズを、どうしても倒したい。それによってしか自分の評価は得られない、と考えていた。

昭和三十三年七月六日、力道山は八度目の渡米の途についた。テーズに勝って、なんとしてでも日本のプロレスに光明をひらこうと意を決していた。

それから一カ月後の夏の真っ盛り、じつに不可解なことがあいつぐのである。それもまた、アメリカからの一本の電話ではじまった。

盆前の八月十日、日本プロレス協会コミッショナー事務局長の工藤雷介のもとに、アメリカの力道山から電話が入った。工藤はそれを、後援社であるスポーツニッポン新聞社編集局長の宮本義男につたえた。

「NWAのタイトルに、力道山が挑戦することになった。八月二十七日、場所はロサンゼルスのオリンピック・オーデトリアムだ」

宮本編集局長は、ちょっと不審に思った。というのも、調べてみるとテーズはこのとき、NWAの世界タイトルを失っていたのである。力道山と日本で闘った直後の前年十一月十四日、カナダのトロントでのタイトルマッチで、新鋭のディック・ハットンに敗れ、王座をあけわたしていた。

　ということは、テーズへの挑戦に燃えて渡米したはずの力道山は、現王者のディック・ハットンに正式に挑戦することになったのだろうか。

　宮本はすぐにアメリカの力道山に、国際電話を入れた。力道山の答えは、つぎのようなものであった。

「ハットンへの挑戦が、決まったというわけではない。その前に、ハットンはテーズのリターンマッチを受ける。自分の挑戦は、その勝者に対する挑戦で、相手がだれかは決まっていないので、文書による契約はない」

　つまり、正式契約が取り交わされているわけではないのである。

　それにしても、なにゆえに、正式にNWAのタイトルに挑戦が決まったといってきたのであろうか。なにかしら、歯切れの悪さが残った。

　しかし、八月二十八日の夕刻、日本には、力道山がテーズを破って世界タイトルを獲得した、という朗報がもたらされるのである。

　その時刻、アメリカは二十七日の真夜中である。ちょうど十七日前、力道山が世界タイトル挑戦の期日と場所を告げてきた、その日であった。

　当時、唯一のプロレスリング専門誌「ファイト」の主宰田鶴浜《たづはま》弘《ひろし》は、日本橋人形町の力道山道場から電話を受けた。かれは、その著書「力道山・テーズ血闘と友情の記録」に書いている。

『私は胸、おどらせて受話器をとると矢っ張りそうだった。受話器から、はずみ切った声がガンガンひびいてくる。

「えらいことになったぞ……リキさんが、とうとう世界チャンピオンだ……とにかく知らせておく……」

「え……やっぱり……おめでとう……」

私がいい終わらぬうち、先方は忙しいのだろう電話を切った。

(中略)私がプロレス・センターに着くと「相手はルー・テーズだ」と聞かされ、多分テーズがリターン・マッチでハットンから王座を取り返したのだろうと思った。

「試合経過は?」

「二—一でリキさんが勝ったというだけで、くわしい経過はまだ入らない」』

だが、二—〇という情報もあれば、一—〇のまま時間切れで力道山が勝ったという情報も混じってきて、はっきりしたスコアがつかめなかった。

日刊スポーツ新聞記者の鈴木庄一は、直接、ロサンゼルスの力道山に国際電話を入れた。

力道山が電話に直接、出てきた。かねてから親しい仲である。力道山の声は、はずんでいた。

「勝っちゃったよ、テーズに勝っちゃったよ！」

それが力道山の第一声だった。

「おめでとう、で、スコアは？」

飛び交う日本での情報を断ち切らねばならなかった。

「二対一だよ！　八月三十一日には、羽田に帰りつくよ。あのテーズに勝ったんだよ！」

力道山は、興奮していた。

「ちょっと待って、隣に鶴岡さんがいるから。鶴岡さんもこっちに来ていて、おれの試合を見てくれたんだ」

「ええ、鶴岡さんが？」

鈴木は、おどろいた。プロ野球南海ホークス監督の鶴岡一人が、シーズン中にもかかわらず、どうしてロサンゼルスにいるのかわからない。

鈴木は、鶴岡の母校である法政大学の後輩で、学生時代にボクシング・バンタム級の学生チャンピオンとして鳴らしていた。そのころから、鶴岡との付き合いがあった。

電話口に出てきた鶴岡の声も、はずんでいた。

「見たよ、リキちゃん、勝ったよ！」

鶴岡もそういうのだから、まちがいなく力道山は勝ったのだ、と鈴木は確信した。ついに力道山は、世界最強の男を破って、ＮＷＡ世界チャンピオンになったのだ。

電話を代わった力道山に、鈴木は訊いた。

「ベルトは、どうした？」

「ああ、ベルトの話ってのは、駄目なんだよ。テーズにベルトをよこせといったら、三万ドル出せばやる、といってきやがった。一千八十万円だよ、そんな金はないし、外貨の枠があって、買うわけにはいかねえもん。だからベルトは、持って帰れねえよ。とにかく、おれはテーズに勝ったことが、ものすごくうれしいんだ」

力道山の声は、はじけ合う雑音を引き裂いて、鈴木の耳を激しく打ちつづけた。

翌日の八月二十八日、スポーツ各紙はいっせいに力道山の快挙を書きたてた。が、スコアはまちまちで、結局、鈴木の記事だけが当たっていた。

ところが、翌二十九日になって、様相が一変するのである。

ロサンゼルス発のAP、UPIなどの外電がはいってくるや、マスコミは事実確認のために、またもや奔走しなければならなくなった。

AP電は、つぎのように伝えてきた。

『八月二十七日夜、ロサンゼルスのオリンピック・オーデトリアムで、プロレス世界チャンピオンを自称するルー・テーズを、二－一で破った日本の力道山は、世界チャンピオンを獲得していない。この試合は、ノンタイトル戦で、タイトルマッチの契約などなかった』

ＵＰＩもまた、まったくおなじ内容であった。

ＮＷＡ世界選手権など、まったくの嘘だったのである。

だが、勝手に信じたのは、マスコミのほうだった。鈴木にしても、ロサンゼルスの力道山にわざわざ電話をかけたものの、それがＮＷＡのタイトルマッチだったのかどうか、確認していない。ただし、不可解なのは力道山がベルトのことを口にしたことである。鈴木には、それがなにを意味しているのか、はかりかねた。

大博打！　プロレス・ワールド・大リーグ

力道山、世界選手権奪取の報にわく日本のマスコミは、ＡＰ、ＵＰＩ電によって、文字通り背中に冷水をあびせられた恰好になった。

鈴木庄一は、確認を急いだ。すると、とんでもない事実が、浮かびあがってきた。

力道山が挑戦したルー・テーズは、ＮＷＡの世界タイトルを、ディック・ハットンに奪われたままになっていた。つまり、力道山は、無冠のテーズと闘っていたのである。

どうしたことかと、頭を抱えこんでいた鈴木のところに、アメリカの力道山から電話がかかってきた。ことのしだいを問いかける鈴木に、力道山はこう説明した。

「おれがテーズと争ったのは、ＮＷＡのベルトじゃない。テーズは、ハットンにベルトを奪われたままだったからな。しかし、テーズは、NWAからもうひとつベルトをあたえられていたんだ。会長のサム・マソニックが、長年NWAをささえてきたテーズの功績に報いて、あたえたものだ。世界チャンピオンとして、去年は日本にまで来て、このおれとタイトルマッチをやっている。世界的にタイトルの権威をひろめたということもあってね。インターナショナル・チャンピオンというんだよ」

そのタイトルをテーズを破って取ったのだ、と力道山はいうのであった。

だが、どう考えても、苦しい理屈である。テーズ個人の功績にたいしてあたえられたものを、どうしてほかのレスラーが争い獲得することができるのだろうか。その謎は、いまだに残されている。

力道山は、ひととおり説明すると、鈴木にいってきた。

「なあ、そういうことで、頼むよ……」

その言葉に、このタイトル騒動を仕掛けた力道山の底意をみようとするのは、いきすぎであろうか。

鈴木自身も、それ以上は、なにも語ろうとしない。

「アメリカでは、現実にレスラーが自分でベルトをつくっているんです。それも、すごくいいものを。力道山がテーズに勝ったのは、まぎれもない事実。彼はそれを、こころから誇りとしていた。しかし、タイトルマッチではなかった、ということです……」

日本のプロレス隆盛のために、力道山はだれよりも骨身を削って考えていた。そのためには、どうしても権威がほしかった。それが、まぼろしの世界タイトル奪取という騒ぎを演出し、いつのまにかインターナショナル選手権という、不可解な権威をつくりだしたのであった。

力道山のもとで、営業部長をつとめていた岩田浩がいう。

「しかし、力道山というひとにとって、目的はそればかりではなかったでしょう。ことテーズに関しては、そんなこと度外視で、なんとしてでもあいつと闘って勝ちたいと、そればかりを考えていたと思う。力道山というひとは、そういうひとですよ」

八月三十一日、力道山は帰国した。文字通りの凱旋《がいせん》であった。

羽田空港内で、即座に記者会見となった。

そこで力道山は、国際電話で鈴木庄一に話したことを、そのまま述べた。そして、輝くような表情で声を張り上げた。

「プロレスラーになって以来の宿願だった、打倒テーズを果たしたことが、最大のよろこびです。おれが勝ったんだよ、おれが！」

記者たちは、それ以上のことは、なにも聞き出せなかった。一介の記者ごときを、力道山はまったく相手にしなかった。鈴木のように、ボクシングの元学生チャンピオンで、大阪の支局長をつとめたほどの男でなければ、まともにとりあわなかった。

記者会見は、力道山の一方的なペースで終わってしまった。記者たちは、力道山の迫力に圧倒されっぱなしで、質問をはさむ余地もなかった。

まもなくして、都内のホテルで、王座獲得の記念パーティーが華やかにひらかれた。

力道山は、自分でつくった黄金のチャンピオンベルトを披露した。テーズが保持していたNWA世界王座のベルトと、そっくりだった。

王冠を模した楕円形のきらびやかなバックルを真ん中に、左右両側に三つずつ丸い金の装飾があった。そこには、さまざまな技を繰り出しているレスラーの姿態が彫りこまれてあった。

だれもが、溜息と感嘆の声をあげた。

ルー・テーズを破って、いわばNWA公認の〝第二代〟インターナショナル・チャンピオンとなった力道山は、これを最高の権威に高めていくために、血みどろの歴戦をかさねていくことを誓う。インターナショナル選手権をかけた闘いに、おのれのレスラーとしての魂を収斂《しゅうれん》させていく。

さっそく十月二日、蔵前国技館で、ドン・レオ・ジョナサンの挑戦を受け、一対〇で破り、初防衛を果たした。

以後、このタイトルは、日本プロレスの至宝となっていく。やがて、力道山最大の遺産ともなっていくのである。

これを機にしばらく中断していた三菱電機をスポンサーとする日本テレビの「ファイトメンアワー」も復活し、十一月の後楽園シリーズを毎週中継した。

ちょうどそのとき、力道山は芳の里をともなって、はじめてのブラジル遠征に出た。力道山のいないプロレスは、テレビ中継を見る者を閑散とさせた。

時代はなおも力道山に、試練を課してきた。なんとかつくりあげた世界的な権威も、まだまだ日本のファンを動かすにはいたらなかった。

十二月十七日、ブラジルから帰国してきた力道山は、またもや閑古鳥が鳴いている試合会場を見て立ちつくす。

四千五百万円の手形が落ちなくなって、あわてて三菱電機に飛びこんで借り出し、九死に一生を得たのも、このころであった。

今度こそ、なんとしてでも一過性ではない、プロレスの復興のための新趣向を考え出さなければならなかった。

営業部長の岩田浩も、窮状を訴えてきた。

「このままじゃ、どうしようもないですよ」

宣伝部長の押山保明をまじえて、力道山は知恵をしぼった。押山は力道山のために、惜しみなく心血をそそいだ人物である。

「このとき、力道山の頭にあったのは、やめていった日新プロ社長の永田貞雄さんのことでした」

と岩田が、そのときのことを述懐する。

「永田さんは、浪花節の興行で、かつて大成功をおさめているんです。昭和二十年代のなかば、全国から浪花節の一流どころを一堂に集めて、一大イベントを敢行した。これが大成功だった。力道山は、そのことをおぼえていて、プロレスであんなことができたら、と思っていた」

力道山のその考えがベースになった。

「アメリカから、いろいろなレスラーを集めてきて、相撲でやっているような総当たりの試合形式で興行を打ったらどうだろう」

力道山は、そういった。

押山が、ふっ切れたようにいった。

「ここは一発、博打を打ってみようじゃないですか。そんなに世界各国にプロレスがあるわけじゃないけれども、アメリカ一国だけで、レスラーは充分にこと足りるでしょう」

いったい、なにをいおうとしているのか、力道山には計りかねた。

押山の言葉に、耳を傾けた。

「プロレスの世界リーグ戦をやるんですよ。アメリカには、いろんな人種がいる。白人もいれば、黒人もいる。黄色いのもいる。イギリス系からドイツ系、フランス系、インド系、ペルシャ系、ラテン系……かぞえたらきりがないくらいだ。わざわざ世界各国をまわってつれてこなくても、アメリカ一国ですむ」

なるほどと、わかりかけてきた。

「イギリス系はイギリス代表、ドイツ系はドイツ代表といった具合にして、世界各国からの代表が日本にやってきたぞ、ということにするんですよ。そして、総当たりで戦う。プロレス世界一はだれか、という触れ込みでやるんですよ」

力道山も、押山のアイデアに乗った。

「よし、興行は大変だろうが、やってみよう。それしか手はないだろう」

「レスラーのことは、アメリカの東郷さんに頼んで、めんどうをみてもらえばいいでしょう」

「…………」

力道山は、黙ってうなずいた。グレート東郷のことは、どうしても好きになれなかった。金に汚いし、いつかは日本のプロレスを自分の手で、と思っているふしが感じられる。

が、このさい、そんなことなどいってはいられなかった。自分自身とプロレスの浮沈がかかっている。

十二月二十五日、力道山は全国に向かって、一大発表をおこなった。プロレスの隆盛をかけたその計画は「プロレス・ワールド・大リーグ」と名付けられた。

翌三十四年三月二十四日、力道山は、ワールドリーグ戦参加レスラーと契約をかわすため、単身アメリカに渡った。ロサンゼルスのグレート東郷と折衝し、東郷をレスラー招聘の窓口とした。

アメリカで折衝に当たっているあいだ、力道山は赤いマントに赤覆面の怪人レスラー、ミスター・アトミックを日本に送りこんだ。

覆面レスラーは、日本初登場であった。覆面に凶器を忍びこませての頭突きで、南米帰りの芳の里を血だるまにした。

ようやく家庭に普及しはじめたテレビに映し出された謎の怪覆面の姿は、折からの人気番組「月光仮面」の白い覆面姿とあいまって、子どもたちの人気をさらった。

ワールドリーグ戦前夜の呼び物として、時宜《じぎ》を得た興行となった。

四月二十日、力道山は帰国した。第一回のワールド・大リーグ戦の全貌が、そこであきらかにされた。

参加外人選手は、残留のミスター・アトミック、アジア選手権で力道山と血みどろの抗争を展開したジェス・オルテガをはじめ、なんと七人。それまで三人ほどだった規模を、はるかに上回った。

試合形式も、変わっていた。八分三ラウンド制が採用され、総当たりのリーグ戦であった。

　リーグの開幕は五月二十一日、千駄ヶ谷の東京体育館をふたあけに、全国主要都市を巡業し、六月十五日の最終戦でふたたび東京体育館に舞い戻るという二十六日間の大イベントであった。

　華々しい前人気にわいた。が、その陰で、力道山は不安な気持ちを、どうしても拭いきれなかった。

　これだけの興行を成功させることができるかどうか、考えれば考えるほど不安がつのってきた。

　脳裏に思いえがくのは、自分がやめるように仕向けたも同然の、永田貞雄の姿であった。

　力道山は、永田放逐に力を貸してくれた右翼の萩原祥宏に相談した。

「永田さんに協力してもらえないか、萩原さんのほうから、訊いていただけませんか」

　興行における永田の力は、絶大であった。これだけの大規模な興行には、どうしても永田の力が必要だと思われた。自分からは、とてもいうことができないので、萩原に頼んだのだった。

　萩原は、その場で永田に電話を入れた。電話口に出てきた永田は、

「そこにリキがいるんでしょう、代わってください」

といってきた。

力道山が出ると、永田はすさまじい勢いで、こと細かに力道山への恨みをまくしたててきた。

二時間、永田の攻撃がつづいた。

「協力など、いまさらできるものか」

と突き放された。

力道山は、黙って聞いていた。ようやく萩原に代わった。萩原は、丁重に何度も協力を願い出た。

さすがに永田も、ひと息ついたようだった。

「自分は出ていかないが、うちの者を貸しますよ」

といってくれた。

電話が終わったあと、そのことを聞いた力道山は、ほっと胸をなでおろした。

なにしろ永田は、関西の一大組織である山口組の二代目であった山口登と、兄弟分の盃をかわしていた人物である。関西の興行は、山口組が一手に握っている。三代目の田岡一雄とも、永田は非常に親しかった。

むろん力道山も、プロレス興行を通じて田岡とは親しかった。が、永田ほど深くはなかった。永田の協力をまがりなりにも得られたことは、その方面でもありがたかった。

五月二十一日、第一回ワールド・大リーグ戦が開幕した。

G・馬場《ばば》、A・猪木《いのき》、相次いで入門

初日の東京体育館のまわりには、入場できないファンが二千人もひしめいた。以後、最終戦までの二十六日間、どこの地方都市での興行も、大入り、札止めの連続だった。広島の呉《くれ》市では、なんと二万五千人もの観衆がつめかけた。大阪では、リングサイドの券が、ダフ屋の闇値でかるく一万円をこえた。

力道山の優勝で幕をとじたワールド・大リーグは、ジェス・オルテガ、エンリキ・トーレス、ミスター・アトミックの三人の人気外人選手をのこし、その後一カ月にわたって、全国で興行を打ってまわった。これもまた、大入り満員を記録した。

第一回ワールド・大リーグ戦と、その後の興行は、全国三十一カ所でおこなわれた。総入場者数はおよそ二十二万人、総水揚げ高は二億四千万円にものぼった。

以後、力道山は、ワールド・大リーグを恒例行事として、毎年つづけていく。開催するほどに、成功をおさめていった。プロレスは、完全に息を吹きかえした。

力道山にとっては、もうひとつの懸案がのこされていた。だれかひとに会うごとに、

「若くて、でかいのはいないか」

と訊いた。自分の後継者となるレスラーを、求めていたのである。

レスラーとして不動の地位をきずいた力道山は、事業家への転身を夢みていた。昭和三十四年の段階で、三十五歳である。二、三歳は確実に年齢を詐称しているといわれていることを考えれば、実際は四十歳近い年齢なのである。体力の限界を、感じはじめていた。

いちばん若い側近であった宍倉久は、よく明け方に力道山に呼び出された。かれは英語が堪能で、外人レスラー招請のための渉外を担当し、また「クラブ・リキ」の社長と「リキ・アパート」の総支配人も兼ねていた。

「力道山というひとは、寂しがり屋で、いつでもひとをそばに置きたがったんです。電話魔でもあった。クラブ・リキは、午前三時が看板でした。わたしは、それから家に帰る。すると力道山から、電話がかかるんです」

ちょっと来てくれ。力道山はそういうのである。

「本人は興行を終えたあとで一杯ひっかけている。それで家にもどってシャワーをあびて、そこでいろいろとアイデアを考えるんです。ダッコちゃん人形が流行《はや》ったときには、黒人選手ばかりを集めた興行を打とうといってきました。怪奇映画が流行ったときには、エジプトのミイラを真似したザ・マミーという包帯で全身をぐるぐる巻きにした選手を登場させた。そういうアイデアを思いついては、明け方の四時、五時に電話をかけてきて、わたしを呼びつけた。すぐに自分のアイデアを他人にいって、善し悪しを確認したいんですね」

宍倉は明け方に電話がかかってくると、力道山からの呼び出しだとわかるので、妻に電話をとらせた。

「もう、遅いので……」

と断わろうとすると、

「いや、ちょっとちょっと、すいません」

と丁重にいってくる。仕方なく宍倉が出るや、力道山は怒鳴るのである。

「チビ、なんだこの野郎、おまえの女房に頭を下げさせやがって！　はじめからおまえが出ろ！」

そうして、「来い」となるのである。

真夜中にわいてくるアイデアは、プロレスのことばかりではなかった。事業についても、つぎつぎと斬新なアイデアを出してきた。

「これからは、レジャーの時代だ。ゴルフが流行るぞ。ゴルフ場をつくろうじゃないか」

まだ、一流企業の社長でも、ゴルフはかぎられたひとしかやっていない時代であった。が、そうと決めるや、相模湖に土地を買い、宍倉とやはり側近の長谷川秀雄に、ゴルフ場建設をまかせた。

リキ・パレスには、ボーリング場もつくった。東京で三番目の早さだった。力道山は、アメリカに行っては、しっかりとこれから日本で事業として成り立つものをつかんできたのである。

「試合で殴られるたびに発想がわいてくるんじゃないか、と思えるほどでした」

とは宍倉の述懐である。また、力道山は、こんなことも語った。

「いまにきっと、海外旅行のブームがくる。いちいち羽田でチェックインの作業をしてちゃ、追いつかなくなるぞ。世田谷の池尻に、千坪の土地があるんだ。津村順天堂の土地で、買わないかといってきている。あそこにターミナルを建てたらどうだろうか。あそこだと高速道路の入口もすぐだから、車で乗りつけてチェックインして、そのまま羽田に行って飛行機に乗れるようにすればいい。車もどんどんふえてくるぞ。駐車場もこれから大変になるから、屋上に駐車場をつくろう。エレベーターを外につけて、車を運び上げるんだ」

現在、事業家となっている宍倉は、溜息まじりに回想する。

「いま考えてみると、力道山というひとは、とてつもない予言者だったんだなと思いますね。まさに力道山がいっていたことは、いまの箱崎ターミナルなんですよ。箱崎はまさに、力道山がいったとおりの構想で生まれたんですからね」

富沢信太郎は、この構想について、さらに力道山から考えを聞いている。

「池尻の土地は千百十七坪でした。それを実際に、八千五百万円ぐらいの手付金を払って購入の権利を握ったんです。力道山はいっていました。一階には日本航空と全日空、それに旅行代理店を入れる。二階はメディカルセンターにして、内科、外科、眼科の医療からマッサージまでやるフロアにする。三階から上は事務所にする。屋上は駐車場だ――と。メディカルセンターは、レスラーたちのことを考えての発想でした。レスリングができなくなった連中に、マッサージなどの技術を活かしてもらおうという考えで、力道山は事業家として彼らの生涯雇用をめざしていたんです」

力道山は、体力の限界を案じ、後継者について考えざるをえなくなっていた。豊登、芳の里といった実力者たちはいたが、身体が小さく、見栄えがいまひとつだった。

眼をつけているのはいた。かれは、力道山にとってはさいわいにも、三十四年十一月に右肘を痛め、四年間在籍していたプロ野球巨人軍の投手を解雇されていた。

再起を賭けて、翌三十五年新春、大洋のテストを受けるため、明石のキャンプに参加した。いわゆるテスト生である。ところが、二月十二日、風呂場でころび、投手の命である右肘の筋を切った。不運にも、野球生命を絶たれてしまったのである。

とてつもなくでかい男、まさに巨人といってよかった。それだけでも、客寄せになる。しかも、元巨人軍の投手というネームバリューもある。その名を、馬場正平《ばばしょうへい》といった。のちのジャイアント馬場である。

力道山は、ひそかに日刊スポーツ新聞運動部記者の鈴木庄一に相談した。鈴木は、仲介の労をとった。

馬場は、ある出版社に就職を決めていたが、プロレスの世界に入ることを決めた。

力道山は、馬場が野球生命を失ってまもない二月下旬、二度目のブラジル遠征を前に鈴木に頼んだ。

「できたら、おれの留守中に馬場を道場につれて来てくれないか。稽古はともかく、うちの連中に紹介してやってくれ」

二月二十六日、力道山は入門してまもないマンモス鈴木をつれて、羽田空港からパンナム機で出発しようとしていた。ところが、鈴木が雲隠れしてしまった。時間になってもあらわれないので、力道山は仕方なくひとりで乗りこんだ。

鈴木は身長が百九十八センチもある巨漢で、力道山はかれに夢を賭け、いち早くアメリカで修業させようと考えていたのだが、当の鈴木は図体ばかりでかい小心者ときていた。ひとりでアメリカにおいてけぼりをくらうのかと思うと、たまらなくなって逃げ出したのである。

飛行機が離陸した時刻を確認すると、鈴木はほっとして人形町の合宿所で、眠りこけた。

そこに、あろうことか力道山が、飛びこんできたのである。離陸した飛行機が、途中でエンジン・トラブルを起こし、急遽《きゆうきよ》、羽田に舞いもどってきたのだった。

「鈴木、てめえ、このやろう!」

怒鳴りあげるが早いか、力道山は太い樫の棒をつかんだ。鈴木を、めちゃくちゃに殴りつけた。

頭も背中も、そこら中をめった打ちにして、終わったときには、鈴木の顔は血みどろに腫れあがり、ふた目と見られなかった。

力道山は、ベテラン・レスラーの長沢秀幸に、

「おまえが、おれのあとから、ブラジルに来い!」

といいのこして、ようやく日本を発っていった。

日刊スポーツの鈴木庄一は、力道山との約束どおり、馬場正平を人形町のプロレス・センターにつれていった。

留守をあずかっている芳の里をリーダーとするレスラーたちに、馬場を紹介した。

「今度、入門させていただくことになった、元プロ野球巨人軍の馬場正平です。今日は、みなさんのトレーニングを見学させてもらいに来ました。よろしくおねがいします」

低く、くぐもった声で馬場が挨拶すると、

「ほお……」

という溜息まじりの声が、レスラーたちからあがった。あまりの大きさに、眼を奪われてしまったのである。

馬場の入門は、外部に秘密にしてあった。入門発表は、力道山が帰ってからおこなうことにしてあった。

力道山は四月十日に帰国してきた。羽田空港には、随行している長沢以外に、ひときわ眼を引く大きな男がいた。顎《あご》がひとなみはずれて長いので、だれもが好奇の眼で見た。しかし、どことなく、あどけなさがあった。

鈴木庄一は、すでにこの少年がだれなのかを知っていた。三月二十日付けの力道山からの手紙を、受けとっていた。そこには、こう書いてあった。

『将来有望の新弟子を発見し、日本に連れて帰る。猪木完至《いのきかんじ》、当年十七歳。身長一メートル九十二センチ、体重九十キロ。昨年の全伯陸上選手権少年の部で、砲丸投げと円盤投げの二種目に優勝。同君の長兄は空手選手、次兄も長距離選手というスポーツ一家の三男であり、以上のようにスポーツの輝かしい記録保持者たるのみならず、骨格筋肉もがっちりしており、運動神経も発達しているので、将来有望なレスラーに仕上がると思っている……』

三男と力道山は書いているが、本当は六男の誤りである。のちのアントニオ猪木であった。

力道山は猪木と、ブラジルのサンパウロでめぐり逢った。猪木は中央青果市場につとめていた。二年前の三十二年二月に、移住してきた。

青果市場の理事長である児玉満が、力道山の世話役で、猪木を力道山が泊まっているホテルにつれていった。力道山のことは、猪木は知っていた。マリアという町に、力道山一行がくるというので、試合を見に行っていた。力道山は、日系移民にとってヒーローだった。猪木もあこがれの眼差しで、力道山の雄姿に見とれた。

ホテルの部屋で、力道山は猪木を見ると、いきなり「裸になれ」といってきた。上着を脱ぐと、「背中を見せろ」。そして、間髪おかず、有無を言わさぬ調子でいった。

「よし、日本に行くぞ」

猪木は、たった三言で、三年ぶりに日本の土を踏むことになったのである。

力道山は、児玉理事長に約束した。

「三年、あずけなさい。きっと立派なプロレスラーにしてみせる。将来、ブラジルに支部をつくり、プロレスの根を植える。猪木は、その代表にさせたい」

帰国の翌日、四月十一日、馬場と猪木のふたりは、奇しくも同日の入門発表となった。

その日、鈴木庄一は、力道山とふたりだけで社長室に入り、馬場の体位を測った。

「おお、でけえなあ……」

力道山から、感嘆の声がもれた。

身長二百三センチ、体重百二十五キロであった。二十二歳である。トレーニングをかさねていけば、なお成長することはまちがいなかった。馬場はその後二百九センチまで伸びていく。力道山は、馬場に期待をかけた。

日本にとどまっていた猪木家の長男である猪木康郎は、新聞を見たというひとに教えられ、はじめて弟の完至が日本に帰って力道山の門下生になったことを知った。おどろいて、すぐに力道山に会いに行った。力道山は、はっきりといってきた。

「完至君は、なんとかものになるだろうし、きっとものにしてみせる。だから、ふだんのトレーニングがどんなにきびしいからといっても、けっして口を出さないでください」

おのずから、猪木と馬場の待遇はちがった。雲泥の差だった。

馬場は、さまざまな事情もあって、合宿所住まいをしなくても許された。東横線沿線の新丸子《しんまるこ》のアパートから、ジムに通った。

猪木は合宿所どころか、大田区梅田町の力道山邸に住み込みとなった。馬場が純然たるレスリング練習生なら、猪木は力道山の付け人であった。

給料も、馬場は破格だった。猪木のみならず、ほかの前座のレスラーたちもふくめて、みな小遣いていどの支給であった。が、馬場だけは月給制で、しかも巨人時代の報酬と同額の五万円とされた。

当時、営業部長だった岩田浩は、力道山のつぎのような考えを聞いている。

「馬場は年齢が上だから、先に育てなければならん。アメリカにも修業にやって、早くいいレスラーになってもらわなければ困る。猪木は、じっくり鍛えていこう。まだ十七歳で、身体もできあがっていない。まず、レスラーとしての体力づくりをこころがけねばならん」

岩田の眼には、力道山が猪木に対して力を入れているのがわかった。ふつうの選手にはいわないいが、屈伸運動のヒンズースクワットでも、「あと百回やれ」と猪木ばかりを集中的にしごいていた。内心、猪木のことをかわいがっているのがよくわかった。

ふたりは、先輩である大木金太郎《おおききんたろう》、マンモス鈴木とともに、力道山によって「若手四羽鴉」と呼ばれた。猪木のことは、いつもそばにおき、客が訪ねてくると自慢した。

「どうだい、見てくれ、でかいだろう。こいつは、ブラジルで陸上のチャンピオンだったんだ」

馬場のネームバリューに対して無名の猪木を、さかんに宣伝していた。

トレーニングは、苛烈であった。師匠の力道山は、木刀を持って鬼のような形相で立ち、一瞬でも気をぬけば、

「馬鹿野郎！」

怒声とともに、木刀を振りおろした。強くなられては困るという理由で、豊登らにはさせようとしなかったヒンズースクワットも、毎日二千回から三千回させた。

若手四羽鴉から流れる汗は、バケツで水をまいたように床に溜まった。

馬場は、トレーニングの苦しさをこういっている。

「野球の練習は、くたくたに疲れはてたところで終わった。けれども、レスリングの練習は、くたくたに疲れはてたところからはじまった」

馬場は、トレーニングを終えると、新丸子のアパートに帰ることができた。が、猪木は、力道山邸にもどり、付け人とならなければならなかった。

車で引きあげてくる力道山が、家の裏でクラクションを鳴らすと、猪木は外に飛び出して門をあける。

車も磨けば、靴も磨いた。

「おい、出かけるぞ！」

と力道山がいえば、先に玄関に立って、靴べらを渡した。

飲めぬ酒も、無理矢理飲まされた。気持ちわるくなって吐いても、まだ飲まされた。

馬場は、トレーニング以外では殴られることはなかったが、猪木は私生活でも、こてんぱんに殴られた。

「いつもいつも頭をあんなに殴られたら、頭がおかしくなっちゃう」

知っているひとに、そうもらした。

力道山から猪木をかばったのは、豊登であった。

「猪木はね、本当にリキ関によく殴られたんです。それで、あるときぼくに、こういったことがあった。『そばにもし包丁があったら、うしろから先生（力道山）を刺して、海に飛びこんで、ブラジルまで逃げて帰りたい』猪木には、そのころ金なんかなかったですから ね、船で帰るわけにはいかないから、泳いで帰るといったんです。それくらい、猪木は苦しんだんです」

　猪木家の長男である猪木康郎が語る。

「うちにもどって来ても、愚痴はいわなかったですね。ただ、なにか考えこんでるようなところがありました。いまにも、荷物をまとめてブラジルに帰りたいという感じがあって、わたしも辛くなったことがありました。我慢しろ、我慢しろといって、慰めたこともあります」

　力道山は、しかし、これほどちがう待遇をしているふたりを、じっくり見ていた。岩田浩がいう。

「力道山は、ふたりをスターにしようと、はっきりと考えていましたね。ちがうタイプのプロが張り合って、お客を巻きこんでいく。そのために、ふたりがライバル心を燃やし合うことを、力道山は黙って見ていました」

エリート馬場vs.下積み猪木、夢の対決！

　力道山は、昭和三十五年四月十一日に同時入門してきた馬場正平と猪木完至のふたりを、五カ月のあいだ徹底的にしごいた。

馬場は、プロレスへの橋渡しをした日刊スポーツ新聞記者の鈴木庄一に、決意を語っていた。

「なにも知らないんだから、自信など全然ありません。まあ、体力には人一倍めぐまれているし、トレーニングさえ積んでいったら、なんとかやれるんじゃないかと思ってます」

猪木もまた、こういった。

「日本に来るとき、サンパウロで先生（力道山）の最終戦のリングに上がらせてもらって、三年経ったらこのリング上で立派な試合をお目にかけます、とブラジルのひとたちに約束してきたんです。その約束を、果たさなきゃなりません」

馬場二十二歳、猪木十七歳である。そのふたりについて、力道山は鈴木にこう語った。

「プロレスラーの修業は、想像以上に辛いが、あとのない馬場は、きっとやりとげると思う。半年か一年トレーニングをしたら、アメリカに遠征させようと思っている。案外、早く試合に出られるかもしれない。猪木はまだまだ子供なんだから、体もぜんぜんできてない。まあ、しかしあれは一年ぐらいみっちり鍛えたら、見ちがえるような体になるだろう」

力道山は、あきらかに、馬場には王道を、猪木には傷口に塩をすりこむような修業を課そうと決めていた。

馬場が川崎市新丸子のアパートから通ってトレーニングを積めば、猪木は力道山の付け人として、試合が終わった控室で、力道山の足指のあいだまで、タオルでていねいに拭った。

デビュー戦が、刻一刻と近づいていた。入門発表が同日なら、デビュー戦も同日となるのである。

なにやら因縁めいたふたりを、力道山はデビュー戦でも、はっきりと差別した。

営業部長であった岩田浩が語る。

「馬場を早く売り出さなければなりませんでした。そのため、営業政策上、馬場には勝ってもらわなければならなかった。猪木は、負けてもともとでした。まだ若かったですから。力道山は、そんな考えでふたりのデビュー戦のカードを決めたんです」

昭和三十五年九月三十日、入門してから五カ月、舞台は台東体育館であった。馬場は田中米太郎、猪木は大木金太郎が相手だった。

キャリア七年とはいえ、田中米太郎は基本的には、力士時代からの力道山の付け人である。力道山がプロレスに転向するとついてきた、力道山ぬきには語れぬ人物である。

パンツの洗濯からチャンコ番、はては力道山の感情のはけ口として、日常的な殴られ役でもあった。それも素手はもとより、ビール瓶、木刀で殴られ、血を流すのは日常茶飯だった。

鈴木庄一によれば、力道山はそのうえ田中に、馬場に花を持たせろ、と指示した。猪木の相手である大木金太郎は、九カ月先輩で、野心をギラギラと燃えたたせていた。大木もまた、猪木同様ハングリーな人物であった。

本名、金一《キム・イル》。同胞の大先輩である力道山にあこがれ、韓国から昭和三十四年四月に、密入国してきた。

韓国でも、釜山まで来れば、日本テレビのプロレス中継を見ることができた。力道山のプロレスがあるという日には、周辺の町や村から釜山に、多くのひとびとがつめかけ、民族の英雄である力道山の活躍に手に汗をにぎって声援を送った。

大木も、そのひとりだった。だが、日本に来て捕まり、横浜の法務省収容所から力道山あてに入門嘆願書を送り、日本プロレス・コミッショナーであった自民党副総裁の大野伴睦のはからいで、強制送還をまぬがれ、無事入門を果たしたのだった。

ひとすじ縄でいく男ではない。朝鮮民族独特の誇り高いところが、同門レスラーたちから毛嫌いされる結果となっていた。だれもが試合でぶつかることを、いやがった。力道山に木刀で頭を叩かれ、それが頭をひとなみ以上に硬くさせていた。その石頭を、遠慮なくこちらの頭に打ちつけてくる。とくに福岡あたりのテレビ・マッチでは、釜山に電波がとどくので、めいっぱいファイトした。

「あのやろう、ガチンコで来やがって」

相手に技など出させず、自分が勝つことのみを考えて、妥協なく押しまくってくるレスラーのことを、プロレスの世界では「セメント」と呼ぶ。

かつて力道山も、修業時代のアメリカで「セメント野郎」と呼ばれた。力道山は大木にかつての自分を見るようで、かえって猪木同様、徹底的にしごきぬいていた。

百八十五センチ、九十キロのその大木と、もはや現役の陰に隠れてしまっている田中米太郎では、実力も勢いも、雲泥のひらきがあった。力道山の頭には、田中を豪快に倒して両手を高々とあげている馬場と、大木に頭突きでめった打ちにされ、マットにがっくりと膝をついている猪木の図が、はっきりと描かれていただろう。

力道山は、大木に命令した。

「いいか、手加減するな、猪木を潰すくらいの気持ちでガンガンいけ」

九月三十日、台東体育館でのデビュー戦は、そのとおりの結果となった。二戦とも、十分一本勝負だった。

観戦していた岩田がいう。

「馬場も猪木も、非常に緊張していたことをおぼえています。馬場と対戦した田中米太郎なんて、自分で勝手にずっこけたりして、馬場に花を持たせた。大木は手加減なしのガチンコで猪木を徹底的に痛めつけた。どちらも試合らしい試合じゃなかったですよ。われわれも、おもしろがって、やれやれ、とはやし立ててました」

馬場は五分十五秒、二メートル三センチの身長をいかして、股裂きで田中を破った。猪木は大木に十八番の頭突きをあびせられ、最後は七分十六秒、リバースアームロック（逆腕固め）で敗れた。

いずれの技も、いまの時代では、決まり手とはいいがたい。だが、田中はなんなくギブアップし、猪木は腕を折られるほどの激痛に、ついに無念のギブアップを喉から絞り出したのである。試合時間の二分の差は、馬場のデビューが華々しくも整然と進められた儀式だったのに対して、猪木は大木と闘志むき出しの意地の張り合いを見せたからではなかったか。

いずれにせよ、後世までひびく大事なデビュー戦で、ふたりの明暗は、はっきりと分かれた。力道山が鈴木庄一に明言したとおり、ふたりの育て方はあきらかにちがっていた。以後、ふたりは、鎬《しのぎ》をけずり合うように、連戦をかさねていく。馬場は十一月十七日、日本ジュニアヘビー級チャンピオンの芳の里と対戦して、はじめて敗れる。猪木は先輩レスラー相手に連勝をかさねていくが、試合は馬場が三十分一本勝負、猪木は二十分一本勝負と、馬場は一枚格上であった。

「そろそろ、あのふたりを、リングに上げて闘わせてみようじゃないか」

力道山がそういいだしたのは、昭和三十六年の五月に入ってまもなくのことだった。営業部長の岩田浩は、反対した。

「社長、あのふたりを闘わせるのは、やめてください。これから売り出そうというのを、いま潰すわけにはいきません」

闘えば、どちらかが負ける。負ければ、ファンにとって、その存在は消えていく。尾を引いていく。負けるのは猪木だ。たがいにライバル心を燃やしている者どうしの対決は、
この場合、負けるのは猪木だ。馬場を促成栽培《そくせい》しなければならないときに猪木に勝たせるわけにはいかない。岩田が潰さないでといっているのは、猪木のことであった。むろん、力道山もわかっている。だが、力道山は聞かなかった。

「あのふたりは型がちがうから、稽古だけじゃ、どのくらいおたがいに成長しているかわからん。型がちがう者どうし、闘わせてみたい」

岩田には、ふたりの成長を見るということはさておき、力道山がひとりの観客として、馬場、猪木の対決を楽しみにしているようにも思われた。

「まあ、東京や大阪のような大きな会場じゃ、按配が悪いだろうから、どこか田舎でやらせようじゃないか」

五月二十五日、馬場と猪木は、富山市体育館のリングで、はじめて激突した。

結果は、フルネルソン（羽交い締め）で、馬場が勝った。この技も、いまとなっては、決まり手どころか、傷め技としてもあまり使われなくなっている。

「ここでも、営業政策上、馬場に勝ってもらわなければ、というふくみがあった」

と岩田はいう。

その後、ふたりは十六回対戦し、馬場の全勝に終わっている。力道山存命時代におこなわれた、いま思えば夢のような対決は、以後、実現していない。

初対決から五日後の六月三十日は、馬場にとっても、猪木にとっても、運命の日となった。馬場のアメリカ行きが決まったのである。第二回のワールド・リーグ戦が終わり、国際選抜戦で四国を巡業しているときだった。

試合を終えた控室で、猪木は付け人として、いつものように力道山の着替えを手伝っていた。そこに馬場が、芳の里、マンモス鈴木とともにあらわれた。

「これから東京に帰って、アメリカに出発します」

そういって、巨体を折り曲げる馬場に、猪木は激しい嫉妬を感じた。猪木は自伝「燃えよ闘魂」に書いている。

『馬場さんの姿が何とも晴れがましく、正直いって羨ましかった。後から入門して同時にデビュー、一人は早くも選ばれて、憧れのアメリカへ留学（修業）する。一人は師匠の付け人として、師匠の汗をふいている。「馬場さんとオレはそんなに差があるのだろうか」わたしはふとそう思った』

明暗は、どこまでも深まるばかりであった。

七月一日、ロサンゼルスを振り出しに、馬場は芳の里とともに、シカゴ、モントリオール、ピッツバーグ、ワシントン、ニューヨークと、プロレスのトップスターたちが走る日の当たる場所をサーキットしてまわった。ニューヨークの檜舞台マジソン・スクエアガーデンでも、メインエベントをつとめるようになった。

日本人にはめずらしい巨体と、力道山によって鍛えられた足腰によるスピーディーな動きのアンバランスが、アメリカのプロモーターたちの眼にかなった。

昭和三十七年一月五日のシカゴでの試合で、馬場ははじめて「ババ・ザ・ジャイアント」というリングネームをつけられた。

ニューヨークでは、「フランケンシュタイン・モンスター」とニックネームされ、怪物にされた。それもそのはず、プロモーターの命令で、ふだん町中を歩くときも、真っ赤な着流しと高下駄姿であった。その恰好で、レストランに入ると、まわりに人垣ができた。

馬場は、どこへ行っても、人気を呼んだ。プロモーターが放したがらなかった。

日本の猪木は、馬場の活躍を耳にしながら、前座をもくもくとつとめていた。アメリカでメインエベンターにのし上がった馬場とはくらぶべくもなく、試合が終われば、力道山の付け人をこなし、鉄拳の制裁を受けていた。猪木の反骨精神は、いやが上にも錬磨された。

ついに猪木は、力道山存命中には、一度もアメリカに出されなかった。三年経ったらこのリングで立派な試合を見せる、とブラジルのひとびとに約束したことは反故《ほご》になってしまった。

力道山が猪木をアメリカにやろうとしなかったことについては、当時、力道山と親しくしていた、現在プロレス評論家の菊地孝が、こう解説している。

「力道山は猪木のことを、こころのどこかで自分に似ているると思ってたんじゃないでしょうか。彼をアメリカにやったら、向こうで独立してレスラーとしてやっていくようになる。それを恐れていたような気がします」

馬場には、大きなチャンスがめぐってきた。力道山も喉から手が出るほどほしがっている、NWA世界タイトルへの挑戦である。馬場を買っていたシカゴのプロモーター、フレッド・コーラが、NWA会長だった。そのルートで、チャンピオンのバディ・ロジャースへの挑戦が決まったのである。

日刊スポーツ新聞の鈴木庄一は、その報せを聞いて、力道山に確認した。ところが、よろこぶべきはずの師匠の力道山は、なぜか険しい顔でいってきた。

「しばらくのあいだ、馬場のことは書かないでくれ。理由は、やがてわかるよ」

鈴木は、不審に思った。が、力道山のいうとおりにするほかなく、馬場の世界タイトル挑戦のことは、一行も記事にしなかった。

力道山は、三十七年二月二十一日、渡米した。第四回ワールド・リーグ戦の参加外人レスラーの契約と、ロサンゼルスでフレッド・ブラッシーの持つWWA世界選手権に挑戦するためだった。

鈴木はそのとき、ふたたびある人物を介して、力道山からの頼みを聞いた。

「ブラッシーに挑戦するまで、馬場の世界挑戦のことは、とりあげないでくれ」

ＷＷＡはロサンゼルス地区のローカルタイトルであることは、その道のものなら、だれもが知っている。馬場のＮＷＡとは、権威においてくらべものにならないのだ。力道山は、弟子の馬場に嫉妬し、自分が馬場の背後に隠れてしまうことを恐れた。

〝吸血鬼〟ブラッシー、ヤスリの秘密

ＮＷＡ世界ヘビー級タイトルに挑戦が決まった馬場正平に対して、力道山はマスコミに報道をひかえさせた。

それればかりではなかった。馬場から鈴木庄一に頻繁にとどいていた手紙も、しばらく途絶えた。

のちにわかったことだが、それも力道山の仕業であった。力道山にいわれ、馬場は手紙をひかえたのである。馬場の手紙は、単なる近況報告ではない。馬場の後見人である鈴木にとっては、アメリカでの馬場の活躍を、日本にいながらにして書ける、重要な情報源であった。

その後、馬場は再三にわたって、NWA世界王者バディ・ロジャースに挑戦するが、日本では詳細には報道されなかった。力道山は、馬場の報道を抑えるいっぽうで、フレッド・ブラッシーを倒してWWA世界ヘビー級タイトルを奪い、凱旋帰国した。

馬場はその後も、力道山存命中に、二度目の渡米をする。アメリカでは、もはや、押しも押されぬメインエベンターとなる。

そうして、力道山の馬場に対する態度が、豹変するのである。噴きあげる嫉妬と羨望を、抑えることができなくなった。

ジムでは、馬場だけを休ませなかった。スパーリングでは、つぎつぎと相手を交代させてぶつけた。完全に馬場の力がつきてしまうまで、攻撃をやめさせなかった。

あれほど馬場に目をかけていた力道山が、いまや馬場を潰しにかかっていた。

馬場の陰にかくれて、猪木完至の茨の道はつづいていく。馬場はアメリカにふたたび渡り、力道山から逃れられた。が、猪木は日本にとどめられ、しごきぬかれた。修羅の男、力道山に耐えつづけたふたりが、やがて大輪の花を咲かせていくのである。

力道山は、プロレスをいかに観客に見せていくかということを知りぬいた名演出家であった。

リングアナウンサー、レフェリーをつとめた小松敏雄は、試合中つねに力道山が時間を気にしていたことをおぼえている。テレビ中継のときは、なおさらだった。放送時間が終わりに近づいてくると、レフェリーの小松に訊いてきた。

「おい、あと何分だ」

「あと十分」

と答えると、力道山は「よし」といって、試合を盛りあげにかかった。そうして、放送終了まぎわに相手をフォールしてみせた。

ときによっては、わざと放送時間内に決着をつけないときもあった。テレビ観戦のひとびとの関心を煽って、現場に足を向けさせるためであった。

どんなに時代が進んでも、最低の入場料である三百円だけは、変えようとしなかった。

「この三百円は、絶対に上げるなよ。貧乏な人間が、いつでも来れるようにしておけ。プロレスは、金持ちも貧乏人も、みんないっしょに楽しんでもらうんだ」

力道山は、つねにそういっていた。

昭和三十六年のワールド・リーグ戦に、ミスターXという、謎の黒覆面レスラーが来日した。実力者であった。かれとの試合前、力道山は秘書のひとりを呼び、一枚の一ドル銀貨を手渡した。銀貨にはテープがまいてあった。

「こいつを、ミスターXに渡してこい」

「なんですか、これ?」

「渡せばわかるよ」

秘書は、ミスターXに渡した。ミスターXは、銀貨を見ながら、つぶやいた。

「えらいな、おまえのボスは……社長ならふんぞり返っていればいいのに、自分で血を流すんだからな」

力道山は、みずから血を流すために、凶器を渡したのである。

それ以前、観光ビザで来日し、ビザが切れてしまった外人レスラーがいた。素顔で試合に出られては按配が悪いと、覆面をかぶらせたことがあった。おなじように銀貨を渡した。ところが、かれは、すっかり忘れてリングに上がってしまった。

試合中、かれは力道山にリングから投げ落とされたのをチャンスとばかり、凶器になるものを探しまわった。観客が捨てたビールの王冠を見つけ、すばやく覆面に入れた。それで頭突きを力道山に決め、力道山を流血させたのはよかったが、あせったあまり、王冠のギザギザした側を自分の額に当てていた。試合が終わってみると、自分の額も王冠の形に傷ついていたという、笑うに笑えないエピソードがあった。

だが、正真正銘のマスクマンであるミスターXはちがった。試合では、いやというほど凶器頭突きを決め、力道山を血に染めた。来る日も来る日も、力道山はみずからを血に染めることによって観客を熱狂させた。

銀貨を渡した秘書は、ある日、試合を終えたミスターXに呼ばれた。

「ボスに、アイム・ソーリーといっといてくれ。しかし、たいしたもんだよ。かれは、グレイトだ」

その夜、秘書は力道山に伝えた。が、力道山は、つっけんどんにいうだけだった。

「ばかいうな、仕事じゃないか」

ミスターXといっしょに来日した〝密林男〟グレート・アントニオのデモンストレーションも、力道山のアイデアだった。

百九十八センチ、二百四十キロの巨体は、日本初の怪物登場である。ボサボサの長髪に、顔全体は髭でおおわれ、ブカブカのきこり靴をはいていた。

三十六年四月二十八日、力道山は東京神宮外苑《じんぐうがいえん》の絵画館《かいがかん》前で、アントニオをつかって、ワールド・リーグ戦の前宣伝を大々的におこなった。

八トンもある大型バスを三台、鎖でつなぎ、それをアントニオに、やはり鎖で引っ張らせようというのである。しかも一台ずつに、身体障害児五十人を乗せていた。かれらを招待したのも、力道山のサービスだった。

アントニオは、それを五メートル引っ張った。見物につめかけたひとびとは、度胆をぬかれた。小松敏雄が述懐する。

「あれだけのものを、いくらアントニオの力でも、なかなか引っ張れるわけではないんです。かれ自身、無理だといっていたほどでした。そこで力道山は、ロープは伸びる分だけ力が半減するといって、鎖を持たせたんです。鎖なら伸びないで、そのまま力を伝えることができますからね。それと、絵画館前の道路は、中央部が盛り上がっていた。端にいくほど、低くなっている。そこでバスを中央部から端っこに向けてななめにならべ、斜面をくだるようにセットしたんです」

デモンストレーションは、大成功だった。ワールド・リーグ戦は、どの会場も、アントニオ見たさに超満員だった。

三十七年の第四回ワールド・リーグ戦には、「吸血鬼」の異名をとるフレッド・ブラッシーが来日した。力道山はロサンゼルスで、そのブラッシーからWWA世界ヘビー級選手権を奪取したばかりであった。

得意技は、「噛みつき」である。それで相手を血に染める。吸血鬼の登場を、ファンは熱い眼差しで見つめた。地方巡業をするほどに、駅にはブラッシーをひとめ見ようとファンがつめかけた。

「ところが、ブラッシーには、難点があった」

と小松がいう。

「子供、とくに赤ん坊が好きで、駅でとりまいたファンのなかに、赤ん坊を抱いた者がいると、抱きあげて頬ずりするんです。力道山には、それが気にくわなかった」

力道山は、小松にいった。

「おい、ブラッシーは、あんなことじゃ駄目だ。小さいヤスリがあるだろう。あれを買ってこい」

力道山に、鋸《のこぎり》を研ぐための細長いヤスリを買っていくと、

「よし、これをブラッシーに持っていけ。いつでもどこでも、これで歯を研ぐ真似をさせろ」

噛みつきが売りもののブラッシーである。ヤスリで歯を研いでいる姿は、さぞかしファンをぞっとさせるだろうというのである。ブラッシーに、好々爺《こうこうや》のように赤ん坊をあやされたのでは、吸血鬼のリアリティが削《そ》がれる。駅について、ヤスリで歯を研いでみせれば、だれも寄りつかなくなる。ファンの心理を煽って、観客動員にもつながる。

ヤスリで歯を研ぐブラッシーには、凄味がました。が、まもなく、ブラッシーは小松に訴えてきた。

「ほかにヤスリはないか。これでやってると、唇や口の中を切ってしまう」

ヤスリはひょろながい長方体の形をしていた。厚みがあり、四角ばっているので、その端が当たるのだろう。

小松は、先端が尖《とが》って全体がひらべったく薄い、新しいヤスリを買ってきた。ブラッシーは、歯に当ててみた。納得したように、うなずいて小松を見た。

「ベリィ・グッド」

以後、そのヤスリは、ブラッシーのトレードマークとなった。

第四回ワールド・リーグ戦の決勝は、あの不世出の大レスラー、ルー・テーズと力道山とのあいだで争われた。力道山は宿敵ルー・テーズを二対一で破り、四連覇を果たす。テーズは「リキは大レスラーになった」と、力道山に祝福の言葉を贈った。力道山は、会心の笑みを浮かべた。

すでに前年の三十六年七月には、渋谷宇田川町に、地上七階、地下二階のプロレスの大殿堂「リキ・スポーツパレス」を完成させていた。赤坂には「リキ・アパート」「リキ・マンション」を建てた。実業家として、本格的に乗り出した力道山は、レスラーとしても日本のファンのまえで、はじめてルー・テーズを破り、まさに絶頂期をむかえていた。

だが、リングを下りた力道山は、ぼろぼろであった。事業に乗り出したことによって、税金に苦しめられた。経理担当の常務であった富沢信太郎によれば、その額は当時の金で一億三千万円あまりあったという。

「外人レスラーのギャラを仮払いで切る場合が数多くありました。それはしかし、法律で制限されている一日一万円の枠をかるく超えてしまう額だったので、全部力道山が受けとったということにしてあったんです。それで力道山に、多額の税金がかけられた。力道山は、びっくりしたでしょう」

国税局の調査が入った。役人がやってくると、力道山は頭を下げた。

「おれも払わなきゃならんことはわかるんだ。しかし、払えないんだ。どうやったら払えるか、教えてくれ」

　最後は、

「おれの顔に免じて、頼む」

　となりふりかまわなかった。

　借金もふえた。同時に事業に精出すあまり、トレーニングがおろそかになり、試合でも精彩を欠くようになった。

　タッグマッチが多くなった。自分はあまり闘わなくなった。闘っても、これまでの技のきれがなくなった。

　それもそのはずだった。税金と借金に追われ、眠れない日々がつづく。それでも自分を待っているファンがいると思うと、試合を休むわけにはいかない。

　睡眠薬を常用しはじめた。それも大量に飲まなければ、鍛えあげた肉体にはきかなかった。小松敏雄が打ち明ける。

「ともかく睡眠薬が切れてくると、ひどい状態になったんです。巡業先で朝をむかえる。睡眠薬がきいているので、なかなか起きてこない。ようやく起きあがったのはいいけれども、睡眠薬がきれかけている。そのとき、力道山は酔っぱらったようになるんです。それで宿舎で暴れはじめる」

　手のつけようがなかった。自律神経をめざめさせるために、興奮剤のようなものを飲んだ。試合前には、おのれを奮い立たせるために、かならず飲んだ。ときおり禁酒はしていたが、薬漬けで肉体はがたがたになっていた。

三十八年一月七日には、日本航空の国際線スチュワーデス、田中敬子と婚約を発表した。前年の秋から交際を深めていた力道山は、それを機縁に健康を回復しようと努力するようになる。

その年になると、にわかに身辺も騒がしくなった。日本人にとってだけでなく、朝鮮半島に住む人々にとっても祖国の英雄である力道山には、何度も韓国訪問の話が執拗に舞いこんできていた。韓国政府からの招待にはちがいなかったが、問題があった。ヤクザ組織などが、こぞって自分のルートで行ってくれといってきたのである。六つほどあった。

力道山は、断わりつづけていた。自分の出生を、隠しつづけなければならないからである。韓国に行ったことがおおやけになれば、その問題がとり沙汰されるに決まっている。日本の英雄が、じつは日本人ではなかったというと、ここまで盛りたててきたプロレスの人気が落ちてしまうと考えていた。

だが、興行面で世話になっている山口組三代目田岡一雄や、長い付き合いをしてきた東声会会長の町井久之の強い要請もあって、極秘で訪韓することを決めた。

ただ、田岡ルートか、町井ルートかで、ぎりぎりまでもめにもめた。右翼の大物、児玉《こだま》誉士夫《よしお》があいだに入って、ようやく決まったのは、田岡のルートであった。

それでも力道山は、いくべきかどうか、なお悩んでいた。リキ・スポーツパレス専務の宍倉久を、力道山はリキ・アパート八階の自宅に呼んだ。リキ・エンタープライズ専務の吉村義雄が、同席していた。力道山は、宍倉をあだ名で呼んだ。

「チビ、いままでおまえにはいわなかったけれども、おれは日本人じゃないんだ。そういったら、仕事ができるか、といわれると思って、いわなかったんだ」

「冗談でしょう。そんなこと、まったく関係ありませんよ。わたしは、力道山という人間のもとで仕事をしてるんです」

宍倉がそういうと、力道山は感慨深げな表情になった。

「韓国行きの話があるんだ。おれは、あまり気がすすまないんだが……。おれが韓国に行けば、新聞にはおそらく、力道山故郷に錦を飾る、なんて書かれるだろうな。おれは、人気が落ちるのはかまわないんだ。ただ、ファンの子供たちが力道山に持っているイメージが、狂うようなことがあったらこまる……」

宍倉が、いった。

「そんなこと、どうってことないでしょう。たとえ百人の子供のうち、五十人がはなれても、力道山の生き方を見て、やっぱり立派なひと、強いひとと思いなおせば、きっとついてきますよ」

力道山は、肚を固めた。

「そうか、わかった。それじゃ、おまえのいうことを聞いて、韓国に行こう」

ただし、極秘とされた。関係者には、箝口令《かんこう》が敷かれた。

祖国に残された愛娘が語る、父・力道山の真実

日本を発つのは、婚約発表した翌日の一月八日であった。宍倉はその日、早朝六時半ごろ、リキ・アパートに行った。エレベーターで上がろうと、受付のあるホールに入ってみると、顔見知りの東声会の手の者が数人いた。

「オヤジ、行くの？」

と訊いてきた。

「ああ、行くよ」

「そうか、それなら悪いけれども、今日あんたのオヤジ、撃たなきゃなんねえ。危ねえから、オヤジの近くを歩くなよ」

コートの下から、拳銃をちらつかせた。

「なにいってんだ。おれのオヤジだ。おれはヤクザじゃないし、撃たれる理由もない。ちゃんとオヤジの前を歩くよ」

右翼の大物、児玉誉士夫が、どちらのルートで行くかもめていた山口組と東声会のあい

だに入って山口組に落ち着いたというのに、やはり面子というものがあるのである。面子をつぶされたかぎりは、落としまえをつけさせてもらう、というのだった。

宍倉は、八階の力道山の部屋に上がった。韓国に同行する吉村義雄が、すでに来ていた。力道山は、ちょうど箱根にいる東声会の首領、町井久之に電話をしおえたところだった。

町井は「行くな、おれにも面子がある」と力道山に迫った。

宍倉は念のため、アパートの表と裏に車を手配した。

「下に、東声会の連中が来ています」

そういっても、もはや力道山はひるまなかった。

「さあ、行くぞ」

荷物を抱えて、下に降りた。エレベーターを出たところで、拳銃をぬいた面々にかこまれた。

「リキさん、行くの？」

「行くよ。いま、箱根の町井と、電話で話をつけたよ。疑うんなら、電話してみな」

力道山は、嘘をいった。かれらが電話に走っているあいだに、表に停まっている車に乗りこんだ。運転手に「飛ばせ！」と命じるや、車は羽田に向かって、フルスピードで走り出した。

当時のことである。遠距離の電話がつながるまでは、時間がかかった。その間隙をついたのだった。

力道山のいったことが嘘だと知った東声会の面々は、あわててあとを追いかけてきたが、あとの祭りだった。

宍倉と運転手は、力道山と吉村を見送りもせず、羽田空港でふたりを降ろすと、そのまま箱根に逃げた。

力道山らは、ノースウェスト機で飛び立った。翌日、韓国の力道山から、箱根の宍倉に電話があった。

「大丈夫か」

「大丈夫です」

こんなときに、力道山は気づかいを忘れなかった。

韓国では、国賓待遇を受けた。ジープが日韓両国の国旗をかかげて先導していくなかを、力道山はシボレーのオープンカーに乗って、ソウル市内をパレードした。「東亜日報」は、大々的に力道山歓迎の記事を書きたてた。

『日本に帰化したが、血脈は変わらない』

『日本でも有数の金持ち』

『プロレスリングの王座に』

首相、文部大臣、ＫＣＩＡ長官らとつぎつぎに会見が持たれた。

親類のひとびととも再会した。が、いちばん会いたい、尊敬する兄の金恒洛は、三十八度線の向こうである。力道山は、家族を引き裂いた「三十八度線」を憎んでいた。ひとを罵倒するとき、きまって吐いたのは、「この共産党野郎」という言葉であった。

南北を分ける板門店《パンムンジョム》にも行った。真冬の冷たい風が、吹きぬけていた。

力道山は板門店のまえで、なにを思ったか、いきなりオーバーを脱ぎ捨てた。背広もネクタイも、ワイシャツも脱ぎ捨てると、上半身はだかになった。国境を守る兵士たちが、何事かと緊張した。

力道山は、ふるさとに向かい、両腕を天に突き上げてさけんだ。

「うおーッ！」

三十八度線の山々に、どこまでもこだました。吉村義雄は、力道山の背後で、一部始終を見ていた。

「両腕を突き上げて、さけんだ瞬間、力道山に向かって、国境の両側からいっせいにカメラのフラッシュが焚かれたんです。引き裂かれたふるさとの現場に立って、こみあげてくるものを抑えることができなかったんでしょうね。わたしには、あのさけびは、おにいさん！　といっているように思えて、仕方がありませんでした」

力道山は、以後、二度と故郷の土を踏むことはなかった。

生まれ故郷である現在の朝鮮民主主義人民共和国から、おどろくべき証言が飛び出してきたのは、力道山の死後二十年経った昭和五十八年のことであった。その年の朝鮮問題専門誌「統一評論」三月号に、北朝鮮に住む力道山の娘、金英淑が特別手記を寄せたのである。力道山には、日本にも死後に生まれた娘を加えて四人の子供があるが、ふるさとにも血脈を残していたのである。

彼女には、「夕刊フジ」の大野るり子記者が、平成三年七月二十五日、日本人記者としてはじめてインタビューに成功している。

それによると、金英淑は一九四三年二月二日、力道山の生まれ故郷である咸鏡南道浜京郡龍源面新豊里で生まれている。現在の新豊市龍中里である。平成三年現在、四十八歳、平壌の中心街にある高級アパートで、朝鮮体育委員会に勤務する夫ら家族と暮らしている。二十七歳を頭に五人の娘、ふたりの孫がいる。写真を見れば、顔の輪郭といい、ひとえ瞼の眼といい、力道山生き写しである。

力道山がなにゆえに海峡を越えて日本に渡ってきたかは、今日ではあきらかになっている。まえにも書いたとおり、朝鮮相撲のシルムでその腕を見込まれ、日本につれてこられたのである。

金英淑の手記と、大野記者のインタビューを総合すると、そのいきさつはこういうことになる。

力道山は一九四〇年二月、十六歳で日本に渡った。そのときすでに、力道山は結婚していた。日本人に見出され、相撲取りとして引っ張っていかれることになった。

両親は反対した。相撲だったら朝鮮でもできる、というのである。それを日本人の警官がやって来て、力道山を強制的につれて行った。金英淑によれば、そういう経緯になる。

力道山は、一九四二年と一九四五年の二度、故郷にもどって来たという。当時、大相撲は本場所を終えると、内地ばかりでなく、朝鮮、満州にも慰問のため巡業をおこなっていた。力道山は、巡業でもどって来たのだろう。金英淑は、一九四二年、つまり昭和十七年の巡業で妻と再会したときにできた娘ということになる。

側近たちに自分の出生については打ち明けてはいても、力道山はこればかりは口外しなかった。何人かの人間は知ってはいたが、これこそタブー中のタブーであった。

大野記者によれば、娘の金英淑は、さらにつぎのように語った。

「父が二度目にもどってきた四五年の三月のときのことも、わたしはまだ三歳（数え年）だったので、記憶がありません。一九四五年八月十五日の解放の日から、父はこちらには帰ってこれなくなった。そのかわり、手紙が来ました。父がいなくても祖国で頑張りなさい、と書いてありました。自分の故郷は万景台だとも書いてあった。ただ、これは事実ではありません。万景台は、金日成主席の故郷なのです。たぶん父は、尊敬する金日成主席と同郷だといって、わたしに誇り高く生きることを教えようとしたのかもしれません」

朝鮮解放の英雄、金日成とおなじ故郷だということが、どれほど朝鮮民族にとって誇りであるかは、計り知れないものがある。

力道山の秘蔵っ子であったレスラーの豊登は、北朝鮮に力道山の娘がいたことを知る、数少ない人物のひとりである。

「リキ関は、めったな人間には、北朝鮮に娘がいることはいいませんでした。わたしは、いっしょに風呂に入っているとき、リキ関から聞かされましたよ。辛そうだったな……。新潟の港に娘が来たんで会ってきた、とリキ関はいっていました」

「統一評論」の手記に、金英淑自身が、はっきりそのことを書いている。数えで十七歳のとき、彼女はひそかに日本を訪ねてきたという。ということは、昭和三十四年のことだろうか。力道山と対面したのは、豊登のいうように新潟港だった。

『私には入国の許可が出ていないので、上陸はせず、船中で会いました。私はその頃、バスケットのナショナルチームの一員でしたので、六四年の東京オリンピックの時、是非また会おうと、父は言いました』

ごくわずかな記述である。力道山はそのとき、東京オリンピックでは、共産国の選手団の面倒を全部みてやる、ともいったという。

力道山が日本に行ってしまったあとの金一家の生活は、貧しかった。が、食べていくことはできた。金英淑は人民学校、つまり日本でいう小学校の三年生ころから背が高く、運動神経もひとなみはずれてよかった。まわりから注目された。ほんとうは絵を描くのが好きで、将来は画家になりたかった。が、あの力道山の娘として、また運動能力の面でも有名だったので、バスケットボールのナショナルチームの選手として活躍した。以後、体育大学にすすんだ。ちょうど彼女が大学に上がる少しまえに、力道山は新潟港で再会したのである。

在日朝鮮人のあいだには、いまだにこんな話が生きつづけている。新潟港から引き揚げ船に乗り、祖国へ帰っていく同胞の見送りに、力道山は時間の許すかぎりかならず行っていた、というのである。

力道山はだれにも知られず、真夜中ひとり外車を飛ばし、新潟港の陰で涙を流しながら、遠くから同胞たちに別れを告げた。船が港を離れると東京にもどり、翌日は何事もなかったような顔で側近たちを迎えた――そんな話である。事実かどうかはわからない。だが、遠い祖国からはるばるやって来た娘と再会したとき、激情家の力道山は、少なくともそのいい伝え以上に慟哭《どうこく》したにちがいない。

四日間の韓国訪問を終えた力道山は、一月十一日に帰国した。その日は金曜日であった。金曜日には、渋谷のリキ・スポーツパレスで、テレビマッチがおこなわれる。試合にでるために、帰ってきた。

じつは、訪韓中、中日新聞一紙が、外電で力道山の訪韓を伝えていた。これには力道山も肝をつぶしたが、他紙は書かなかった。日本の英雄、力道山のタブーは、マスコミ各社が自主規制するほど強力に機能していたのである。

羽田空港から、まっすぐ赤坂の料理屋「鶴ノ家」に向かった。そこには、山口組三代目の田岡一雄が待っているはずだった。

「鶴ノ家」では、力道山、田岡、それに力道山を訪韓にむかわせた一言を発した宍倉の三人で、テーブルをかこんだ。田岡が、力道山を心配気に見やった。

「リキさん、きょうは試合に出るのは、やめなさい。うちの連中には、リキ・パレスを守らせてはいるけれど、東声会の連中も、頭に血がのぼっとるからね。児玉さんに中に入ってもろて、話は一応つけてはあるが、上で話がついても、ここで名をあげてやろうちゅう若い衆が、ぎょうさんおるからね。リングの上で撃たれるかもしれん」

だが、力道山は、断わった。

「お気持ちはありがたいんですが、待ってくれてるファンがいますから。わしは、プロレスで飯を食ってる人間です。リングの上で撃たれて死ねれば、本望ですよ」

「おいおい、チビ、どうする」

田岡は宍倉を、困った顔で見つめた。

「いや、プロレスは、わたしのもんじゃありませんから。オヤジがそういう以上、まかせるしかないんじゃありませんか」

宍倉が無表情で答えると、力道山がおなじような顔でかれを見返してきた。

「なあ、チビ、しょうがねえよな」

「ええ、しょうがないですよ」

その日、力道山は、リキ・スポーツパレスのリングに上がった。訪韓の余韻など、みじんも見せなかった。

何十人とリングのまわりで身構えていた山口組の手の者たちは、ついに動くことはなかった。

六月五日、力道山は、虎ノ門のホテル・オークラで、五千万円の費用をかけた結婚パーティーをひらいた。自民党副総裁の大野伴睦、参議院議員の井上清一両夫妻が媒酌をつとめた。新婦は、神奈川県茅ヶ崎警察署長の長女で、日本航空スチュワーデスの田中敬子だった。力道山は、三人の子供を抱えての再婚だった。ふたりは、二十日間の世界一周ハネムーンに出発した。

公称三十八歳の力道山に、ようやく訪れた春であった。が、その春も、わずか半年のまぼろしに終わるのである。

昭和三十八年十二月六日、「魔王」ザ・デストロイヤーとの、インターナショナル選手権防衛戦をみごとに乗り切った力道山は、シリーズ最終日のこの日、名古屋の金山体育館でのアジアタッグ選手権も防衛し、翌七日、夜行急行「那智・伊勢」に乗って帰郷してきた。東京駅についたのは、八日の午前六時であった。

ほかのレスラーたちよりも一足先に帰ってきたのは、この日の午後に、うれしいことが待っているからだった。大相撲のアメリカ巡業の責任者である元横綱前田山の高砂親方が、じきじきに力道山の部屋を訪ねてくるのである。

大相撲のはじめてのアメリカ巡業に力道山は力を貸し、ようやくまとまったというので、責任者の高砂親方が挨拶にやってくるのだ。相撲界から飛び出して、十二年が経っていた。ずいぶんと相撲の世界を恨んできた力道山は、相手のほうから頭を下げて頼まれ、それを果たしてやったことで上機嫌だった。

リキ・アパートに帰ると、昼近くまで眠った。しばらくして、高砂親方がやって来た。高砂親方は、ロサンゼルスで日本料亭「川福」を経営している中島社長をつれてきた。ロサンゼルスの大相撲興行は、この中島と力道山の五分の興行であった。その打ち合わせを兼ねていた。

そのころ力道山は、酒を控えていた。高砂親方の来訪が、よほどうれしかったのであろう、酒を飲んでできあがってしまった。外出先から戻ってきた宍倉久はこれを見て、まずいなあ、と思った。デストロイヤーをはじめとする外人選手への支払いの計算がある。それに、グレート東郷と力道山のあいだに、支払いをめぐってもめごとが起きていた。

宍倉は、話の具合を見て、力道山をべつの部屋に誘った。

「支払い、どうしますか」

「このやろう、なにが支払いだ！」

酒乱の力道山は、支払いとなると、血相を変えた。「いくら借金でも、返すときには、身を切られるような思いだ」と、べつの側近にいっていたほど、金払いはよくなかった。

それでも、なんとか支払いを決めた。が、どうしても、金額の張るデストロイヤーと東郷については踏ん切りがつかず、

「ええい、あのふたりは、あとまわしだ！」

と保留にした。

宍倉は、支払いが決まった外人選手のところへ、金を持って出ていった。

力道山は、「千代新に行こう」といいだした。赤坂の高級料亭である。

千代新では、スポーツ紙の記者がひとりくわわった。もうひとり、猪木完至、のちのアントニオ猪木が、かしこまってすわっていた。ようやく二十歳になったばかりであった。

力道山は、その猪木を指しながら、高砂親方に吼えた。

「こいつは、相撲取りにしようと考えてるんだ。よろしく頼むよ。相撲で関取にして、それから、プロレスラーとしてデビューさせるんだ！」

猪木は、ちょこんと頭を下げた。

力道山は、本気だった。猪木を相撲の世界で有名にして、そして華々しくプロレスラー

としてデビューさせる。マスコミは、大宣伝してくれる。プロレスの火は、さらに燃えあがる。プロデューサーとしても、なかなかの才腕家だった力道山は、そこまで考えていた。

外人選手に支払いを終えた宍倉が、リキ・アパートに電話を入れると、「千代新に行った」と返事が返ってきた。

こりゃ、まずいな……とかれは思った。もう夕方になっている。デストロイヤーは、その夜十時三十分の飛行機でアメリカに帰ることになっていた。それにこの夜には九時から、TBSの「朝丘雪路《あさおかゆきじ》ショー」の収録があった。あの泥酔ぶりではたいへんだ、と宍倉は暗澹《あんたん》となった。

宍倉は、千代新に電話を入れた。力道山が出た。

「東郷とデストロイヤーを、つれて来い」

宍倉は、グレート東郷とデストロイヤーを千代新に連れて行った。

そこで、力道山と東郷のあいだで、もめにもめた。

ようやくまとまって、宍倉はデストロイヤーを、羽田まで送っていった。

TBSでも、力道山は上機嫌だった。泥酔状態のまま大声を張り上げ、朝丘雪路を困らせた。興に乗って、村田英雄の「王将」まで歌った。番組のプロデューサーは、吉村義雄に耳打ちした。

「これでは、ちょっと放送ができるかどうか……」

録画だから、救われた。が、実際には、放送はされなかった。

千代新を出た段階で、高砂親方と中島社長、それに猪木は帰っていた。

TBSから出るや、もはや完全に舞いあがっていた力道山は、この時点でいっしょにいた吉村や長谷川秀雄ら側近たちにいった。

「よし、コパカバーナに行こう！　席をとっとけ！」

とりまきは、これはたいへんなことになる、と不安になった。こうなったら、手がつけられない力道山である。

そのとき、ひとりの側近がいった。

「いや、コパカバーナよりも、どうせ行くなら、ラテン・クオーターのほうがいいですよ。あそこでは、クラブ・リキにいたバンドの連中が演奏してますから」

「よし、そうしよう！」

その側近の一言が、力道山に最後の一撃をもたらすことになろうとは、だれも考えてみもしなかった。

力道山刺殺の村田勝志が初めて明かすその瞬間

夜十時ごろ、ＴＢＳを出た力道山は、赤坂の高級ナイトクラブ「ニュー・ラテンクオーター」に行った。ひさしぶりの酒で、したたかに酔っていた。

力道山について、ヤクザの世界では、さかんにささやかれていた。

「力道山の野郎、いつか、かならず殺《や》られるぜ」

一番弟子のレスラー豊登は、知り合いの占い師に、奇妙なことをいわれていた。

「力道山に、気をつけろといっておきなさい。おなかの中に、金属のようなキラキラするものが見えます」

が、そんなことなど、力道山にいえるわけがなかった。

空は、薄曇りであった。死を示唆する言葉は、いくらでも力道山のまわりを飛びかっていた。

ニュー・ラテンクオーターのテーブルにつくと、力道山は酒をあおった。ステージでは、側近がいったとおり、クラブ・リキの常連である海老原啓一郎のバンドが演奏していた。力道山は、すっかりリラックスし、コースターをつかんでは、ステージのバンドに投げたりした。

同席していたのは、リキ観光専務のキャピー原田、リキ・エンタープライズ専務の吉村義雄、リキ・スポーツパレス常務の長谷川秀雄をはじめ、総勢八人だった。

「踊ってくる」

力道山は、ホステスをつれて立ち上がった。上機嫌で踊り狂った。

バンドの演奏が終わると、力道山はホステスと肩を組んでトイレに向かった。直美というホステスだった。

当時、小林楠男率いる大日本興行（現住吉一家小林会）組員であった村田勝志が、横井英樹の経営する銀座の美人喫茶「レディースターン」のホステスふたりをつれて、ニュー・ラテンクオーターにやって来たのは、十時四十分のことであった。

村田が彼女たちとしばらく談笑し、トイレに立ったのは、力道山がトイレに立ってまもなくの十一時十分だった。

昭和十四年四月一日生まれの村田は、当時二十四歳であった。のちに、住吉会常任相談役、住吉一家小林会理事長、村田組組長にまで出世する。

村田が、事件の真相をはじめて打ち明ける。

「ショーがはじまって、わたしはトイレに立った。そうしたら、トイレの入口まえのロビーで、力道山がホステスと立ち話をしていた。わたしも知っている直美というホステスだった。あとでわかったことだけれども、そのとき力道山は、直美を口説いていたんです。

一生懸命口説いてたんだけども、ふられてしまった。ちょうどそこに、わたしが通りかかった」

酔いも手伝って、力道山はむしゃくしゃしていた。村田が、その力道山と交差する。ニュー・ラテンクオーターのトイレの入口は狭かった。わずか八十八センチの幅しかなかった。そこに胸囲百三十センチの力道山と、女が立っている。

村田は、力道山のうしろを通りぬけようとした。そして、通りぬけた。トイレの前室の手洗い場に入った。そのとき、いきなり背後から襟首をつかまれた。

「ひとの足を踏みやがって、おい、この野郎！」

とっさに村田は、ふり向いた。力道山だった。踏んだ感触などなかった。

「踏んだおぼえなんか、ねえよ」

「この野郎、ぶっ殺すぞ！」

ふたりは、向かい合った。村田は、力道山の酒癖が悪いのを、聞き知っている。ふところの中に手を突っこんで、来るならこいとばかりに睨みつけた。

「殺せるもんなら、殺してみろ！　原っぱの真ん中じゃあるまいし、てめえみたいな図体のでけえのが突っ立ってれば、ぶつかってもしょうがねえだろう！」

村田は、力道山とは何度も面識があった。つい半年前の力道山の結婚式には、死んだ兄貴分の代理で出席していた。そのまえにも、この赤坂で力道山の車とすれちがったときに、カッとなった力道山に追いかけられて、喧嘩寸前までいった。

村田が懐中に手をやると、力道山はにわかに態度を変えた。

「おい、仲直りしようじゃないか」

村田は、もはやあとに引くことなどできなかった。

「冗談じゃない。ひとまえで、ぶっ殺すとまでいわれて、はいそうですかといったんじゃ、おれも飯が食えない。おれの顔の立つようにしろ！」

「なんだと、この野郎！」

力道山の右の拳が、唸りをあげた。村田の顎に叩きつけてきた。村田は吹きとんだ。二、三メートル宙を泳ぎ、トイレの壁にもんどり打って叩きつけられた。

村田の顎は、つい最近まで、その後遺症でガクガクしていたほどだった。空手チョップの名人の鉄拳は、すさまじい破壊力であった。

村田は、床にうつぶせに倒れた。

力道山は、さらにその上から馬乗りになった。村田の頭を、両手で目茶苦茶に殴った。

「殺される、と思いました。自分の命を守らなければ、と思いました。というのも、プロレスラーには以前、手酷《てひど》い目にあっていたからです」

前年の二月、村田は来日していた黒人レスラー、リッキー・ワルドーと、壮絶な喧嘩を演じていたのである。

六本木の「シマ」というクラブだった。村田は銀座のホステスと、その店のテーブルにすわっていた。女がトイレに行っているあいだに、リッキー・ワルドーともうひとりの白人レスラーがやって来て、女の席にすわりこんだ。

「ゲラウト・ヒア。ここは、友だちの席だ」

村田はそういって、煙草を吸おうと、ふところに手を入れた。そのとたん、リッキーが村田の顔を、いきなり殴ってきたのである。

「わたしが拳銃でもとり出すんじゃないかと、勘ちがいしたんでしょう」

リッキーは、そのまま外に逃げた。村田はカウンターから洋食ナイフをとり上げるや、あとを追って外に出た。外で向かい合った。

もうひとりの白人レスラーが、

「ヘイ、リッキー」

と丸太ん棒を、投げてよこした。リッキーは、丸太ん棒をつかみ、村田を睨みつけた。

「カモン・ジャパニーズボーイ！」

「カモン・ブラックボーイ！」

リッキーが丸太ん棒を振り下ろしてきた。村田の頭が、鈍い音をたてた。丸太ん棒が、まっぷたつに折れた。同時に村田は、リッキーの腹を刺した。が、不運にも、ベルトに阻まれた。

殴り合いになった。村田のパンチは、鍛えぬかれたレスラーの肉体には、通用しなかった。反対に二本目の丸太で、またしても頭を、いやというほど殴られた。丸太はまたも、折れた。リッキーは重いパンチを、容赦なく村田の顔面に叩きこんできた。そのたびに村田は宙を舞い、路上に叩きつけられた。顔は原形をとどめていなかった。異様に変形し、腫れ上がった。

殺される、と思った。が、喧嘩の騒ぎを聞きつけて、六本木に飲みに来ていたヤクザ者たちが見物に来ている。逃げるわけにはいかなかった。村田は死を覚悟した。通報でやって来たパトカーに、ようやく救われた。

じつは、このとき村田は、相手がレスラーだとは知らなかった。あとになって知り、組の先輩が力道山から、おとしまえをとってきた。力道山とは、さまざまな因縁があったのである。

いま、ニュー・ラテンクオーターのトイレの床で、狂気にかられたような力道山にくみ伏せられ、背後から頭を殴りつけられている村田には、二年近くまえのリッキー・ワルドーの恐怖がよみがえっていた。

〈やばい……このままじゃ、殺される！〉

思わず、腹をまさぐった。硬質のグリップが、指にふれた。ベルトにさしてある登山ナイフであった。

ドイツのゾーリンゲン社製のナイフである。グリップが、象牙《ぞうげ》でできている。拳銃のグリップのように、ゆるやかに湾曲している。まだ、使用したことがなかった。

村田は、刃渡り十三・五センチの登山ナイフをぬいた。うつぶせになりながら、上体だけを力道山に向かってひねった。左の下腹部に突き立てた。

「刺した感触はありました。これはナイフの根元まで入ってるな、と思った。まえに何人も刺してるから、わかります。下から刺すと、力道山は飛ぶようにしてうしろに下がり、立ち上がった」

力道山は、刺された左下腹部をおさえて、身がまえた。血はセーターから染み出してはいなかった。村田も立ち上がり、力道山と対峙した。足元に、ナイフの鞘がころがっていた。拾い上げたかったが、あきらめた。身をかがめたとき、蹴り上げられると思ったのだ。

が、力道山には、もはやそんな余力は残っていなかった。刺されたことで、精神的に深い衝撃を受けていた。村田はそれをさとると、突っ立っている力道山の脇をすりぬけ、外に出た。手に握ったナイフを見ると、刃の根元までべっとりと脂がついていた。背広の内ポケットにしまった。

長谷川秀雄は自分の席から立ち上がった。力道山はトイレのまえで、ホステスとなにやら話をしている。力道山のために、手拭きのタオルをとりに行った。力道山の身のまわりの世話をするのが、長谷川の仕事でもあった。

長谷川はトイレに引きかえして、はじめて異変に気がついた。力道山が、トイレのまえのロビーにへたりこんでいたのである。

通りかかったボーイに、鋭くいった。

「おい、ヨッちゃんを呼んでくれ！」

そのとき、グレーのスーツ姿の若い男が、トイレから飛び出してきた。ほとんど走るように、地上に出る階段を上がっていった。

顔が紫色に腫れあがっていた。あきらかに、暴行を受けたことがわかった。

どうしたのか、と思った。吉村があとを追って、長谷川のまえを駆けぬけた。長谷川も走った。男には、見覚えがあった。

〈小林さんところの、かっちゃんじゃないか……〉

知らぬ仲ではないので大丈夫だろうと、吉村にまかせることにして、長谷川はロビーにもどった。力道山は、仁王立ちしていた。

「大丈夫ですか！」

力道山は、返事をするかわりに、ゆっくりと毛糸の細かく編んだセーターをめくった。左の脇腹から、血が出ていた。噴き出ているというわけではなかった。

長谷川は、蒼くなった。

「刺されたんだ、と思いました。そのとき、力道山はどうしたと思いますか。なにを思ったのか、いきなりわたしの頰を、平手で殴ってきたんです。吹き飛ばされそうになった」

それが、長谷川が力道山に殴られた、最初にして最後となった。

「刺されたことが、よほど悔しかったんでしょう。これでもう、プロレスができなくなるかもしれない、と思ったんでしょう」

と長谷川は回想する。

「病院に行きましょう！」

長谷川は、力道山に向かってさけんだ。

「大丈夫だ」

負けん気の強い力道山は、部下のまえで意地をはった。刺された左腹部が痛むにちがいないのに、わざわざ左腕を上げようとしてみせた。

聞きわけのない力道山を抱えて、長谷川は席にもどった。しばらくテーブルのそばに突っ立っていたかと思うと、いきなりステージに走りだした。

ステージでは、黒人のグループが演奏していた。力道山は、歌手のマイクを横から奪うや、英語と日本語のまじった目茶苦茶なしゃべり方で、客席に向かって吼えた。

「みなさん、気をつけてください！　この店には、殺し屋がいます！　早く帰ったほうがいいですよ！」

「この店は、おれを殺す男を出入りさせてるのか！」

支離滅裂にさけんだかと思うと、マイクを投げすてた。

力道山は刺されたまま、十五分近く店内にとどまった。

ようやく車が来た。長谷川ら側近たちは、力道山をつれて地上に上がった。車に乗りこむや、長谷川がいった。

「先生、前田外科に行きましょう」

前田外科は、赤坂にある外科の一流病院だ。が、力道山は、いやがった。

「だめだ、このことが表に出ると、まずい。山王病院に行け」

力道山は、ひとを信用しない。山王病院の長谷院長は、力士時代からの贔屓《ひいき》であった。自分のことをよく知っている長谷院長に、診てもらいたい。だが、山王病院は、産婦人科専門なのである。車は山王病院に向かった。

いっぽう力道山の側近である吉村義雄は、村田勝志に追いついた。

「どうしたんですか」

村田の変形した顔を見て、おどろいたようだった。

「手洗いに入ったら、おたくの先生が因縁つけてきて、いきなり喧嘩になった。ごらんのとおり、めちゃくちゃにされたんで、力道山を刺した……。元まで入ってるから、すぐ病院につれていかないと、ろくっちゃうよ」

ろくる、とは「死ぬ」という意味である。吉村のことは、よく知っていた。リッキー・ワルドーにやられて入院したときも、見舞いにきてくれた。そのほか、いろんなことで顔を合わせている。知っているどうしだから、吉村にそんなことがいえた。

力道山は山王病院に行くや、突然あばれだした。試験管やフラスコ、薬箱など手当たりしだいに投げては割り、ベッドまでひっくり返して荒れ狂った。悔しくて仕方がなかったのだろう。

側近たちは、ひとまず家につれもどった。「前田外科にいきましょう」と説得した。素人眼にも、手術が必要だとわかった。

が、力道山はいいはった。

「おれは、腹なんか切らないぞ。腹を切ったら、力が入らなくなる。レスリングができなくなるじゃねえか！」

いっぽう力道山を刺した村田勝志は、渋谷区伊達町の小林楠男の家に帰り、自首するために、洗面道具などを用意した。そこに、吉村義雄から電話があった。

「小林の兄貴に、村田を自首させないでくれ、といってきたんです。うちのほうで全部もみ消すから、自首はさせないでもらいたいと。そして、いま力道山が山王病院に来ているから、病院のほうに来てくれ、ということでした。刺してから、けっこう経ってたんじゃないですか。力道山を刺したのが、十一時十分すぎ、小林の兄貴、わたし、それに若い衆ふたりと運転手で病院に行ったのは、午前零時をとっくにまわっていた。しかし、病院についたら力道山はいなくなっていた」

病院の人間に訊くと、リキ・アパートに帰ったという。かれらは、リキ・アパートに向かった。赤坂台のリキ・アパート周辺には、すでに力道山が刺されたことを聞きつけて、力道山とつながりの深い東声会の面々が集まっていた。力道山は、東声会の最高顧問であった。

小林が、力道山の部屋専用のインターホンで、謝罪に来たことを告げると、

「小林さんだけ、上がってきてください」

と側近のひとりがいってきた。

「村田の顔を見ると、先生が興奮してしまいますから」

小林だけが、八階に上がった。力道山のまえに出ると、

「申しわけない。村田のやったことは、おれが責任をとる」

と頭を下げた。

力道山は、とぎれとぎれに、声をしぼりだした。

「うん、うん……わかったよ……うん」

その間、下の入口付近では、地獄絵図がくりひろげられていた。六、七人の東声会の面々が、村田を発見し、とりかこんだのだ。

「てめえ、このやろう！」

村田は、丸太で数回殴りつけられた。首から胸にかけて切られた。

東声会の兄貴格のひとりが、牛刀を振りかざした。肉を細かく切り裂く、肉屋専用の包丁である。村田の顔めがけて、切りつけた。右の頬がななめにパックリひらいた。鮮血が噴いた。村田は、それでもぐっと我慢をしていた。謝りに来ているのにここでまた喧嘩になったのでは、兄貴の小林が困る。が、いっしょに来た友人が刺されそうになったので、ついに我慢の緒を切った。

「なんだ、この野郎！」

村田は、背広のポケットにしまいこんでいた力道山を刺した登山ナイフを引きぬくや、相手に突進した。ずぶりと腹に突き刺さった。ゆっくりと崩れおちた。

「殺《や》っちまった、と思いました。まちがいなく力道山のときとちがって、狙いすまして突進したんですから」

村田は片手に握っていた木刀で、アパートの入口の明かりを、すべて叩き割った。暗くして、敵の視界をごまかすためだった。

東声会の面々は、殺気だった。村田に向かって押しよせようとすると、村田は木刀と登山ナイフをふりかざしてさけんだ。

「こりゃあ！」

村田の修羅の形相に、かれらは思わず後退した。

騒ぎを聞きつけた赤坂署の警察官が駆けつけてきた。拳銃をぬき、村田に向かってかまえた。

「凶器を捨てろ、捨てなさい！」

拝命を受けて、わずか半年ほどしか経っていない、ほやほやの新米だった。銃をかまえたのはいいが、腰が引け、武者震いしている。村田は、かれにいった。

「おまえの拳銃には、タマが六発しか入っていない。おれたちを守れないだろう。まだ、兄貴が上に上がってるんだ。それに、こいつらはまだいっぱいいる。兄貴が安全な場所に逃げられたら、おれはあんたに捕まってやる。逃げも隠れもしないから、その銃をしまってくれ。危ないじゃないか」

「ほんとうに、おまえ、自首するか」

「自首する」

「じゃあ、住所と名前をいえ」

村田はいった。警官は、銃をしまった。

小林楠男が降りてきた。そこへ東声会の親分が、話をつけにきた。東声会の若衆が怒鳴った。

「おい村田！　うちの親父が来ているんだ。道具をしまえよ！」

その男は日頃から村田がよく知っている男であった。が、村田はいいかえした。

「冗談いうな。おれたちは、謝りに来たのに顔を切られたんだ」

東声会の若衆は、ふところに手を入れながら、親分といっしょに前に出て来た。村田は、きっぱりといった。

「親分さん、そこから一歩でもこちらに来なすったら、おれの命ととっかえさしていただきます」

小林を守るためだった。

背後から、小林の声がひびいた。

「村田、よせ！」

親分がいった。

「わかった。ふたりきりで、話をさせてくれ」

親分と小林のあいだで、とりあえず、この場はおさめようということになった。リキ・アパートの周辺は、ようやく落ち着きをとりもどした。

村田は、約束どおり警官にナイフと木刀をわたし、その場で逮捕された。刺された男は、肝臓までつらぬかれていたが、奇跡的に命をとりとめた。

さて、力道山は、わがままをとおして、前田外科にはついに行かず、山王病院に行った。

聖路加病院から外科医が手術の執刀のため、やって来た。力道山は、いざ手術となると、外科医に懇願した。

「あまり大きく、切らないでください。大きく切られると、リングに上がれなくなる。それに、腹に力が入らなくなって、レスリングができなくなる」

小腸が四カ所、切れていた。手術は、無事に終わった。

『力道山刺される』の一報は、日本中を駆けめぐった。

大山倍達は、ニュースを聞いてハッとした。

まさか、という気持ちと、やっぱり、という気持ちが交差した。

〈とうとう力道にも、天罰が下ったか……〉

そう思ったが、やはり気になって知らんぷりは決めこめない。

大山は、山王病院を訪ねた。

力道山は、意外と元気そうだった。

「大山さん、大したことないよ」

見ると、傷は小さく、本当に大したことはなさそうだった。が、小腸が四カ所切れていたという。

「大したことなければ、早く元気になってください」

それだけいって、大山は帰ってきた。

が、力道山とは、二度と会うことはなかった。

力道山は、おどろくばかりの回復をみせた。二日、三日も経ったころには、付き添いのためにやって来た秘書を怒鳴《どな》りつけた。

「村田のやろう、ぶっ殺してやる！」

そう吼《ほ》えたかと思うと、

「なんだ、なんだ、おまえら。この年末の忙しいときに、病院なんて来るひまがあると思ってんのか。会社に行け！」

体の調子がよくなってくると、禁じられている水分をとるようになった。

「おい、リンゴをむけ。氷を食わせろ！」

腹部の手術をした場合、水分はひかえさせられる。腹膜炎を起こす危険性があるからだった。

力道山の腹は、入院して五日目になると、ふくらんできた。痛みが出てきた。

六日目になると、耐えられなくなった。

「痛いよお、痛いよお」

長谷川秀雄は、あの力道山とは思えぬような声を聞いている。

十二月十五日、二度目の手術をすることになった。

手術室に向かうエレベーターのなかで、力道山は長谷川の腕をつかんできた。ニックネームで、かれの名を呼んだ。

「マイク、おれ、死にたくねえよ……」

それが長谷川の聞いた、力道山の最後の言葉となった。

手術は一応、成功ということだった。が、絶対安静、面会謝絶となり、手術から三、四時間後の午後九時五十分ごろ、力道山は息を引きとった。

死因は、穿孔《せんこう》性化膿性腹膜炎とされた。

力道山を刺した村田勝志は、入院先の病室で、知らせを受けた。はじめは、死んだのは力道山とは思わなかった。てっきりリキ・アパートの入口で刺した男だと思った。力道山と知って、はじめは信じられなかった。

村田は、それから毎年、十二月十五日の力道山の命日になると、大田区池上にある本門寺の力道山の墓所に参っている。ただし、村田が行くのは、命日のその日ではない。翌十六日である。命日に集まってくる人目をさけて、たったひとりで、こっそりと参るのである。

力道山の死因については、さまざまな憶測がなされた。水が飲みたくて、花瓶の水を飲んだ。あるいは、酸素吸入の管を自分でひきちぎった。きわめつきは、日米の闇の手先に葬られた……などである。

が、ここで、確実にいえることがある。ひとりの力道山側近は、力道山の死後しばらく経って、山王病院の長谷院長からこう聞いている。

「薬の与え方を、読みちがえてしまったようだ」

薬とは、麻酔薬のことであった。それは、村田勝志の裁判の過程で、しだいに明らかになった。

力道山の死因を究明するために、カルテが提出された。そのなかで、麻酔のカルテだけが、出てこなかったのである。執刀した聖路加病院の外科医は、紛失したといいつづけた。そこで、

「麻酔を打ったときに、ショック死した」

という説まで飛び出してきた。

尋常でない力道山の体力を考えて、大量投与したということであろうか。

解剖された力道山の内臓は、ずたずたであった。バットで殴らせて、筋肉の強さを誇示したり、暴飲暴食がたたった。解剖に立ち会ったある医師は、こう語った。

「村田氏が刺さなくても、プロレスラーとしての生命は、もう終わっていましたね」

大山は、力道山の墓へ参った。墓石に向かって、心の中で語りかけた。

〈力道よ。おまえは、殺されてもしかたがない。自業自得だ。だが、どうして刺した奴を、一発で殺さなかった。身につけた空手の威力を見せることをせず、どうして死んだんだ……〉

大山は、力道山を人間的にはとても好きにはなれなかった。が、力道山が日本の空手界にあたえた影響は大きかったと高く評価する。

それまで悪役のイメージの強かった空手を、善に転換させたのは、力道山の『空手チョップ』のおかげだ。力道山が、空手ブームを起こしてくれたのだ。

大山は、墓石に手を合わせた。

〈力道、わたしは、おまえに、本当に感謝しているよ……〉

なお、力道山は死の床で、集まった者たちに、三本の指を差し出したといわれる。もはや口がきけず、最後の気力をふりしぼって上体を起こし、三本の指を突き出したのだ。そうして、頼んだぞ、とでもいうようにうなずいてみせた。

謎の三本指については、さまざまな説が飛びかっている。

「残された三人の子供を頼む、といってるんだ」

「いや、彼が持っている三つの国際タイトル、インターナショナル選手権、アジアのシングルとタッグの両タイトルを死守しろ、といってるんだ」

「あれはそうではなく、グレート東郷に支払うべき三千万円の金のことだ」

いずれにせよ、「三」という数字は、力道山につきまとっていた。宿敵ルー・テーズを破ったのが昭和三十三年、試合はつねに三本勝負、リングのロープも三本である。

三本の指については、豊登の説がもっとも的を射ていると思われる。

「リキ関が一番いいたかったのは、プロレスの火をけっして絶やすな、ということですよ。血のにじむ思いで築きあげてきたプロレスというものに、リキ関の執念はもっともそそがれていたでしょう。しかも、自分の志をまっとうできないうちに、一方的にいのちを絶たれてしまった。無念だったでしょう。その思いが、かならずあったと思います」

力道山の死後、豊登が実質的な代表で、芳の里、吉村道明、遠藤幸吉ら三人とともに集団指導体制をとることになる。しかも遠藤はオブザーバー的存在であったから、実質は三人なのである。力道山は、そのことを告げようとしたのだ、と豊登はいうのである。

日本では昭和五十八年に力道山ブームが湧き起こり、力道山をめぐる本や雑誌、ビデオが巷《ちまた》に氾濫《はんらん》した。現在では女子プロレスをふくめて多くの団体と、未曾有《みぞう》のプロレス・ブームを巻き起こしている。本場アメリカでも、類を見ない活況ぶりだ。朝鮮では祖国の英雄として、力道山はなお神格化された存在である。

プロレスあるところに、力道山はある。力道山は、永遠に生きつづける……。

この作品は、多くの関係者の方々の証言にもとづいて、書きました。

元日新プロ社長永田貞雄、芳の里、豊登、駿河海、極真会館大山倍達総裁、元安藤組組長安藤昇、大日本一誠会会長大塚稔、住吉会常任相談役兼住吉一家小林会理事長・村田組組長村田勝志、スポーツ平和党幹事長新間寿、同党常任幹事富沢信太郎、アジアプロレスリング会長岩田浩、元リキ・エンタープライズ専務吉村義雄、サンライズ商事社長宍倉久、高田興行支配人小松敏雄、オノトレーディング副社長長谷川秀雄、ベースボール・マガジン社顧問鈴木庄一、評論家菊地孝、日本スポーツ出版社編集顧問竹内宏介、デベロ顧問松根光雄、グレート小鹿、西山建材店猪木康郎ら各氏のほか、多数の方々のご協力を得ました。こころから、感謝を申し上げます。このうちすでに何名かの方は鬼籍に入られました。ご冥福をお祈り申し上げます。

また、つぎの著作物を参考にいたしました。

スポーツニッポン新聞社編「力道山　花の生涯」スポーツニッポン新聞社、吉村義雄「君は力道山を見たか」飛鳥新社、鈴木庄一「鈴木庄一の日本プロレス史」恒文社、鈴木庄一「宿命のライバル　G馬場　A猪木　永遠の抗争」都市と生活社、門茂男「門茂男のザ・プロレス1　力道山の真実」角川文庫、遠藤幸吉「プロレス30年初めて言います」文化創作出版、田鶴浜弘「日本プロレス二十年史」日本テレビ、井出耕也「ゲーム」大和出版、牛島秀彦「力道山物語《深層海流の男》」徳間文庫、猪瀬直樹「欲望のメディア」小学館、猪野健治「興行界の首領　永田貞雄疾風怒濤の70年」週刊大衆（一九八六年五月二十六日～一九八七年四月二十七日）、山下洋輔「60年代グラフィティー6力道山」週刊朝日（一九八六年二月十四日）、金英淑「わが父・力道山」統一評論（一九八三年三月）、「彼にも祖国があった」統一新報（一九八四年三月九日／十六日）、木村政彦「私と力道山の真相」ナンバー（一九八〇年三月五日）、力道山「青春物語・鍛練一路」知性（一九五四年十一月）、そのほか、月刊誌、週刊誌、新聞を参考にさせていただきました。深く感謝いたします。

著者

(この作品『力道山の真実』は、平成三年、徳間書店から
『永遠の力道山』として刊行されたものを改題したものです)

一〇〇字書評

切り取り線

購買動機（新聞、雑誌名を記入するか、あるいは○をつけてください）	
□（　　　　　　　　　　　　　　）	の広告を見て
□（　　　　　　　　　　　　　　）	の書評を見て
□ 知人のすすめで	□ タイトルに惹かれて
□ カバーが良かったから	□ 内容が面白そうだから
□ 好きな作家だから	□ 好きな分野の本だから

・最近、最も感銘を受けた作品名をお書き下さい

・あなたのお好きな作家名をお書き下さい

・その他、ご要望がありましたらお書き下さい

住所	〒				
氏名		職業		年齢	
Eメール	※携帯には配信できません		新刊情報等のメール配信を 希望する・しない		

この本の感想を、編集部までお寄せいただけたらありがたく存じます。今後の企画の参考にさせていただきます。Eメールでも結構です。

いただいた「一〇〇字書評」は、新聞・雑誌等に紹介させていただくことがあります。その場合はお礼として特製図書カードを差し上げます。

前ページの原稿用紙に書評をお書きの上、切り取り、左記までお送り下さい。宛先の住所は不要です。

なお、ご記入いただいたお名前、ご住所等は、書評紹介の事前了解、謝礼のお届けのためだけに利用し、そのほかの目的のために利用することはありません。

〒一〇一‐八七〇一
祥伝社文庫編集長　坂口芳和
電話　〇三（三二六五）二〇八〇

祥伝社ホームページの「ブックレビュー」からも、書き込めます。
http://www.shodensha.co.jp/bookreview/

祥伝社文庫

力道山《りきどうざん》の真実《しんじつ》

平成16年12月20日　初版第1刷発行
平成27年7月20日　第5刷発行

著　者　大下英治《おおしたえいじ》
発行者　竹内和芳
発行所　祥伝社《しょうでんしゃ》
東京都千代田区神田神保町3-3
〒101-8701
電話　03（3265）2081（販売部）
電話　03（3265）2080（編集部）
電話　03（3265）3622（業務部）
http://www.shodensha.co.jp/

印刷所　錦明印刷
製本所　ナショナル製本

Printed in Japan ©2004, Eiji Ohshita ISBN978-4-396-33196-2 C0193

祥伝社文庫の好評既刊

大下英治
小泉純一郎の軍師　飯島勲
「自民党をぶっ壊す!」小泉元総理を支えた「チーム小泉」の秘密。第一人者が分析する、飯島流危機管理の極意!

阿部牧郎
豪胆《ごうたん》の人
クーデター、数々の恋、そして沖縄最後の日……異色の軍人・長勇の激動の生涯を描く昭和秘史巨編!

阿部牧郎
英雄の魂
満州事変の首謀者・石原莞爾はなぜ太平洋戦争に反対したのか? 義を貫き、反骨に生きた不世出の軍人の生涯。

阿部牧郎
大義に死す
陸軍を代表し、天皇と国民に謝す。武士道を貫き、敗戦の日に自刃した覚悟の陸軍大臣。

阿部牧郎
遙かなり真珠湾
〈飛行機でハワイをやってくれ〉——山本五十六は、先任参謀・黒島亀人に前代未聞の作戦の立案を命じた。

梓　林太郎
回想・松本清張
「あんたの話は変わっていて面白い」二〇年来ネタを提供し続けた著者がいま明かす、珠玉のエピソード。

祥伝社文庫の好評既刊

秋月達郎
マルタの碑《いしぶみ》
若き日の山口多聞《たもん》を主人公に、将兵たちの人間模様を高らかに謳《うた》いあげた、日本海軍秘史ロマンの決定版。

岩川　隆
日本の地下人脈
岸信介《きしのぶすけ》・満州人脈、児玉誉士夫《こだまよしお》・上海人脈、中曽根康弘《なかそねやすひろ》・海軍人脈……彼らはいかにして黒幕として君臨し得たのか?

加治将一
龍馬の黒幕
明治維新の英雄・坂本《さかもと》龍馬を動かしたのは「世界最大の秘密結社」フリーメーソンだった?

加治将一
舞い降りた天皇（上）
天孫降臨を発明した者の正体!?「邪馬台国」「天皇」はどこから来たのか? 日本誕生の謎を解く古代史ロマン!

加治将一
舞い降りた天皇（下）
卑弥呼の墓はここだ! 神武東征、三種の神器の本当の意味とは? 歴史書から、すべての秘密を暴く。

加治将一
幕末維新の暗号（上）
坂本龍馬、西郷隆盛《さいごうたかもり》、高杉晋作《たかすぎしんさく》、岩倉《いわくら》具視《ともみ》、大久保利通《おおくぼとしみち》……英傑たち結集の瞬間!?　これは本物なのか?

祥伝社文庫の好評既刊

伴野 朗
毛沢東《もうたくとう》暗殺
「林彪《りんぴょう》事件」に疑問を抱き、北京取材を進める元新聞記者が突き当たった「現代中国を揺るがす驚愕の真相」!?

信原潤一郎
龍馬の恋人
今甦る幕末裏面史! 龍馬への想いを秘め、土佐藩と朝廷を結ぶ美貌の女密偵・平井《ひらい》加尾《かお》の生涯!

畠山清行《はたけやませいこう》
何も知らなかった日本人
帝銀事件、下山事件、松川事件、台湾義勇軍事件……占領下の日本で、数々の謀略はかくして行なわれていた!

森《もり》 詠《えい》
黒の機関
戦後、平和憲法を持ち、民主国家へと変貌を遂げたはずの日本の裏側で、暗躍する情報機関の実態とは!

森川哲郎
疑獄と謀殺
重要証人はなぜ自殺するのか!? 戦後もたらされた政治腐敗につきまとう疑獄と「怪死」、その裏面を抉《えぐ》る!

森川哲郎
秘録 帝銀事件
昭和二十三年、国民を震撼させた十二人毒殺事件。画家・平沢貞通《ひらさわさだみち》の逮捕には数多くの矛盾があった。

祥伝社文庫の好評既刊

ドン・ジョーンズ
中村　定／訳
タッポーチョ　太平洋の奇跡
玉砕の島、サイパンで本当にあった感動の物語。命がけで民間人を守り、義を貫いた大場隊の知られざる勇戦！

滝田誠一郎
ビッグコミック創刊物語
白土三平、手塚治虫、石森章太郎、水木しげる、さいとう・たかを――5大作家と、5人の編集者たちの感動物語。

宮嶋茂樹
不肖・宮嶋
死んでもカメラを離しません
生涯、報道カメラマンでありたい！不肖・宮嶋、スクープの裏の恥多き出来事を記す。大いに笑ってくれ！

宮嶋茂樹
不肖・宮嶋
空爆されたらサヨウナラ
爆笑問題不精太田光氏絶句！「こんなもん書かれたら漫才師の出る幕はない」…世に戦争のタネは尽きまじ。

宮嶋茂樹
不肖・宮嶋
撮ってくるぞと喧しく！
取材はこうしてやるもんじゃ！　張り込み、潜入、強行突破…不肖・宮嶋、ここまで喋って大丈夫か？

宮嶋茂樹
儂《わし》は舞い降りた　アフガン従軍記【上】
不肖・宮嶋、戦場を目指す。「あ、あかんわ……、何人か死んどる、これ」

祥伝社文庫の好評既刊

宮嶋茂樹
儂《わし》は舞い上がった　アフガン従軍記【下】
不肖・宮嶋、砲撃を受ける！「集中砲火や！　アカン！　目が見えん……」

宮嶋茂樹
サマワのいちばん暑い日
海上自衛隊、堂々の中東二面作戦、迫撃弾と日本人人質事件、これが「自衛隊イラク派遣」の真実！

宮嶋茂樹
不肖・宮嶋のビビリアン・ナイト上　イラク戦争決死行　空爆編
〝死んでもカメラを離さない男〟宮嶋茂樹。あの日、あの砂漠の国の仁義なき空爆の下で見た、渾身の取材記！

宮嶋茂樹
不肖・宮嶋のビビリアン・ナイト下　イラク戦争決死行　被弾編
「左半身が動かん。左手も痛い。どないなっとんや？」——こうして男・宮嶋は歴史の目撃者となった。

井沢元彦
誰が歴史を糺《ただ》すのか
梅原猛《うめはらたけし》・渡部昇一《わたなべしょういち》・猪瀬直樹《いのせなおき》……各界の第一人者と日本の歴史を見直す、興奮の徹底討論！

渡部昇一
東條英機　歴史の証言
日本はなぜ、戦争をしなければならなかったのか？——日本人が知っておくべき本当の「昭和史」